AZUL PETRÓLEO

Boris Izaguirre

AZUL PETRÓLEO

ESPASA

ESPASA ⓔ NARRATIVA

Directora de la colección: Constanza Aguilera Carmona

© Boris Izaguirre, 1998
© De esta edición: Espasa Calpe, S. A., 1998

Primera edición: noviembre, 1998
Segunda edición: marzo, 1999
Tercera edición: abril, 1999
Cuarta edición: junio, 1999

Diseño de la colección: Tasmanias
Cubierta: Juan Pablo Rada
Realización de cubierta: Ángel Sanz Martín
Foto del autor: Eduardo P.V. Rubaudonadeu

Depósito legal: M. 17.889-1999
ISBN: 84-239-7945-8

Espasa, en su deseo de mejorar sus publicaciones, agradecerá cualquier sugerencia que los lectores hagan al departamento editorial por
correo electrónico: sugerencias@espasa.es

Impreso en España/Printed in Spain
Impresión: HUERTAS, S. A.

Editorial Espasa Calpe, S. A.
Carretera de Irún, km 12,200. 28049 Madrid

*A Victoria Lorenzo, hombre y
mujer, sombra y presencia.
Gracias*

PRIMERA PARTE

CARACAS

I

STRONG BEGINNING

Madrid, 1998.

—Vamos a iniciar un juego —dijo la cálida voz. Sentí una especie de celofán entre nosotros, una cortina de plástico que me recordó de inmediato las *performances* deconstructivistas en la Galería de Arte Nacional de Caracas. No quería divagar y alejé el recuerdo. Seguí esperando nuevas instrucciones.

—Acércate, con tus manos. Búscame en el aire.

Lo hice, alargué mis manos en el vacío y no sentí nada. Sabía que el muy cabrón no se había movido un dedo. Estaba allí, en ese sitio dentro de la oscuridad donde surgía su voz.

—Otra vez, hazlo otra vez —agregó.

Avancé un paso. Dos destellos surgieron a mis espaldas. Un trozo de bigote creció a mi izquierda, una pierna apareció enfundada en pantalones marrones a mi derecha. El parpadeo metálico en la punta de un par de botas descubría huellas en el suelo y desde él, una mano se aferró al titilante calzado. No eran sus bigotes, ni sus pantalones y mucho menos sus zapatos. Tan sólo los habitantes del cuarto oscuro, iniciando su deambular...

Estiré mis manos. Volví a temer que hubiera desaparecido y que su voz se convirtiera en anécdota, persecución, un nuevo fracaso. Algo se movió, con un sonido húmedo, el del mercurio atrapado en el termómetro. Eran sus piernas temblando involuntarias bajo sus pantalones. Logré tocarlos y él los apartó de mí con tiempo suficiente para que sintiera la suavidad del terciopelo sobre su fuertes piernas. Terciopelo, otro recuerdo: el telón rojo del Teatro Nacional en Caracas. Y el que ahora acariciaba, un tipo de azul que atesoro desde mi infancia: azul petróleo.

Volvieron a encenderse otros flases. Anónimos, rápidos, vigilantes, ansiosos quiebros de una luz invasora. Mostraban rostros y miradas. Invitaban a la acción y a la vez provocaban más silencio y densidad. Más deseo y límite. Brillaban y morían, una y otra vez, como si fueran anuncios y suspiros, quejas y sonrisas, mentiras y verdades. El baile de los mecheros.

Él volvió a hablar.

—¿Qué quieres hacer?

—Nada, no lo sé, dime tu.

—Vamos a iniciar un juego.

—Vale, eso ya lo has dicho antes.

—Cierra los ojos.

—Es, recuerda, un cuarto oscuro.

—Conmigo dentro deja de serlo. Cierra los ojos.

Y lo hice. Dentro de la oscuridad, todavía mas oscuridad. Azul, azul petróleo. Escuché el ruido, la armonía, entre los mecheros encendiéndose y el chasquido del amor dispuesto a corromperse. Los pasos moviéndose a mi alrededor, las manos buscando territorios, recibiendo rechazos o apretones. Pectorales reventando en camisetas cargadas de un sudor a punto de volverse lágrima, final, derrumbe. Paredes acostumbradas a presenciar la nada, cubiertas de silencio, despojadas de personalidad, cargadas de murmullos.

—¿Habías estado antes aquí? —preguntó con un infantil quiebro en su voz. Apreté aún más los párpados de mis ojos cerrados, y sentí la caricia del peligro. Era un hombre joven. Tendría veintitrés años. La edad del peligro, el número de mi *karma*.

Preferí, entonces, no responder. No me gusta mentir en la oscuridad.

He estado, en verdad, en tantos cuartos oscuros en mi vida. Desde los que practicaba en las primeras fiestas de adolescencia hasta éste, en pleno centro de Madrid, llamado Strong y promocionado, tanto por amigos como por miles de guías, con el lema «El cuarto oscuro más Grande de Europa». No sabría decir si me atrae el sexo despiadado que se vive en ellos o algo más secreto, más dolido. Todos los que he cruzado y disfrutado han convocado esa imponente sensación de museo, de tumba faraónica. Templos perdidos de la carne, la fe que no necesita definiciones. La soledad que descubre la caricia.

Siempre hay un grupo de reglas casi tan protocolarias como las que acompañan a cualquier deporte. Roces acompañados de silencios. Pasos de bondad y miedo, manos para la conquista, ecos en el orgasmo, penas y glorias para recordar fuera de la oscuridad.

Los fogonazos y su danza apenas logran registrar rasgos y eso también contribuye a la fascinación. En el destello lo que enamora es la imaginación. ¿Qué son esos labios? ¿Qué provoca ese trozo de cintura desnuda? ¿Qué espera el antebrazo que surge junto al muro, aislado del resto de un cuerpo sin rostro?

Vuelvo al cuarto oscuro a buscar esas respuestas y a enfrentar la belleza atrapada en los visos de luz. Entre una visita y otra, ella, la belleza licenciosa, se encuentra tan sola como los que apartamos las sombras. Pero entre el silencio y los gemidos, esa soledad decide hablarnos: en estas sombras se esconde un don y es sacarle provecho a lo que se oculta, a lo que crece bajo las líneas, bajo los abrazos, alrededor de los ojos.

El Strong ofrecía unos cuantos pasillos, nada más entrar, con el sonido de la discoteca retumbando aún en los oídos. Había la suficiente luz para preparar el cuerpo al pandemónium de la total oscuridad. Una línea de casetas iguales a las de una playa entre Sitges y el Lido viscontiano, subrayaban el concepto aperitivo. Delante de sus trampillas, un bigotudo hundió su mirada y puse la mía directamente por encima. Tendría treinta años, buen culo, buen pecho, fatal piel. Otro, enorme, duro, también clavó su mirada. Podría ser. Un tercero, sin edad, ojos de almendra, intentó sonreírme. Piernas cortas, mediterráneas. Recordé a Lorenzo: «Olvídate de esos anglosajones con piernas larguísimas, son lo peor. Siempre hay que ir a por el hombre de pierna corta. Es más hombre y menos pierna», decía riendo. Le habría gustado este ejemplar. Cara de deportista. Ojos de niña. «Ojos de niña, culo de piña», habría dicho Lorenzo.

Al final, apareció la mariquita americana, con cara de ser de Virginia y ojos de Villa Viciosa. La muy perra tomó al pierna mediterránea. Sabía lo que quería. Dentro de la caseta, donde empezaron a tocarse, alcancé a ver una silla de montar y un colgador de metal. Terminé mi *gin tonic* y pensé en tomarme la pastilla que guardaba en mi bolsillo.

Desfiló una ola de bigotudos y una pareja de «musculocas» riéndose y hablando de una amiga que esperaban encontrar allí. Iban hacia el salón, al final del pasillo antes de entrar en el pequeño cinema, donde, en la porno, un rubio impresionante asfixiaba con su miembro a un morenazo de dos metros de hombros. Escuché la voz de la virginiana, relajada y al mismo tiempo cargada de ansia: *Fuck me, yes. Harder, yes, harder.*

Avancé detrás de los musculados. Camiseta blanca, vaquero, pelo muy peinado, un vodka en cada mano. Recordé de nuevo a Lorenzo: «Van a los cuartos oscuros a reírse como hienas.»

Fueron hacia la luz. Entre un pasillo y otro, surgía un oasis. Dos tresillos, unas mesitas y algunas sillas iluminadas con un farolillo de portería. Allí se reunían las hienas y los lobos, los que venían de follar y los que iban o volvían a intentarlo. Las reinas con las tímidas, el perturbado con el virgen, el turista con el listo, todos tomándose un descanso y mirando, mirando, mirando sin parar.

Fue allí donde, por primera vez, vi los pantalones de terciopelo. Y, siguiéndolos, había entrado al cuarto oscuro, el siguiente y último laberinto.

—¿Sigues ahí? —preguntó él.

—Sí, estaba recordando.

—No, no recuerdes nada. Sigue jugando. Espera, dime. Dime algo que estuvieras recordando.

Se había acercado, porque sentí sus labios rozar mis lóbulos.

—Dime algo y yo seguiré.

—Tengo la camisa abierta, entra.

Él lo hizo. Desde hace muchos años es mi truco infalible. Son unos pechos amplios, tantas horas de natación durante tantos mediodías en Caracas, fuertes, sólidos y al mismo tiempo carnosos, algo fríos, algo cálidos. Primero tocó el centro y, tras comprobar que allí había músculo, deslizó la mano a la derecha y luego a la izquierda. Sentí que pensaba que recorría una distancia considerable y que esto le satisfacía. Tomó con ambas manos la teta izquierda y la recorrió con avaricia y precisión. Nuevos mecheros se encendieron a nuestro alrededor y él escondió rápidamente la cabeza mientras su mano continuaba en mi teta. Vi un trozo de su pelo, como si fuera un animal evitando el faro del coche que viene a atropellarle.

En un nuevo chasquido echó su nuca hacia atrás y vi que su pecho también estaba descubierto. Era tan amplio como el mío, Dios, con cada teta sostenida en un equilibrio de carne, piel y fuerza. Un ombligo perfecto, en el centro mismo de esas dos potencias. Era como verme en un espejo que alguien hubiera colocado a propósito. Mi cuerpo, veinte años más joven.

—¿Te conozco? —preguntó.

—No lo sé —dije.

Una ola de mecheros se encendía y apagaba a nuestro alrededor. Su pelo se movía entre los flases. Él ocultaba el rostro, aunque supe que sus ojos aprovechaban el derrame de luces para estimar mi carne. En un instante volvió la normalidad, con la tensión agregada de nuevos mecheros que se encenderían en segundos.

—¿De dónde vienes? —quiso saber.

—¿Qué importa? De Venezuela. Caracas —dije.

—Entonces no puedes conocerme.

Como alaridos, los mecheros volvieron a la carga. Vi a las hienas «muscolocas» avanzar con sus risas dentro de la habitación. Piernas desnudas se dejaban acariciar por dos pares de manos, otras piernas se colocaban sobre ellas y se movían sincopadamente. A mi derecha una cabeza rubia se inclinaba delante de un falo encendido y gigantesco. Otro, más reducido, morcillón, se les unía y era firmemente sujetado por los dedos del rubio. En una esquina, más o menos apartada, un joven totalmente desnudo se balanceaba sobre otro tan sólo vestido por altas botas de cuero negro. Una de las «muscolocas» se reía mientras un hombre obeso, también desnudo, la abrazaba y tocaba. ¡Borrachas! Un nuevo falo, verdaderamente enorme, brillaba solitario en la algarabía de pequeñas luces.

Pronto, una boca, diminuta pero competitiva, se acercó para devorarlo. Cerré los ojos y estiré las manos. Él tomó una de ellas y me hizo recorrer su cuerpo y pronto apresó mi otro brazo y con él rodeó su cintura. Era tan pequeña, la piel tan suave. Quería besarlo.

—Vamos a otra parte —dije.

—No hables. No quiero oírte —respondió, acercándose. Había abierto la cremallera de sus pantalones. No llevaba ropa interior. El tacto del terciopelo se confundía con su vello. Alguien debió rozar su espalda porque él se sacudió y avanzó hacia mí. Nuestros labios chocaron y yo lo besé.

Y él se quedó allí. Y, por desgracia, descubrí que él sabía a un trozo de mí. Me separé, y hoy me arrepiento, asustado ante el aliento inconfundible del amor.

—Quiero verte —le dije, abandonando para siempre el frescor de sus labios. Sólo estoy acostumbrado a ver. Personas, muebles, sitios, palabras, voces.

Y las «musculocas» rieron y gimieron. Una oleada de luces volvió a recorrer la habitación. Los falos gigantescos se movían con la desesperación del final, las piernas desnudas sudaban, los pantalones se arrastraban, las botas de cuero pateaban contra el suelo.

Y él, que había querido iniciar un juego, huía a través de la nueva danza de mecheros. Alcancé a ver su pelo agitarse, liso, luminoso, marrón visón, encima de un cuello largo y duro. Un poco de sus labios, inmensamente carnosos y enrojecidos, atrapados en el fuego artificial. Y ya en la puerta, escapando hacia el oasis, la memoria, el nunca más, el azul petróleo encendido en la confusión de los destellos.

Yo me quedé, abrazado por nuevas manos; una sonriente «musculoca» deslizando sus dedos largos sobre mis pechos, otra, también riendo, desabrochando mi bragueta. El sabor de la pastilla recorriendo mi garganta y luego un beso, otro beso, unos labios que no eran suyos cerca de los míos que tampoco sabía si continuaban siendo míos. Una mano se abría camino entre mis nalgas. Las paredes volvían a alimentarse con los sonidos de sus criaturas predilectas. Con los ojos cerrados sonreí ante la soledad. Y pensé: más oscuridad dentro de la oscuridad. ¿Por qué has huido? ¿Por qué has huido azul petróleo?

II

TRAMPAS DE LA MEMORIA

R espondo al nombre de Julio González. Nada extraño, todo normal. Y sin embargo, otra de las mentiras de mi vida. Como mi apariencia, un adonis protegido de los efectos del tiempo y vulnerable a las trampas de la memoria. Nací el 23 de enero de 1958 y cumpliré cuarenta años exactamente el día número setecientos ocho antes que termine este siglo.

Es una fecha interesante y siempre deseé que me perteneciera enteramente. Coincide con el derrocamiento, por supuesta revuelta popular, del régimen dictatorial de Marcos Pérez Jiménez, el último dictador de Venezuela, mi país. Si observamos bien, coincidimos en la simpleza del nombre. Marcos Pérez. Julio González. Nadie nunca se imaginaría que el primero esconde a un dictador y el segundo a lo que soy, un criminal nato, un devorador, una sombra errante. Imaginen mi nacimiento como la alborada de esa nueva era que se suscitaba en mi país. ¡El primer hijo de la democracia! Y que los líderes de esa democracia estuvieran obligados a dirigirse a mí en sus discursos y que mis cuarenta años fueran los cuarenta años de un país. «Julio González ha cumplido veinte años y con él celebramos los mismos años de libertad.» «Julio González ha cumplido treinta años, y a pesar de la crisis económica que nos embarga, su sonrisa nos habla de nuestra valentía y nuestro compromiso con la democracia.»

Pero he cumplido treinta y nueve y no he sido nunca ejemplo de nada, salvo de aquello que se considera divertido y llevadero. Y esto se lo achaco al primer error de mi vida. Si la revuelta popular que inició la era democrática de mi país y abrió nueva página histórica sucedía en Caracas y otras ciudades venezolanas, mi madre, a quien nunca conocí, me tuvo, según la versión de mi padre, en Barbados, un paraíso fiscal donde algunos presidentes veranean, Claudette Colbert ejercía de gran anfitriona en su *retreat* Bellerive y Mick Jagger fue detenido con un alijo de marihuana. Y nací allí porque los que tuvieron que exiliarla en los estertores de la dictadura de Pérez Jiménez querían enviarla a Curazao pero se equivocaron al adquirir el billete. Todo un contratiempo. Incluso, supe después, mi propio nacimiento. Me retrasé un mes y llegué al mundo en el día más acertado pero en el lugar equivocado.

Mi madre quizá fue más sabia y prefirió morir tras darme a luz. No tengo siquiera una fotografía suya. Tampoco me hizo mucha falta porque a medida que fui creciendo jamás pude perdonarle, ni a ella ni a la dictadura ni a la resistencia que la envió a Barbados, esta catastrófica equivocación.

De tal manera que no soy ni símbolo, estando a un tris de serlo, ni un huérfano cómodo. Ni un buen hijo, porque crecí al lado de mi padre que mandó a buscarme y tardó años en explicarme el porqué de Barbados y el porqué de mi madre. En ese diálogo, uno de los pocos que hemos tenido, me ofreció unas hojas secas. Me explicó que eran de vainilla y que mi madre las había sujetado mientras me daba a luz.

Fui entonces hacia Barbados. O, mejor dicho, atravesé una buena parte de mi existencia deseando ir a ese puerto. Cuando por fin sucedió, Alfredo, el padre, no estaba a mi lado, ni cerca. Llevaba un escaso equipaje, más que todo recuerdos, flases de algunos rostros, una retahíla de nombres. Era un viaje a Europa, chárter, una corta escala, pero aun así quise bajar con la idea de ir hacia el Hospital Presbiteriano, donde supuestamente vine al mundo. Un negro me advirtió de no alejarme del aeropuerto, pues los chárteres despegaban cuando les daba la gana y podría quedarme varado en la isla. ¡Vaya idea aterradora: varado, por accidente, donde has nacido por equivocación!

Erré por el aeropuerto hasta dar con un jardín perdido en algún rincón y sobrevolado por aviones de todas las nacionalidades. Creí que me toparía con alguna mata de marihuana sembrada con las semillas del *rolling stone*. Pero no. Lo que encontré, de pronto, fueron los arbustos de vainilla desprendiendo su olor agridulce. Me acerqué a acariciarlos y creo que al fin estuve cerca de mi madre. La imaginé sosteniendo estas mismas hojas mientras se empeñaba en traerme a este mundo. Sola y, como buen solitario, aferrada a algo insólito que cobra vida en medio de la nada. Vainilla, el olor de mi infelicidad, el color de mis pasiones.

Los sueños de mi padre lo llevaron a participar en las guerrillas de los años sesenta. Como diría hoy el *Reader's Digest* (y todos estaríamos de acuerdo), formó parte de esa ilusión que desplegó la revolución cubana en el continente, o subcontinente, suramericano. En un año determinado, hacia 1965, tras la muerte de Marilyn y Kennedy, toda Latinoamérica tenía un foco guerrillero. La invasión a Santo Domingo, que tantas vidas costó a los rebeldes, fue como el pistoletazo de salida. Casi inmediatamente vino

Venezuela, bajo el gobierno, no régimen, de Betancourt, un hombre virulento, con mirada de reptil y un eterno sombrero y una pipa a lo Maigret, que hablaba con voz chillona y llamaba mi atención porque, al contrario que yo, respondía a un nombre nada común: Rómulo Betancourt, como si ya fuera un parque o una reserva petrolífera, y al mismo tiempo ofrecía una apariencia extraordinaria, plena de recovecos y misterios. Este hombre creó la democracia venezolana y contra tan loable institución pretendían arremeter los guerrilleros. Era difícil de entender, quizá demasiado vanguardista. ¿Cómo puede antagonizarse con la democracia? Ésa fue mi infancia: la búsqueda incesante a una respuesta inútil. Ambas, las preguntas y las respuestas, se escondían en las montañas que rodean Caracas. Allí se refugiaban los guerrilleros, cruzando caminos amparados en Mao, el Che o una lista larga de líderes más anónimos y tremendos. Una excursión intelectual armada, la clasificaría Ernestino Vogás años más tarde; mucho después que al final de esa década en Bolivia, con sus selvas y mapas no escritos, el Che encontrara la muerte y mantuviera los ojos abiertos.

Mi padre no se parecía a Fidel ni al Che. Fue un hombre delgado, muy miope, taciturno, de nombre Alfredo, siempre al lado del teléfono esperando la llamada que lo pusiera en acción.

Vivíamos en un apartamento en la Plaza de Venezuela, un sitio que hace honor a su nombre y sufre las mismas transformaciones que el país que la ha bautizado. Durante los sesenta era verde y siniestra: de pronto en la madrugada coches de la policía secreta secuestraban a amistades de mi padre que emergían, días después, en algún recodo de mar: sus cuerpos mordidos por peces, sus viudas encabezando manifestaciones por los muertos de la guerrilla años más tarde. En los setenta ampliaron la fuente de la plaza y la dotaron de un juego de luces que, decían entonces, superaba los de la Cibeles en Madrid. Ahora sé que nunca hubo ese juego de luces en Cibeles, pero en esos años de esplendor económico los venezolanos que no podían disfrutar de los dólares que originaba su petróleo iban allí la noche de los domingos a imaginarse que el primer mundo era una fuente cubierta por luces y colores artificiales. En los ochenta, cuando rocé y pasé los treinta, la plaza se quedó sin agua a causa de las restricciones de un país atormentado por la idea de ser tan pobre como sus vecinos bolivarianos. Nadie acudía los domingos y los cadáveres que empezaron a sacudir la tranquilidad de sus mañanas, siempre tan claras, siempre tan soleadas, no tenían tarjeta política. Eran simples personas que se entrecruzaron en el camino de las balas perdidas o las dagas de una delincuencia que crecía sin parar. Ahora, en los noventa, es solitaria. Toda su vida muere a las siete de la tarde. Ya no está allí siquiera Shalimar, un travestí que imitaba, en su escuálida figura morena y mal maquillada, a la Anita Ekberg de la *Dolce Vita* y se adentraba en la fuente, cuando tenía agua y luces, y movía los brazos gritando nombres de grandes actrices —Sofía, Marilyn, Judy, Libertad, Estrellita— mientras la noche declinaba en favor del sol y los primeros trabajadores se alineaban en las paradas de autobuses.

Sigo el hilo de mi memoria. Durante esos años de la guerrilla, que fueron los de mi infancia, el apartamento de mi padre tenía un aspecto de zulo. Era extraño que la policía no lo requisara (siempre ha sido extraña la relación de la policía con mi vida), todo en él olía a revolución. Olía, no parecía, aunque lo sospechoso, claro, era ese vacío mobiliario. Ventanas, una silla plegable, una mesa plegable, un armario y, dentro, libros doctrinarios y retratos del Che y de Camilo Cienfuegos y un gran cartel de Stalin rodeado de campesinos. Ahora que lo pienso, cuán tópica fue siempre la relación de mi padre con la guerrilla. Más que un zulo, éramos un decorado de casa de guerrilleros.

Pero en ese decorado colgaba una americana, de maravilloso ante, con tres botones. En la etiqueta se leía «Panali, hecho en Italia». La primera joya de mi vida. Despertaba, en aquella casa inerte, y esperaba que Alfredo saliera para abrir el armario y contemplar la chaqueta, sentir el ante. Me recuerdo acariciando una manga, deslizando los dedos por la textura, infinitamente más mía que nada de lo que esa habitación, esa guerrilla, esa infancia, podría ofrecerme.

La humedad había instaurado hongos en sus mangas que incluso la hacían más bella. Porque hablaba de nuestra propia miseria, de los peligros que mantenían viva la ilusión de mi padre. Y de ese nombre, esa verdad: la soledad que iba creando en mí trampas donde perderme, condenas a las que entregarme.

Una tarde, con ocho años, decidí probarla. Ante rugoso, usado, destruido, sobre mis hombros. Y un peso increíble. Alfredo apareció y la arrebató de mis hombros. «De esta chaqueta depende la revolución», me dijo, y me pareció sencillamente maravilloso que el ante y la belleza pudieran ser tan indispensables para una futura dictadura del proletariado. Entonces comprendí qué la hacia tan pesada: fajos, muchos, quizá diez, de billetes, dólares, estaban escondidos bajo el fondo.

Él se la puso y salió de la habitación. Nunca más volví a ver la chaqueta, pero supe, al mismo tiempo que descubría a mi padre como enlace comercial de las guerrillas, que mi vida siempre tendría un vacío y una inconsistencia. Que mis pertenencias, y querencias, siempre me serían arrebatadas.

De esta manera, la guerrilla siguió alimentándose de los objetos más dispares. Por ejemplo, mis compotas Gerber, que tenían esos sabores a flan de vainilla; o la de plátano (que ponía en el envase banana y yo encontraba maravilloso tener un norteamericanismo tan cerca, en la

despensa de mi casa roja), o aquella tan elegante de zana-
horias. Esos envases de compotas traían unos bordes de
plástico que en mi colegio, como en muchos otros, las chicas convertían en pulseras. Se separaban cuidadosamente
del borde de la tapa y ¡zas! se volvían magnífico comple-
mento. Hoy, cuando recuerdo, sé que ese momento es el
único que atesoro de mi paso por un colegio: las mañanas
escuchando el himno nacional y colocándome en las muñecas esas pulseras de plástico Gerber.

La guerrilla les daba otro uso. Servían de tirachinas y
alguna vez llegué a ver escrito en los reportajes sobre sus
asaltos a los bancos de la ciudad la noticia de algún policía
con un ojo herido por «el despreciable empleo de tirachinas por parte de las fuerzas revolucionarias». Bueno, al
menos en esa ocasión, admiré la labor de mi padre. Me
acerqué una noche a su habitación y dejé en la puerta una
caja de zapatos repleta de ellas.

No fue igual con mis lápices de colores Prismacolor.
Fueron en sí mismos una auténtica revolución entre mis
compañeros de colegio. Eran estuches de doce, veinticua-
tro, treinta y dos colores. Hasta que yo encontré en una librería en el centro de Caracas el insuperable *number one* de
sesenta y cuatro colores. Seis variedades de azules, entre
ellos el azul petróleo, que parece moverse dentro de su
densidad. Nueve verdes, incluyendo el verde césped (en
mi país se llama grama) que te hacía sentir en Escocia de
sólo verle. Rojos y naranjas, como el naranja azteca que de-
sarrollaba un inédito orgullo americano. Y el único, fantástico, color carne que me hacía sentir como Vincent Price
en *Los crímenes del museo de cera*, una película que la televisión venezolana repetía incesantemente todas las mañanas. Carne, un color tan parecido a la vainilla que mi madre había dejado detrás. Dios mío, ¡qué grandes fueron
esos sesenta y cuatro tonos de amor y revelación que ofrecía la casa Prismacolor!

Una vez más, una tarde encontré a mi padre guardándolos en una bolsa de cartón. Todo era siempre de cartón: las bolsas, las cajas, a veces los zapatos (como la canción), los muebles. La mirada que, sin dudarlo un instante, enfrenté.

—¿Qué vas a hacer con mis colores?

—El hijo de un camarada en la montaña los necesita —dijo mi padre sin retirar sus ojos de los míos.

—No hay más estuches como ése. Son los únicos en mi colegio. Son mis colores.

—Claro que los hay. En la guerrilla sí que no los hay. Tú siempre podrás comprarte otros. O conseguir que te los regalen, como éstos.

¡Lo había averiguado! El señor Enrique, dueño de una librería en el centro de Caracas, siempre me hacía regalos. «Eres un ángel», me decía, mesando mis cabellos al tiempo que le ofrecía mi mejor sonrisa. «Hace calor, quítate la camiseta, si quieres», agregaba. Y yo mantenía la sonrisa. Quería que le dibujara un retrato, el suyo, y que volviera a la tienda para hacerlo. Acepté los colores y jamás volví.

—Pero no puedes quitarme un regalo —argumenté.

—Ni tú evitar que un camarada pueda hacer feliz a un hijo de la revolución.

—Que los compren allí.

Su mirada logró aterrarme. No se compraba nada en la revolución. Se ofrecía. Había olvidado esa importante lección. Pero no podía permitir que apartaran de mí el verde grama. Mi vocación de Vincent Price arrojada a los suelos por un sueño que empezaba a detestar. El azul petróleo a punto de volverse referencia.

—Son mis colores. Nadie querrá dibujar lo que yo quiero dibujar con ellos en esas malditas montañas.

Alfredo me cruzó la cara y los colores cayeron al piso. La última vez que los vi: todos los violetas sobre el suelo de granito. Los amarillos buscándose entre ellos. Los rojos pidiéndome que no permitiera que los enviaran a otra parte. Mi alma entera sacudiéndose de dolor. Un trozo de mí perdiéndose para siempre. ¿Qué podía hacer? Aferrarme a la caja, donde venían los sesenta y cuatro colores perfectamente afilados. Dios, no permitas que me separen de ellos. No lo permitas y creeré en ti, dije. De nuevo me cruzaron la cara y tomaron la caja, apresuradamente recogieron los lápices del suelo mientras me entregaba al llanto. Entonces vi el color carne y fui a tomarlo. Los reflejos de mi padre eran los de un hombre acostumbrado a la desesperación y fue más rápido que yo. Adiós Vincent Price. Todo había terminado.

Por años ojeaba, a escondidas de mi padre, el pasquín de las fuerzas revolucionarias y la copia del *Granma*, que siguió llegando a nuestra casa incluso cuando no existieron relaciones entre Cuba y Venezuela. Hasta anteayer mismo, esperé encontrar a ese niño que sujetaría mis colores con alegría ante la solidaridad de los pueblos hermanos en la revolución o con la avaricia de quien acaricia los objetos que hicieron derramar lágrimas. Y nunca hubo tal foto. En estos largos cuarenta años, jamás volví a encontrar los sesenta y cuatro Prismacolor.

Un día vi llorar a Alfredo. Había desaparecido una semana, y esa mañana estaba allí con algunas de mis compotas Gerber. Muy ojeroso, más barbudo y rumiando cosas que no podía entender. «Nunca haremos una revolución. Si ya está hecha, Castro nos volverá pequeños, nunca podremos superarlo. Ni siquiera tú», me decía señalándome desde su colchón y mirándome con unos ojos cargados de rabia y tristeza. «Ellos, y no Betancourt, son nuestros enemigos.»

El final se acercaba. Betancourt y su sucesor, el afable presidente Leoni, célebre por tocarse el culo mientras recibía a sus homólogos suramericanos en una cumbre *ídem* en Caracas, les había tendido la peor venganza: poco a poco los integraría al gran sueño democrático. Se perdonarían errores, se olvidarían convenientes flecos. Trampas de la memoria. Y esos barbudos que sacrificaron mis pulseras, vendieron mis colores o rasgaron el ante de una chaqueta que nunca pude vestir, terminarían por volverse gordos ejecutivos de empresas de publicidad o ingenieros petroleros.

Alfredo pasó días sin comer, esperando al lado del teléfono. No volvió a sonar. Llegó un nuevo 23 de enero, el de 1968. Diez años de edad, un padre sumido en el silencio y la angustia recorriendo sus ojos como una sombra. Había aprendido a leer, y había leído todo lo que pude en esa casa. En la espera, Alfredo recibió un lote de libros que, imagino, serían como mis colores, herencias sin nombre de otros niños despojados de objetos en nombre de la lucha armada. Agatha Christie y Simenon sustituyeron al Che y a Cienfuegos. Junto a ellos, en los montones de libros y hojas amarillentas, otros detectives de poca monta, *westerns* editados en México, ofreciendo desiertos cargados de tiroteos semejantes a los que escuchaba en mis noches de Caracas. ¿Literatura o propaganda comunista? Ninguna, Alfredo las había incendiado una noche, en el baño.

Diez años y sabía que nada era normal en mi vida, a pesar de mi nombre. Diez años y veía en el espejo del baño a un niño con la mirada de un hombre. Ojos muy negros, la cara marcada, nariz recta, labios prominentes, dientes blancos. Un cuerpo hermoso, una estatura aristocrática. No pertenecía a ese entorno y sin embargo estaba allí. Mi madre, quizá, fue una burguesa rodeada de malas compañías. Allí empezaba una nueva trampa. Imaginar a la madre ausente, inventarse razones, crear sombras.

Abandoné el colegio, me dediqué a leer a escondidas. A nadie le importó, ni siquiera se lo dije a mi padre. Él continuaba mirando por la ventana. Llegaban paquetes, muchos, cargados de libros cada semana. Alfredo los hojeaba y los echaba al suelo, rumiando frases inconexas. ¿Y por qué no venían amigos junto a los libros? No lo entendía, hasta que un día sumé dos con dos: habían muerto. Esos trazos de cultura provenían de camaradas muertos y llegaban a la casa del único miembro de la lucha armada con domicilio fijo. Mi padre era como un enterrador sin cadáveres. Sólo recibía el triste legado de tristes vidas. Un puñado de libros, un puñado de vidas que jamás lograron la heroicidad de sus lecturas.

Poco a poco atravesé el desierto del *western* para llegar a Poe y sus escarabajos aterradores, sus habitaciones cargadas de peligros y muertes. Dickens y su *Oliver Twist*, que era, alas, como yo mismo o como deseaba que fueran los siguientes años de mi vida. Del orfanato más cruel a una sala victoriana, y en el ínterin el crimen, y el mundo que lo rodea, demostrando poseer más naturaleza, más vida que el mundo normal. Desde la ventana de mi habitación, en ese zulo guerrillero, miraba la luna y esperaba la nieve nórdica que me hiciera añorar una libertad. Y a esa libertad le pedía un salvoconducto a una casa repleta de terciopelo, con un gran retrato de una gran dama y una oscura ama de llaves que día a día se le antojara revelarme que esa dama no era otra que mi auténtica madre. Entonces, el destino volvería a torcer la línea de mi vida y desembocaría en una banda de truhanes, liderados por un hombre carismático y envolvente. Y que paso a paso, lágrima a lágrima, me viera envuelto en crímenes. Y que entonces, esa verdad sumergida terminara por flotar junto a mí. El mundo normal, el del terciopelo o el orfanato, es banal. Sólo en lo que huye a la luz, a la verdad, encontraré mi sitio, mi respiración, mi aliento.

—¿A quién pertenecen todos estos libros? —me atreví a preguntar.

—A traidores —fue la respuesta de mi padre—. Traidores que se resisten a morir.

—¿Y por qué tienes sus libros?

—Porque debería quemarlos y no me atrevo.

Se mantuvo quieto, mirándome. Hoy entiendo esa mirada, es la misma que tengo cuando alguien que voy a matar me despierta una última ternura.

—Son las palabras de la burguesía. Las únicas que de verdad son invencibles. Nunca lograrás acabar con ellos. Siempre tiran de ti, te atrapan. Ellos son la violencia —se detuvo, siempre mirándome—. Tú eres esa violencia. Tú les perteneces.

Recuerdo hoy, en la distancia, cada una de esas palabras. Y el tono de las paredes en nuestro apartamento. Eran paredes blancas, que durante el rumiar de ese encuentro se volvieron más azuladas, como si palpitara bajo ellas un espíritu.

—Eres como tu madre —dijo, al fin.

—No tengo madre. Murió en Barbados.

—Tu madre quiso tenerte —siguió él, manteniendo la mirada—. Hablaba de hacer con su vida lo que le diera la gana y, al final, terminó reaccionando como lo que era, una burguesa.

Quería decir algo, pero no podía. Estaba más interesado en ver las paredes cambiando de tonalidad. Él, en cambio, deseaba revelarme ese secreto. Sus ojos parecían moverse fuera de su rostro. Sus manos temblaban. Su aliento despedía odio, muerte. Pero no había vaho. No existía ese aliento. Sólo yo podía percibirlo. Y así como adivinaba esa inocua existencia, presentía, igual que un lenguaje que también sólo yo pudiera leer, la certeza de que si le dejaba hablar, le dejaba escupir sus odios, éstos acabarían por destruirle y así, a lo mejor en breves segundos, yo podría huir de ese zulo. ¿Adónde? No era capaz de adivinarlo. Pero sentía ese impulso. Eliminarlo, quitarlo de en medio.

—Su familia se ocupó de todo —continuó—. Como hacen todas esas gentes, lo limpian, lo guisan, lo sirven. Se lo comen. La llevaron a Barbados y se inventaron todo eso de que era un exilio político. Y murió, porque se desgarró al tenerte.

En ese momento sólo cabía una pregunta. ¿Por qué me lo dices ahora? Pero esa mirada, esa manera de derramar las palabras, el impulso sin voz ni motor que crecía en las sombras azules de las paredes, impidieron hacerla.

—Una criada se presentó contigo en mi casa —siguió Alfredo—. No iban a criarte, tú habías acabado con la vida de su hija. Ésa es tu verdad. Yo eliminé todas sus fotos, las quemé, las arrojé. Y me equivoqué también en eso. Tú eres su vivo retrato. No hay nada mío en ti. Eres todo ella. Ése ha sido mi castigo —sus ojos se encendían, su aliento rompía contra mi ropa y sus brazos se aferraban a mi piel. No podía moverme. Que me golpeara, que decidiera matarme, podía suceder, y yo tenía que incentivar ese deseo a través del silencio y mis miradas. Como una orden, esa voz interior que delante del precipicio exclama: ¡Salta. Atrévete, Alfredo, atrévete a matarme. Estrangúlame, degüéllame, párteme el estómago. Mátame!

—Tú eres mi condena —volvió a decir, separándose. Apretó un vaso y lo hizo estallar en sus manos. Los dos miramos la sangre y él, de pronto, tomó otro vaso e hizo lo mismo. Pasó sus manos ensangrentadas por su rostro. Una lágrima se escapó de sus ojos.

—Mátame, Alfredo, te lo suplico, mátame.

—Decidí criarte por eso, porque pensé que un auténtico guerrillero vive su propia guerrilla, para aprender a combatir. Pero tú no has sido un combate —agitaba los brazos, los volvía a clavar en los míos, mantenía aquella mirada, podía matarme. Apretar sus manos en mi cuello, con toda la fuerza contenida en su cuerpo—. Tú eres algo peor. Eres la violencia, la tragedia. Yo creí participar de una guerrilla. Y nunca me di cuenta que había ayudado a engendrarla. Eres tú. A tu alrededor siempre habrá conflicto, luchas. Crímenes.

—No hay nadie, Alfredo. Nadie nos escucha. Mátame.

—No —gritó—. No me ordenes. No seas como ella...

—¿Como quién...?

Se giró enloquecido. Las paredes tenían el azul del hielo. No se movía nada. Sólo esa voz, interna, incisiva: «Todo terminará cuando el azul sea oscuro.»

—Azul petróleo —dije en voz alta, por primera vez.

Entonces el vidrio del salón se hizo añicos, y el ruido de la calle, los gritos y el fuerte viento caliente echaron a mi padre al suelo. El tiroteo se adentró con brío en el interior de nuestra casa. No me moví de mi sitio. Absorto contemplaba los gestos de mi padre en el suelo, negando con la cabeza, gritando frases incoherentes. El último ataque guerrillero en la última mañana de esos sesenta. De pronto, Alfredo se irguió, no esperó a que cesaran los disparos y salió hacia la calle. Gritando, abriéndose la camisa para ofrecer su pecho que tanto deseó ser histórico. «¡Hijos de puta, podéis equivocaros algún día y matar a uno de los vuestros!» Le vi correr, solo, por la calle desierta, los disparos convirtiéndose en eco, la mañana tan clara, el cielo ofreciendo su amable azul, el calor sacudiendo mis mejillas. «Hijos de puta», gritaba con la garganta ahogada en lágrimas. Hijos de puta, en medio de la balacera, sin que los proyectiles alcanzaran a rozarle. Como si fuera un fantasma, aquel pobre cuerpo de huesos y lágrimas, gritando tras el largo silencio, entregado, condenado: su sueño había terminado y mi infancia también. Las paredes de la habitación reencontraron su palidez.

Una enfermera, alta, firme, sostuvo mi mano mientras Alfredo se alejaba, una vez más, en el largo pasillo del Instituto Mental Constanza Aguilera. Si tanto disfrutaba con Dickens, no podía pedir más. Aquí lo estaba viviendo.

Dejé de pensar y de ver a mi padre reducido a un cuerpo acompañado de unos ojos aterrados, y empecé a comprender, por vez primera, los alcances de los decorados que rodean, enmarcan y sostienen los peores momentos de la memoria y sus trampas. Ese manicomio, que observaba a los once años, con su enorme jardín de césped seco y amarillento; los pilares que hablaban de una finca colonial convertida en último reducto de la cordura; el ruido de los pájaros sobrevolando el tejado y picándolo, alimentándose de sus maderas, como si fueran los mismos vampiros o buitres que carcomieran el interior de los cerebros que allí esperaban salud; los pasos y rostros de esas enfermeras de uniforme rosa, cadavéricas, desagradables, condenadas a su soledad, incapaces de demostrar el más mínimo amor. Pero yo miraba más allá de esto. Miraba lo que está y al mismo tiempo no es tangible. La atmósfera, el cuadro que jamás puede ser pintado. El conjunto del dolor y el tiempo, el llanto y la sonrisa.

III

CONDENAS DEL AMOR

—¿C rees en el azar? —era una voz dulce y, al mismo tiempo, entristecida. Tierna y cruel. La primera impresión y las primeras palabras de Ernestino Vogás.

Era una casa antigua en La Pastora. Un jardín abrumado por trinitarias salvajes, matas de mango y de lechosa, esa fruta tropical que muchos conocen como papaya. Ah, las lechosas de Ernestino, el significado de esos árboles que son como palmeras enanas, con la copa repleta del extraordinario fruto. Alimentos alejados del suelo, que jamás se desprenden, sólo anuncian su madurez cuando dejan de expulsar la leche, tan blanca como la mamífera. Ranas gigantescas observando desde el estanque de nenúfares y dioses griegos carcomidos por la humedad. Un muro separaba este universo de un barrio peligrosamente marginal, que sin embargo conservaba sus huellas coloridas y entristecidas, similares a la voz de Ernestino, empeñado en revelar el glorioso pasado de La Pastora como el primer barrio colonial de Caracas.

—¿Te gusta posar? —preguntó mientras agitaba los largos puños blancos de su camisa. Era enorme, gordo y gigante. Gran cantidad de cabello, grandes labios, grandes ojos negros mirando dentro del huracán. Caminaba como si el mundo fuera a derretirse bajo sus pies. Y lo hacía. Allí donde pasaba, se desvanecía algo.

—¿Posar para qué?

—Para mí. Soy pintor, aunque algunos prefieren llamarme sólo maricón. ¿Cuántos años tienes?

—Once. Nací el 23 de enero de 1958.

Dejó de respirar y de moverse. Luego, se sonrió y al igual que los ojos y los labios, sus dientes eran el teclado de un piano.

—Entonces, aún no lo sabes, pero sí crees en el azar.

Ernestino Vogás fue todo lo que la dictadura de Pérez Jiménez consideraba arte y estilo. Nació en Caracas el 29 de septiembre de 1925, hijo de un coronel que, a pesar del machismo de su rango, alentó a la madre, una exquisita mujer nacida en Nueva Angostura, la ciudad platinada que crece a orillas del río Orinoco, para que mantuviera las clases de música y piano que tanto entretenían al vástago. Un día, las manos de Ernestino crecieron como todo su cuerpo y la gracia que exigía el instrumento chocaba con el diámetro de esas manos. Para entonces, Ernestino había satisfecho a sus padres desarrollando una brillante hoja de estudios que le permitió olvidar el trauma de abandonar la música para sumergirse en Derecho con igual ahínco y brillantez. Se graduó en la Universidad Central con altos honores, a la vez que su cuerpo seguía creciendo de manera desproporcionada. Esto tampoco le afectó, pues le permitió descubrir el universo de la ropa hecha a medida a través de un hombrecito afable, silencioso y muy delgado que también cosía algunos de los trajes que habían colaborado en establecer a la señora Vogás como una de las damas más elegantes de Caracas. Este sastre, conocedor de los secretos de la familia, se convirtió en un gran aliado de Ernestino. Y a medida que fue haciendo para él un guardarropa tan sofisticado y elegante como el de su madre, también creó otro más extravagante y osado que les permitió a los dos conjurar talentos, nombres de sitios soñados, actrices deslumbrantes y algo que podía envolver todo eso: el arte. Los cuadros, y en especial los retratos. Ernestino vio a su padre convertirse en agregado militar de la embajada de Venezuela en Roma y pidió acompañar a la familia, a pesar de contar ya con un trabajo en un bufete de la ciudad. Fue, quizás, una negociación dura, pero el padre consiguió colocar a su hijo en el personal del consulado. Y Roma resultó, en palabras de Ernestino, una escuela abierta para su ojo de pintor y para su alma de retratista y de desproporcionado gigante ahíto de olores, extravagancias y oscuridades.

—Te gusta presumir de tu fecha de nacimiento. Divertido, sí, muy divertido. Para mí es la fecha de mi muerte.
—Pero si estás vivo.
—No, querido, algunos de nosotros hemos sido obligados a morir en vida. Ése es mi caso. Responde entonces, ¿te gusta posar?
No respondí. Preferí observar. Más allá del jardín se levantaba una casa de una sola planta. Las ventanas tenían cristales de colores. Como mis colores perdidos. Un amarillo huevo frito. Un verde rana (o botella de Tankeray). Un rojo encendido, peligroso. «El rojo que no se asusta de sí mismo», decía Ernestino. Y detrás de esos cristales, un edén particular que atravesaba culturas y fronteras sin ningún disimulo. Columnas dóricas de madera, robadas a alguna iglesia. Terciopelo marrón. Grandes sofás de cuero,

de cebra, de inevitable carmesí. Una gran *chaise longue* cubierta de telas. Candelabros gigantescos, con velas altísimas a pesar de estar consumidas. Platos de frutas, algunas pudriéndose y atrayendo grandes moscones, cuyas alas verdes resplandecían en el peculiar salón. Dos hombres desnudos, flotando en algún espacio, cubrían el techo. Y al fondo, justo delante de las grandes puertas que dirigían a su habitación, se levantaba un escenario, franqueado por dos grandes esculturas de apolos negros y una tramoya donde se colocaban los telones, siempre dibujados por el propio Ernestino, frente a los cuales posaban sus modelos.

Un cuadro de Ernestino Vogás era exactamente esto. Un telón delante de otro telón donde la cultura clásica tropezaba de frente con el vudú, el oro mítico de tierras desconocidas, grandes árboles, enormes frutos y maravillosos representantes masculinos de una negritud imposible o de rasgos aindiados pero cuerpos de Vaticano.

—Mi arte no tiene nombre, querido mío. Es un aliento. Un montón de vida, afortunadamente sujeto por un poco de técnica europea y la certeza de que lo único cierto en la vida son los músculos de un hombre hermoso y los colores del renacimiento.

—¿Y adónde van todos estos cuadros? —pregunté.

—A ninguna parte. Soy un apestado —estuvo un rato escogiendo los pinceles que emplearía, antes de girarse hacia mí—. ¿Por qué haces tantas preguntas y no quieres saber cómo has llegado hasta aquí?

—Por razones del azar, supongo.

—No, querido. Te han traído; en mano y con una maleta donde hay algunas prendas tuyas. Todas terribles. Claro, no podíamos esperar más de un padre guerrillero.

—¿Lo conocías?

—Ves, algunas preguntas se quedarán sin respuesta —dijo. Volvió a observarme de arriba abajo—. Sí, eres hermoso. Como tu madre. Y antes de que vuelvas a preguntar lo obvio, déjame decirte algo: todo aquello para lo que no tengas respuesta, búscalo en lo que mires. El mundo es un gran decorado y cada pieza una verdad escondida.

Aprendí a mirar, sí, en esos años que pasaron sin darme cuenta. Y también a descifrar a Ernestino. Ese decorado suyo en verdad escondía a un gran pintor. Si un artista tiene que ofrecer algo, es un universo. Algo que veas y transforme tu mirada para que empieces a mirarlo todo bajo el ojo que has descubierto. Ernestino poseía ese don. Y ese don había sido moneda legal y activa de la cultura impuesta por la dictadura. Sus murales aún se mantenían en los edificios y grandes construcciones que el régimen irguió para su posteridad. La torre Bolívar, el Paseo de los Caobos poseían murales y frescos hechos por Vogás con sus grandes indígenas venezolanos con cuerpos de ganadores en algún concurso de fisiocultura.

Con la caída de la dictadura, el estilo Vogás se vio rodeado de voces que clamaban a gritos su muerte. Se le definió como el arte del régimen y al mismo Vogás como el retratista de los fascistas. Los museos cerraron sus puertas y en más de un caso escondieron sus cuadros, si no llegaron a quemarlos. Las grandes familias del régimen huyeron o, en el intrincado proceso de acoplarse a las fuerzas democráticas, prescindieron rápidamente de sus obras.

—Manchas en las paredes, en eso se convirtió mi obra. Una huella. Y eso es lo que soy, una sombra, atrapado aquí en lo único que aún conservo. Mi universo. Y mis hombres.

Dentro de ese universo no había preguntas. Estaba ahí y punto. Era como un clic que alguien sin manos enciende. Estás aquí, Julio, y no necesitas saber nada más. Pero a la caída de la noche, acompañado por el croar de las ranas y el llanto destrozado de Ernestino, clamaba por entender el rompecabezas que crecía en mi rededor. ¿Por qué este hombre me había recogido? ¿De dónde conocía a mi madre? ¿Cómo sabía que Alfredo fue guerrillero?

—Deja que tu ojo te guíe. Confíate enteramente a él —repetía cada día, delante de todas las frutas tropicales que iba organizando una a una en complejos bodegones arquitectónicos. Miraba los plátanos y los palpaba, igual que las papayas y los mangos. Los acercaba al sol para descubrir sus colores. Iba organizándolos según su tamaño, siempre procurando que juntos exclamaran belleza.

—A lo mejor es a causa de mi exilio artístico, pero la belleza es la única persona que me ha acompañado siempre. Que jamás me ha traicionado. No me pertenece. Puedes verme y sé que encuentras en mí un monstruo. Pero puedo hacerla surgir y obligarla a rodearme.

Cada jueves las puertas del salón se abrían para recibir a los modelos de Vogás. Seis, ocho jóvenes del barrio deambulaban, en silencio algunos, con ojos amenazantes otros, delante de las cortinas de terciopelo encendido. Esperaban la llegada de Ernestino, que para ese día se dilataba aún más en su impenetrable habitación.

Cuando surgía, era el gran maestro de ceremonias delante de sus animales escogidos. Se detenía en el umbral de su puerta con esa gran sonrisa blanca, las fuertes y enormes manos aferradas a las columnas. Y miraba al grupo de varones con las inmensas pestañas enjugando las pupilas negrísimas. Entonces avanzaba hacia uno de ellos y empezaba a hablar, con esa voz, siempre profunda y amigable, siempre cargada de tristeza.

—¿Quién os ha enviado aquí? —preguntaba.

—Alejandro —respondía uno de ellos.

—Ah, el gran Alejandro. Es muy amigo mío. Ha sido uno de mis mejores modelos. Brazos tan largos, músculos tan redondos y al mismo tiempo suaves, como este terciopelo, moviéndose debajo y encima de la piel, como un alma errante.

Hacía una pausa y se movía él mismo como el efecto contrario de sus palabras. «La morsa que avanza cerca de los bellos tiburones», decía más tarde.

Los tiburones esperaban anhelantes. Por posar recibirían quinientos bolívares de esa época. Al cambio eran cien dólares. ¿De dónde salía el dinero? «Ah, hijo mío, mi padre hizo grandes negocios en el consulado de Roma.» ¿Y sólo cobraban ese dinero por posar, Ernestino? «Aún eres muy joven, Julio. No puedo responderte, porque me llevarían preso. Sólo puedo permitirte ver.»

Y ver, una vez más, era lo que hacía. De los ocho, quedarían seis o cuatro.

—Algunos tienen la piel fea, otros llevan costras. Cuando alguien se desnuda, dejas de oír y empiezas a ver. Como si el ojo se alimentara del brillo de la piel. Entonces todo resalta. Éste es el auténtico encanto de la belleza. Cuando la descubres plenamente, sólo puedes aceptar la belleza total. La absoluta. Por eso cada jueves ves entrar ocho, diez jovencitos maravillosos. Y de ésos, la mitad, y a veces sólo uno, permanece: el que posee los labios que no necesitan hablar, los ojos que quiebran cualquier espíritu, las pestañas que se abaten como persianas, las manos que pueden abarcar pero que jamás apretarán, las piernas como columnas, los pies extensos de dedos largos, el vello púbico perfectamente dibujado sobre los genitales y el falo reposando como un animal cansado.

—El hombre Vogás —dije. Ernestino giro rápidamente hacia mí, clavando fijamente su mirada.

—Exactamente. Sólo otra persona ha entendido mi búsqueda como tú. Una mujer. Una gran mujer, el vampiro más goloso. Amanda Bustamante.

Los escogidos eran ubicados delante del telón rojo con la misma caricia y organización que lo eran las frutas y hortalizas para los bodegones. Ernestino parecía un arquitecto diseñando una ridícula casa de muñecas. Estiraba una pierna, doblaba un brazo, volvía a colocar ese animal cansado sobre el césped púbico, giraba rostros, mojaba labios y los cuatro elegidos soportaban esta larga *mise en scène* sin decir nada.

Tras ubicarlos, Vogás arreglaba el telón de fondo. Sus propios óleos servían de *background*. Siempre recordaré la fuerza de ese momento de creación. Grandes, gigantescas palmeras amarillas, amparadas por cielos de un azul brillante, enmarcaban el maravilloso cuerpo moreno. Ernestino encendía un ridículo ventilador que al final creaba más calor en la enrarecida habitación. Y empezaba a pintar sobre el lienzo de dos metros por dos metros. Los jóvenes no podían moverse, pero él, en cambio, bramaba al arrojar los colores y mover sus pinceles. Sudaba y jadeaba a medida que iba forjando la belleza. Pronto, empezaba a contonearse como si sufriera una epilepsia, un orgasmo. Algo se apoderaba de él. Sus ojos taladraban los cuerpos e hipnotizaban las miradas de los visitantes. Las plantas de lechosa sudaban la espesa savia de sus frutos y esparcían un perfume agresivo, potente. El sol empezaba a caer y, desde la ciudad, siempre abierta como una boca a nuestros pies, ascendían sonidos tremendos. Gritos de mujeres solas, risas de niños perdidos, susurros de personas traicionadas, preguntas de los que, como yo, veíamos y deseábamos encontrar una respuesta. Y luego, se esparcía el silencio y Ernestino encendía las luces que apenas dibujaban halos en la oscuridad. «La luz es como una segunda piel», afirmaba y siempre repetía este mantra al encenderla. El ritual dentro del ritual. Porque al encenderse, entraban los olores de la noche. Las intensas flores, los grillos, las ranas croando con la misma lentitud que ejercía el propio Ernestino cuando se desplazaba. Y una a una, con un ruido seco, firme, caían las lechosas sobre el jardín.

Y allí, al escuchar ese ruido, mecánicamente, la acción se precipitaba. Los modelos, los elegidos, hartos de posar, descansaban las piernas y Ernestino les ordenaba echarse en un área del salón decorada con cojines. Allí les esperaban bandejas de comida, fruta y frutos secos, botellas de vino, cigarrillos, marihuana y un pequeño cofre cargado de cocaína. «Esto hará que todo sea más fácil», decía Ernestino mientras dibujaba las líneas blancas sobre el pecho de uno de los jóvenes. Los otros se reían y Ernestino aspiraba dos grandes rayas sin separar sus ojos de ellos. Como incitándoles. Entre risas y nervios, ellos aceptaban repetir la operación. E iban colocándose. Ernestino avanzaba por el salón echando trozos de su ropa sobre las lámparas y llegando hasta el tocadiscos para poner sus canciones favoritas, boleros de Toña la Negra. Los elegidos no hacían nada, dejaban de verter cocaína sobre sus cuerpos y la depositaban sobre una carpeta negra que encontraban, convenientemente, detrás de uno de los cojines. Aspiraban y se excitaban observando al gran Ernestino contoneándose desnudo. No era una visión erótica, era tosca, burda, peligrosa. Pero, imagino ahora, la conjunción de esas tres verdades tenía que crear un erotismo. Inmediato, cruel, intenso. Como si al verlo, entendieras tan rápidamente que la única salida es follar, que no te importa entregarte a ello, porque durará hasta conseguir la eyaculación. Luego cerrarás los ojos, aspirarás otra raya y huirás de ese sitio.

Ernestino abría la puerta de su habitación y entraba a ella a encender las grandes lámparas de cristales adiamantados que reposaban a ambos lados de su casa. Las paredes se volvían amarillas, el perfume de los nardos y las bromelias regresaba a empalagar el ambiente. Ernestino retiraba con un gran gesto las sábanas de su lecho, un barco de madera capaz de contenerle a él y doce elegidos. Se colocaba boca abajo, los brazos en cruz, y su rostro y sus enormes ojos alumbrando la habitación como faros de buque cazador.

Los cuatro jóvenes se desperezaban en la zona de los cojines. Uno de ellos, tras consumir una nueva raya, agitaba su miembro ferozmente hasta conseguir erguirlo. Con su mano libre acariciaba el de otro de sus compañeros. Alguno se alejaba y entonces el modelo erecto probaba con otro. Éste terminaba por reaccionar y movía su propio miembro. Una acción generaba la otra y pronto ellos se dejaban llevar, succionaban sus miembros, acariciaban sus piernas y Ernestino, desde su posición, silbaba y los hacía ir hacia su habitación. Y entonces el gigante obeso se convertía en serpiente de mil cabezas, diosa hindú de mil brazos, a punto de abrazar, devorar y ser devorado por sus propias criaturas.

Al día siguiente me tocaba limpiar el festín. Ernestino, desnudo, mojado, a veces golpeado, emergía de la cama-barco en dirección al rincón donde debía reposar la caja de plata vacía de cocaína. Era un gesto reflejo. Comprobaba que estuviera allí, perfecta, a veces rodeada de cigarrillos, calzoncillos, calcetines, incluso un cuerpo desnudo y roncando. La tomaba y regresaba a su habitación. Saldría de allí doce horas después, al atardecer y se instalaría en el salón-biblioteca a leer a Lorca, Whitman y su adorada novela *El Manantial*. Era impensable hacer mención de lo sucedido. Sus criaturas lo habrían lamido, follado, humillado y cualquier otra cosa más, pero no había necesidad de subrayarlo. Yo aún no tendría trece años y estaba lleno de preguntas y de deseos. Detestaba, en el fondo, que esos cuerpos maravillosos se arrojaran sobre un ser tan grotesco como Ernestino. Y creía que era una nueva treta del destino que mi ser flacucho, demasiado aniñado, no se considerara para ninguna de las peripecias sexuales que sucedían en la habitación de Ernestino.

—¿De dónde vienen todos esos jóvenes? ¿Quién los escoge para ti?

—¿A ti qué te importa? No debes ser curioso, Julio. Tendré que prohibirte que estés por aquí cada jueves.

—¿Por qué todos hablan de Alejandro y nunca veo a Alejandro en esta casa? —pregunté en referencia a esa persona que los elegidos nombraban.

—Porque Alejandro está en todas partes en mi casa. Sólo te basta con ver mis cuadros. Los cuerpos cambian, el rostro de cada uno de mis héroes es el mismo. El rostro de Alejandro.

Volví a morderme la lengua. ¿Era un novio, un amante perdido?

—Un día podrás leer este libro, *El Manantial*. La lucha de un hombre honesto por colocar su arte por encima de las tretas y manipulaciones del materialismo. Y descubrirás cuán cierta es la frase de su heroína, cuando explica que antes de enamorarse de algo, un objeto o alguien, un hombre, prefiere matarlo para no tener que ver su deterioro o asistir al de ella misma y sufrir entonces el abandono del ser amado.

—¿Pero crees que la gente sólo ama por la belleza?

—Nacemos feos y tenemos un momento en la vida en el que todos somos bellos, por un instante, una noche quizá. Gracias a ese milagro, encuentras un dios, un ser auténticamente bello que te complace o se entrega a amarte. Pero ese amor no puede durar, porque tú pronto volverás a ser feo y el objeto de deseo, de admiración, se habrá hecho aún más hermoso.

—¿Y entonces abandona?

—No. Hace algo peor. Se complace en reducirte. En merodear cerca de ti para subrayar las diferencias. Entonces, dejas de amarlo, porque al mismo tiempo él empieza a espaciar la intimidad. Y empiezas tú a reflexionar, que es la peor parte, porque te arrepientes de haberle conocido, de haberle traído a casa. De dejar que te penetre y te haya vuelto suyo. A medida que crece el arrepentimiento, él aprovecha para distanciarse y alejarse con lo mejor de ti. Tu deseo, tus palabras de amor, tu entrega. Y cuando estás solo, como lo estoy, lo estuve y lo estaré, quieres volver a citarle para matarlo.

—Pero tú jamás cometerías un crimen, Ernestino.

—Eso nunca lo sabes. Siempre hay un día en que rozas la posibilidad. Yo tuve esa primera vez...

—¿Con Alejandro?

—No. Hace muchos años, con una mujer.

IV

OJOS VERDES

Madrid, 1998.

Dejo el cuarto oscuro detrás y cruzo la Gran Vía después de una gran borrachera y dos rayas. Veo mi propio cuerpo deambular ante sus grandes edificios que saludan con un gesto triste, irrepetible, por fin íntimo. Frente a ellos, en su infinito silencio, actores obligados a representar delante de un público inexistente y desinteresado, pienso en lo que he perdido. Lorenzo, Caracas, las orquídeas en el jardín de Amanda Bustamante. El culto a la Metro Goldwyn Mayer compartido con Reinaldo Naranjo. Un ramo de flores de vainilla.

Prefiero mirar el carnaval que se presenta al sincopado paso de mi andar. Y en él aparecen sombras de la fiesta que creí dejar con todas esas personas, grandes profesionales que con sólo una llamada podrían cambiar mi destino en esta ciudad, alejarme de esta avenida y del poder hipnótico de sus tristes fantasmas. Los beso esperando que ellos escupan una recomendación que me permita subir. ¿Subir adónde, a otra habitación, otra atmósfera, un nuevo crimen? ¿No te has visto, Julio González, en los escaparates de esta ciudad? ¿Hay aún algo de tu belleza? ¿Todavía puedes esperar la frase mágica: Mengano conoce a un venezolano que es simplemente divino. Deberías invitarlo? Es tarde, es invierno, vas a cumplir cuarenta años. Por eso le pertenezco a la Gran Vía, ella me es fiel. Con sus ángeles suspendidos y cubiertos de contaminación, decididos a no marcar el límite entre la luz y la oscuridad.

Estos edificios me protegen, incluso en algún momento, conseguirán adoptarme. Noche tras noche sé que no me costará mucho. Me acercaré a uno de ellos y me dejaré encerrar tras sus rejas. En esta hipnosis que me transporta, adoro el Capitol, me pierdo por el Hotel Emperador, quisiera adentrarme en el mega-pop anuncio de Schweppes y descender a la cocina del Café Manila, ahora tienda Bennetton, en cuyos cristales ese mundo entre Viena y Oporto, que es el primer trozo de Gran Vía hasta Callao, se encontraba con sus rasgos robados a México y Veracruz.

Lo que sigue, hasta descender completamente delante de Torre Madrid, es territorio del desafío y lo que nunca desearé olvidar. Las pequeñas tiendas de bisutería, calzado y bolsos de lentejuelas. El número 62, con su portal minimalista y el ángel coronándolo. En el silencio, sé que la Gran Vía me ama, que me considera uno más de sus fantasmas. Y que entre ellos —sombras, maderas atrapadas en las tiendas de camisas— aparecerá, cuando menos lo espere, él, a quien busco, quien me liberará: azul petróleo.

Escucho el silencio de la madrugada. Los jóvenes *yonkies* subiendo y bajando la avenida, chaperos recién llegados a la Gran Vía. Si llevan ojos verdes estoy perdido, querré seducirlos, tendré que matarlos. Y esta vez, esta noche, no quiero volver a mis hábitos, deseo liberarme de todo. Vuelvo a gritar. Azul, azul petróleo, esperando que él —el de los pantalones de terciopelo, el pelo de visón, el cuerpo que fue mi cuerpo— aparezca en una esquina y me tome entre sus brazos. No hay respuesta, no veo nada, la Gran Vía continúa arrastrándome. Los edificios me acompañan y, de pronto, me dicen, desde sus cornisas adornadas, su altura de grandes primos: «Estás aquí, refugiada o refugiado, y por lo tanto disfruta de lo que ves. Apréndelo, tómalo entre tus manos, hazlo parte de tu aliento, del ser que poco a poco irás perdiendo a medida que una piel nueva crezca bajo la que has calificado de eterna y ella, mientras cae, te descubra el secreto más escondido: todo lo que vive, está condenado a desaparecer.»

La vida junto a Ernestino continuó su equilibrado andar. Si alguien hubiera descubierto mi presencia en medio de esas orgías, habría denunciado al pintor abandonado a su suerte. Era un gran delito, aún no tendría catorce años y ya había visto, sin ninguna prohibición, cuerpos, sudores, anhelos y vejaciones, sucediéndose sin remordimiento frente a mis ojos.

La única explicación que puedo ofrecer hoy día es que Ernestino, al ser condenado a una especie de exilio sin nombre ni razón, construyó su propio universo, ajeno a leyes y, efectivamente, a explicaciones. Lo que sucedía en ese jardín, en ese decorado, bajo la sombra protectora y excitante de las papayas, era su ley.

—Puedes salir, cuando termines tus labores. Puedes ir a la calle, tienes una mesada semanal. Nunca te preguntaré en qué te la gastas. Sólo tómala y nunca pierdas las llaves de esta casa.

—¿Adónde voy a ir? No quiero volver a mi escuela. No sabría integrarme...

—Pero no puedes ser ocioso. Nunca a tu edad. Invéntate un mundo, Julio. La gente como tú, o como yo, estamos condenados a crearnos un mundo. Búscalo.

Me obligué a construir un mundo de mentiras en la sala de la Cinemateca Nacional. Las películas vinieron a sustituir mis lápices. En esa sala, guiado por una mano invisible, dejé de regresar a los jueves sexuales de Ernestino y sus esclavos. Aunque fuera por un tiempo.

Volvía cada noche a una aventura conmigo mismo y mi propio decorado. Vi *Camelia* y sentí a Garbo y conseguí entender un tocador y desearlo en mi habitación. Lo compré en muebles Hervigón y Ernestino dejó de hablarme un mes. Lo calificó de cursi y amenazó con reducir la mesada. Fue una agria discusión en la que descubrí que tenía una importante capacidad para sostener mi palabra y mis deseos. Al final la eterna pregunta: ¿De dónde venía ese dinero? ¿Quién lo enviaba?

Ernestino meneó su cabeza, no podía revelármelo. Era su secreto. El silencio entre los dos resolvió, como siempre, la discusión. Todo lo pinté en blanco y rosa, puse cortinas, añoré una cama con dosel.

Y, de pronto, una tarde veo *Lo que el viento se llevó* y lo tiro todo y vuelvo a pintarlo en rojo. Y Ernestino volvió a callar, pero creo que estuvo más de acuerdo. Rojo. Tardaría años en hallar el rojo Minnelli, pero cuando lo hice, también en la cinemateca, apliqué ese tono, con que se envuelve a la Garland en *Ziegfield Follies*, a todo lo que se posó ante mis ojos. Y allí, Ernestino me besó y me prometió un cuadro de mi habitación, conmigo dentro, rodeado de la sangre technicolor. Jamás lo pintó.

Sin embargo, la película que selló mi auténtico y actual decorado fue *Barbarella*. El espacio sideral en pop, treinta años antes de que realmente estuviéramos en el futuro. Al principio de los créditos, cuando se desnuda para luchar contra la falta de gravedad, Jane Fonda es lo más bello que he visto jamás. Es todo lo que esperamos de una mujer, de un ser humano: que sea bello y ambiguo, que no exista y sin embargo respire, y que, como *Barbarella*, viva en una caja de juegos, de mentira y peluche, deambulando en una galaxia nueva, traduciendo lenguajes desconocidos gracias a su adaptador de idiomas, apareciendo en espacios sin meteorología, de color plata, vestida con una larga boa y altísimas botas blancas.

Como siempre, llevé las cosas un poco lejos y deseé disfrazarme de la misma Barbarella para la fiesta de carnaval de mi colegio. Tenía once años y llevaba poco tiempo con Ernestino. Los dependientes de las tiendas se reían, nerviosos, cuando pedía un traje de Barbarella. «¿Por qué no te vistes de Superman o de Linterna Verde?», me decían, a la inglesa, ofreciendo una pregunta por respuesta. No, quería esa minifalda con ombligo transparente, capita y las botas de *vinyl* blanco. Sí, ya lo sé, decía con mi mirada a las crueles dependientas, no es un disfraz de varoncito. Pero, qué coño, si se trata de disfrazarse, Barbarella es el mejor atuendo.

Iba solo de tienda en tienda, hasta que en una de ellas, en una callejuela de Chacao, me atendió un hombre de unos cuarenta años, alto, delgado, con penetrantes ojos negros y un fuerte acento español. Me llevó hacia el interior de la tienda, que era de uniformes para empleados domésticos o mecánicos, hasta una habitación repleta de brazos y cabezas de maniquíes. «¿Quieres ver un traje como el de tu Barbarella?», preguntó y yo asentí. Él volvió, con la camisa abierta, y me pidió que buscara algo en su pantalón. Apagó la luz y fue ése, claro, el primer cuarto oscuro de mi vida. Su voz se fue haciendo más espesa mientras me preguntaba: «¿Sabes, sabes lo que es eso, sabes lo que estás tocando?» Y yo sabía pero me negaba a tocar. Pensé que la situación era igual a lo que le sucede a la propia Barbarella cuando las gemelas diabólicas la amarran y la dejan a su suerte mientras un ejército de muñecas avanzan hacia ella con la intención de devorarla con sus fuertes mordiscos.

Yo también estaba atrapado, dependía de este hombre. Sujetaba mi mano y la llevaba hacia el trozo de carne. Lo sentía crecer y al mismo hombre agitarlo muy cerca de mí. Me rozó la cara varias veces con él y recuerdo, con desagrado, el olor a orina y también la visión de la piel brillante de los maniquíes mientras el hombre me pedía que me acercara, que lo tocara, que lo metiera en mi boca y yo no reaccionaba, hasta que empezó a golpearme y a amenazarme con pegarme más fuerte si no lo hacía y con no darme el disfraz de Barbarella que, entonces, a medida que gimoteaba y se sacudía, empezaba a asegurarme que tenía en su poder, en su poder, en su poder, en... su... pooodeeer.

Salí de esa tienda con las manos vacías y el pelo sucio. El hombre miraba hacia los lados antes de bajar la persiana. Caminé por Chacao observando hombres. Veía sus pies y sus manos, el tono de sus cabellos, sus narices y las aletas abriéndose entre respiración y respiración, el grosor de sus labios, las venas en sus manos, el aspecto de sus uñas, la fuerza de los músculos ocultos por los tejidos, la calidad de sus dientes. Quería ver más y más de esos hombres. Me acercaba para olerlos, aspirando a sentir un rastro de orina en sus pieles, de esa orina que me había marcado. Tenía la sensación de que me volvía demasiado parecido a Ernestino. Me gustaba la vejación, ejercida sobre mí por otros hombres, necesitaba ser devorado por mis criaturas, mis monstruos para volver a nacer, aprender a mirar de nuevo, reconstruir mi tristeza y fortuna mañana tras mañana.

Ernestino amaneció muy agitado el día de mi quince cumpleaños. Escuché ruidos, frascos que caían, un sollozo reprimido y luego un grito varonil, impactante, como si un ogro se levantara y buscara venganza. Saliendo de mi habitación enrojecida, tuve tiempo de verme en el espejo. Dios, me había transformado. Era casi como uno de los dioses indígenas en los lienzos de Ernestino. Los mismos pectorales, esos largos brazos cruzados por las líneas de una musculatura fluida, marcada y al mismo tiempo relajada. Las piernas fuertes, como si estuvieran hechas para cruzar los Llanos[1] a pie. El pelo tan brillante, los ojos inyectados de vida, veneno y gloria. La nariz larga, recta, los labios a punto de escapar de este rostro para atrapar insectos, verdades, otras bocas similares. Ya no era el huérfano sin rumbo. Me había convertido de la noche a la mañana en un monstruo de belleza que enmudecería no sólo al contrincante sino también al amado.

Al salir, sentí esa nebulosa invisible que acompaña las grandes entradas de las grandes actrices en las grandes escenas melodramáticas. Algo que después sucintamente describiría como calma chicha, o el paso del ángel sobre nuestras nucas. O de la misma muerte, ejercitando la guadaña en el aire. Ernestino se giró violentamente, estaba desnudo y sangraba, tenía moratones en sus ojos.

—Regresa a tu habitación —ordenó.

—Quiero saber si estás bien.

—Lo está —dijo él, oculto en alguna parte del salón—. ¿Quién eres?

—No respondas, Julio. Déjanos solos —ordenó, casi imploró Ernestino.

—No. Quédate. Déjame verte —y poco a poco fue emergiendo de las cada vez mas débiles sombras. Como si él acompañara la paulatina luz de ese día donde la belleza se había apoderado de mí, apareció como la confirmación de

---

[1] Región en el centro de Venezuela muy socorrida a lo largo de toda su literatura (Nota del autor).

un milagro. Era Tamanaco, Canaima, el Rey Arturo, Neptuno y cualquier otro hombre mitológico de los que trajinaban la obra de Ernestino, todos ellos en una sola pieza de carne, arterias y ensortijada hermosura—. Soy Alejandro.

Y sus ojos verdes inyectaron de sexo el alabastro de mi recién estrenada belleza.

Con ese mítico nombre, siempre susurrado entre los chicos del pintor, era Alejandro quien los acercaba hasta esta casa y seguramente quien los instruía en lo que iba a sucederles y cómo debían reaccionar. Cuando le tuve frente a mí, entendí por qué todos esos jóvenes accedían a complacer y entregarse a una morsa insaciable. Sus ojos se clavaban en uno y avanzaban en el interior, a su aire, seleccionando el espacio desconocido donde inyectar el veneno.

Llevaba un pantalón cortísimo que a veces dejaba su miembro expuesto y podías ver cómo crecía. Alcancé a verlo moverse al ritmo de sus piernas, cuando pasó delante de mí y se dirigió a la puerta en esa mañana.

—Te lo advierto, Ernestino. Mis amigos y yo hemos hecho un trato contigo. No faltes al respeto que te hemos otorgado.

—Vete a la mierda, Alejandro. Yo soy Ernestino Vogás.

—Eres un gordo maricón. Y cuida tus cuadros, porque un día pueden aparecer quemados.

Ernestino arrojó una pantera de cristal hacia la puerta. Alejandro se protegió con ella al cerrarla, mientras sus ojos verdes me miraban simultáneamente con la sonrisa que creció en sus labios, murmurando mi nombre. Julio. Alejandro. Me había enamorado.

Pero el amor, en mi condición de huérfano, de recogido, de niño cargado de preguntas que siempre olvidaba hacer, es aún más traicionero que en una situación normal. No me olvidaba de él, pero él, maldita evidencia, se había olvidado de mí. Pasaron días, noches, enero se convirtió en un caluroso marzo y las lluvias de Semana Santa inundaron la casa, y el sol de junio despertó los olores húmedos del césped. Las lechosas volvieron a expulsar su jugo entre agosto y octubre y Alejandro nunca más volvió. Sus amigos fueron sustituidos por una carne de desecho, gente infeliz, mal alimentada que se arrojaba sobre el cuerpo de Ernestino como si lo hicieran sobre una balsa inflable. Y los cuadros, por vez primera en la inusual carrera de Ernestino, se volvieron bodegones cargados de ansiedad.

—Ganas de hombre —como clamaba, en las siempre largas noches, el propio Ernestino—. De ese hijo de puta. Alejandro, Dios mío, regresa, no me castigues más.

—Búscalo entonces. Dile que le has perdonado.

—Les debo dinero, idiota. Nunca lo entenderás. Alejandro posa para mí y yo le regalo los cuadros que luego él vende en bazares, baratillos para tener un dinero con el cual hacer sus cosas.

—¿Qué cosas?

—¿Qué coño importa? ¿No es suficiente desgracia crear hombres maravillosos que se perderán en alguna casa maloliente e infecta? ¿No te das cuenta de mi desgracia, idiota? Te he recogido y nunca me has ofrecido la más mínima caricia, ni siquiera me comprendes. Yo fui el más grande, yo creé un universo y de la noche a la mañana me convertí en favorito del hombre equivocado. Pero yo no lo busqué. Me aproveché, lo confieso. Pasé de ser un pintor con talento a crear un arte que marcó una época. Reconozco que esa época fue una dictadura, pero yo no podía saberlo. No quería darme cuenta. Y ése fue mi error. Y ahora atravieso estas noches tan sólo acompañado de mi castigo. No me recuerdan, no existo. Soy el autor de unos cuadros maravillosos que sólo lucen en paredes de casas avergonzadas. Cuando pinté palacios...

—Ernestino.

—No digas nada. No quiero conmiseraciones. Sufro y a veces hablo. Y necesito mis hombres, esos cuerpos sobre mí para olvidar. Y ahora, sin Alejandro, no tengo siquiera aire.

Decidí buscarlo. No había direcciones, sólo largas calles, eternas noches, ojos verdes que no pertenecían al hombre deseado. Y en mi interior, la lágrima más peligrosa: la duda. ¿Buscaba a Alejandro para devolverle una esperanza a Ernestino o lo buscaba para declararle mi amor?

Y hete aquí que el azar, de la voz de Ernestino en nuestro primer encuentro, ese azar untuoso, entristecido e irónico me hizo avanzar una esquina más allá de la cinemateca en una de mis visitas culturales y adentrarme en un barrio de casas pequeñas, como de pueblo, pintadas de colores estridentes, algunas paredes despidiendo el olor a salitre del mar detrás de la inmensa montaña. Y en una de esas puertas, siguiendo el silbido del viento, la cálida voz, los pantalones cortos, el miembro expuesto...

—Julio... Soy yo, Alejandro.

Subimos las escaleras de un viejo edificio, hasta el último piso.

—No vive nadie aquí —le dije.

—Es mi secreto. Entra.

Era un apartamento vacío, con los cristales de la cocina rotos por una pedrada o una pelota de béisbol arrojada por mi acompañante. Las paredes estaban sin pintar, el suelo cubierto de chicles, cagadas de las palomas que deambulaban. En la cocina, un refrigerador de los años cincuenta, el blanco de su barniz agrietado y enseñando trazos del aluminio. Él entró en una habitación con una cama de bronce, absurda en esa soledad, como de estética de los video-clips antes de que éstos soñaran con nacer. Un póster de Gaby, Fofó y Miliki y en una madera clavada a la pared, los bustos de María Lionza y José Gregorio Hernández, los santos más populares y milagrosos de Venezuela.

Él, con sus cabellos negros resbalándole por la frente, se mantuvo de pie en la puerta con el pantaloncito. Quería saber si podía aconsejarle una película para ir a ver con su novia. Me pareció que *Grand Prix* era una buena recomendación y, afortunadamente, él no la había visto; sólo que a su novia no le gustaban las competencias de coches. Le aseguré que en *Grand Prix* se lloraba y mucho. Él me preguntó si me gustaba llorar, le dije que no, pero involuntariamente tenía lágrimas en mis ojos. Dije que a veces lloraba al recordar a mi madre que nunca conocí. «Como Meteoro», añadió. Vino hacia mí y me abrazó, con sus brazos ya musculosos alrededor de mi cintura y nuestros cabellos rozándose. No me besó pero me pidió que besara su miembro y yo lo hice, en realidad estaba dispuesto a hacer todo lo que me pidiese. Él lo introdujo en mi boca y empezó a moverlo dentro. Yo miraba sus piernas, con unos músculos estupendos que funcionaban como el órgano de una iglesia. Me había escogido a mí para que devorara los dieciséis centímetros de su edad. «Espera», me dijo y desapareció en la cocina, yo quedé con el sabor de su piel en mi boca, dulce. Creo que empezaba a llover, primero esa lluviecita tranquila, como la de la canción de Manzanero, y poco a poco ese huracán tropical que sacude las ventanas, descoloca los muebles y despliega gritos de otras casas, personas que corren a retirar las ropas de los tejados, cuidar las débiles plantas mientras, de pronto, un árbol entero aparece volando delante de la ventana del salón.

Cuando volvió, eran tres. Dos amigos suyos se le habían unido y él sostenía un tarro de mostaza en su mano. Ordenó que lo untara sobre su miembro. «Sé que te gusta

la mostaza, te he visto comerla en casa de Ernestino.»
Y era cierto, sólo que nunca la había untado de esa manera. «Ahora, cómetela», vociferó y yo sentí miedo. Llovía
demasiado, quería estar en otra parte. Sus amigos me suje-
taron y me abalanzaron sobre esa polla amarilla. El sabor
de la mostaza estalló en mi nariz y creo que eso la hizo
sangrar, intenté retirarme, pero los amigos me sujetaban y
ahora sí me golpeaban y sabía que sangraba por ellos y no
por el condimento. Mamé, chupé, una polla y luego otra y
la del otro amigo. Luego me desnudaron completamente
y me obligaron a inclinarme sobre el lateral de la cama,
mientras uno sujetaba una botella rota en mi cuello. Unta-
ron mostaza en mi culo y algo más que nunca quise saber
qué era. Entró primero él, sujetándome la nuca para verme
la cara, el sudor oscureciendo mi mirada. Dentro, muy
dentro, como si tuviera que buscar algo. «No permitas que
tus amigos me follen», supliqué. Se ponían en torno a nosotros y sentía que iban a matarme, para que no contara
nada, para que no acabara con su diversión. Ellos empezaron a pegarme: a morderme uno y a castigarme otro. Mientras Alejandro se agitaba dentro de mí y parecía desear
arrancarme la piel de la espalda, sus amigos se volvían más
agresivos, como si no toleraran que su líder disfrutara
tanto conmigo. Entonces, uno de ellos se alejó, deseando
no continuar. Alejandro se separó de mí y, dejándome caer,
fue hasta el chico y lo molió a golpes. Desnudo, excitado,
sudado, golpeaba y golpeaba hasta que el muchacho gimo-
teó. Yo no pude evitar tocarme. De nuevo, Alejandro se
giró hacia mí y vino con la furia en los ojos. Volvió a en-
terrarse en mí y me puso mirando hacia el tercer chico. Me
empujó, como a una carretilla, hacia el joven obligándome
a tomar un segundo miembro dentro de mi boca. La lluvia
continuaba y preferí quedarme absorto contemplando el
póster de Gaby, Fofó y Miliki que había en la habitación.
Juré nunca más volver a ver ese programa en la televi-

sión. En ningún momento mencionamos el nombre de Ernestino.

Por el día, por la tarde, siempre quería volver a ese piso. Subir las escaleras con el corazón ansioso, la boca abierta, un escalofrío vergonzoso y adictivo recorriéndome.

—Aquí nunca vuelve nadie. No por ti, sino por mí. Soy dueño de tu voluntad. Y no quiero que vuelvas.

—Estoy enamorado de ti —dije.

—Nadie nunca lo está. Pero tú eres diferente. Quieres aprender.

—Quiero amar —dije.

—Tú no puedes ser amado. Una vez violado, siempre serás violado. Yo lo declaro, yo lo haré cumplir.

—¿Por qué has dicho que quiero aprender?

—Porque es lo único que puedo hacer por ti. No me quieres a mí, quieres ser como yo —abrió un poco más la puerta y volvió a mirarme como lo hizo antes de que surgiera el condimento en nuestras vidas—. No te enamores porque nadie te dará amor verdadero. Lo único que puedo hacer es enseñarte a ser como yo.

—¿Y de Ernestino? ¿Has estado enamorado alguna vez de él?

—Alejandro no se enamora de nadie. Todos se enamoran de él.

Volví al piso. Volví a encontrarlo con otro chico, rodeándole la cintura con sus brazos, dispuesto a ser besado por la lengua-taladro de Alejandro. Dispuesto a arrodillarse, a esperar esa pausa en la que Alejandro desaparecía y regresaba con sus amigos. Sin intercambio de palabras, era un hechizo, un silencio que cubría la habitación y podía hacer levitar una caja fuerte. ¿Cómo lo lograba? ¿Era su miembro? ¿Era el amor?

—Es desprecio —dijo Alejandro—. Los que aman son débiles. Eso es lo que tienes que aprender.

Debía hacerlo rápido, pues Alejandro, sin edad, sin pasado, sin respuestas, se volvía más guapo, el pelo más negro, más músculos, la mirada cargada de violencia, el sexo configurándole un nuevo nombre, el del amor, el de la reverencia, el del final.

—Te quiero, no puedo evitarlo, te quiero —grité una de las tardes, antes de que violara al chico de turno. Antes me habría golpeado. Esa tarde no fue así. Me sujetó y clavó un beso que no he vuelto a vivir. Aliento a virilidad, lengua de tragedia, esmalte de susurros—. Te quiero —volví a decir tras recuperar el aire. Y él fue hacia su cuarto de los horrores y golpeó, mordió, vejó, pateó al chico que allí esperaba. Creí que lo había matado. Unos minutos después, el chico se arrastraba hacia la puerta.

—Ya has visto suficiente. No quiero que vuelvas.

—Pero aún no he aprendido.

—No hay nada que aprender. El amor es mentira. Mira, mira la habitación y no verás nada.

Pero no era así. Veía partículas de sudor, el vaho de los quejidos. Incluso, sus diferencias: los de este pobre chico me parecían más musicales que los míos, que aún estaban allí y que eran más humillados y por ende quietos. ¿Era eso el amor, ver dentro de lo invisible?

—No hay amor —repitió él, mesándose los cabellos, mirando al suelo. Levantó la mirada para clavarla en mí. Ojos verdes, profundos, inmensos—. Cualquier cosa que vayas a amar, está condenada a destruirse y arrastrarte consigo.

Me desnudé. Fui hacia la cama y me tendí. Ven a amarme, ven a golpearme. Él no movió un dedo. Arrástrame contigo. Él retrocedió, como si mis palabras de pronto le aterraran. Me revolqué junto a él, desnudo, observado por sus santos milagrosos, y las huellas del sol en el cemento. «Fóllame, rómpeme el culo», grité con mis ojos. Él se dejó tocar, agitando la pernera de sus pantalones en el aire. Desnudo al fin, era como si nunca antes lo hubiera estado frente a mí. Una hilera de vellos crecía desde su pubis hacia el pecho. «Fóllame», dije, y él me levantó del suelo, apretando sus labios, su lengua con furia. Sujetando mi cuello, deslizando sus manos por mi espalda, separando las nalgas, hundiendo sus dedos. Me aplastó contra la pared, inclinando mi nuca, abriéndome las piernas fuertemente con sus piernas. Me dio una nalgada, sonora, fuerte, y otro golpe en el estómago. Me retorcí, como si acabara de perder el aire y entró en mí, brutal, mientras en una casa, un piso más abajo, escuchaba una voz elegante, como de Frank Sinatra, cantar una canción algo violenta, de revancha. *I´m back in town*. Entraba y salía, golpeándome con sus manos, sus tobillos, sus rodillas; su miembro ascendiendo dentro de mí. «Mátame», dije, atrapado por los rayos de sol, el sudor que manchaba la pared, el tiempo indómito que cruzaba una y otra vez la habitación mientras él jadeaba y destruía mi interior.

Me arrojó al suelo, separándose de mí. Le vi los ojos verdes bañados en violencia, el cuerpo desnudo convertido en arma destructora, el falo encendido, desafiando el tiempo, las leyes del deseo, el terror.

—No te muevas, te voy a matar follando —dijo.

No me moví. Tomó de nuevo mi cuello y me inmovilizó con sus dos manos. Separó mis piernas como si quisiera arrancarlas de la cadera. Me colocó encima de su estómago y, sujetándome los tobillos, volvió a desgarrarme. Esta vez sentí su miembro destruyendo ligamentos, convirtiendo en hemorragia el placer, autografiando de dolor mi interior.

—Voy a matarte follando —dijo, sus ojos verdes mirando dentro de los míos.

Estiré mis manos con toda la fuerza que tenía en ese momento. Agarré su cara, él no podía mover sus manos para librarse de las mías. Las dejé deslizarse hasta su cuello mientras su miembro se ensañaba. «Voy a destruirte», decía. Apreté su nuez como él lo había hecho conmigo. Su falo se endureció aún más y pude notarlo. Apreté todo mi cuerpo, incluido su miembro dentro de mí, y cerré el nudo de mis manos sobre su cuello, fuerte, fuerte. Él quiso mover sus manos y entonces sellé todavía más el nudo con mi cuerpo, sobre su miembro, sobre su cuello, más y más. «Voy a amar, Alejandro, voy a amar todo lo que sea como este momento, lo que me recuerde esta habitación, esta soledad de luz y dolor donde me has enseñado a amar.»

Sus ojos se abrieron desmesurados y vi sobre el verde de las pupilas esas partículas de historia abandonadas a su vuelo en la habitación. Me arranqué del falo endurecido y logré levantarme para observar, un instante, a Alejandro suspendido entre la vida y la muerte. Cuando se derrumbó, los santos cayeron al suelo rompiéndose en mil pedazos y descubriendo, en su interior de escayola, una pieza, débil, imprecisa, de azul petróleo.

La policía llegó y todo el barrio se alarmó. Entre los curiosos, observando como bajaban el cadáver desnudo (y aún erecto, esto último en mi imaginación, en mi febril mezcla de realidad y ficción), vi a los chicos que le acompañaron cuando me violó por primera vez. Asustados, no contarían nada. Podría haber sido cualquiera de ellos, tendrían que revelar lo que sucedía en el piso abandonado.

Yo avancé en la noche, solitario, mis ojos cargados, endureciéndose, mi rostro cambiando y recordando las palabras de mi padre: «Eres la violencia.» Soy la destrucción. He matado a la belleza. Y sigo avanzando entre la ciudad y su montaña. Sin nadie que haga preguntas ni otros que ofrezcan respuestas.

Menos Ernestino.
—Era mi héroe. La única razón que tenía para seguir pintando.

—Era un delincuente, Ernestino —dije. Soporté el largo silencio. Sus ojos se perdían en su propio jardín.

—¿Le amaste, verdad? —imploró Ernestino. No hubo respuesta. Continuó mirando hacia un sitio indefinido—. Te entregaste a él. Sabiendo quién era para mí. Te dejaste follar, violar por sus amigos, volvías y volvías a su casa... Dime que es verdad.

—No es verdad. Le vi en esta casa y ya nunca más.

—Es mentira, hijo de puta. Lo amaste. No pudiste resistirte. Eres aún más bello que él, pero necesitabas que te hiciera suyo, para volverte todavía más hermoso. Chuparle su naturaleza.

—Te estás volviendo loco.

—Me he hecho mayor observando a la gente, imbécil. Puedo entender en una mirada mucho más de lo que en ella capten cientos de personas. Sólo vivo de observar, maricón. Y supe, en el momento en que saliste desnudo de tu habitación y nos encontraste, que te enamorarías de algo mío. Lo más mío, mi secreto, mi creatividad, para arrebatármelo.

—Estás llamándome asesino, Ernestino. Y estás hablando consumido por tus celos. No tengo dieciséis años, ¿comprendes? No soy todavía un hombre. No puedo siquiera pensar en la mitad de las cosas de las que me acusas.

—Monstruo —dijo y sentí en cada una de sus palabras el peso de una Biblia arrojada una y otra vez contra mi cuerpo—. Siempre tendrás la palabra que te libere de la culpa. Siempre estarás protegido por el azar. Siempre encontrarás a alguien que te rescate del fango. Hasta que un día, tu propia locura y tu terrible talento te obliguen a destruir a los que te ofrecemos protección. Y terminarás por dejarte llevar por ese instinto. Y terminarás por... matarnos a todos.

—¿Quiénes sois vosotros? ¿De qué me protegéis? —pregunté, con la calma del asesino que ya era.

Ernestino no dijo nada. Soporté de nuevo el embate del silencio. Los grillos ofreciendo su vocabulario a la noche. De pronto giró y avanzó hacia la habitación donde guardaba sus cuadros. Desplazaba su cuerpo a enormes pasos y al mismo tiempo expulsaba un silbido, asmático, peligroso, como si la respiración luchara por dibujar un vaho con el que mostrar, en esa definitiva conversación, el rostro de la traición.

—¿Ernestino, estás bien?

Y el silbido se hizo más largo, agudo, como el de las chicharras estallando su vida hasta el último segundo de atardecer. Y entonces, sobrevino el desplome, como el de Burl Ives en *La gata sobre el tejado de zinc* cuando pelea agriamente con su hijo, Brick, por el amor.

Lentamente, los pasos de la atmósfera fueron envolviéndome. La pausada y neurótica música de los grillos, la ausencia del silbido, el cuerpo gigantesco de Ernestino desparramado sobre una extraña colección de rostros, esculturas de adonis y efebos de yeso, fuentes doradas, cacerolas de plata, copas de vidrio cruelmente estrellado. Su tesoro escondido, los objetos de una vida, siempre más fieles a su dueño que la vida misma.

Y entre sus manos, un retrato, un guache, una cabeza perfectamente ovalada, cubierta de una melena rubia, ondulante. Nada más, sólo esos ojos, almendrados, vibrantes, la boca fina de dibujo pero turbadora en la carne de los labios, el largo cuello y ese movimiento, tremendamente vivo, del cabello rubio. Donde el gran dedo índice de Ernestino apuntaba, podía leerse «Amanda Bustamante, hechicera».

Ernestino había sufrido un derrame cerebral. Atravesó un estado de coma del cual regresó, milagrosamente. En el Hospital Clínico de Caracas, con sus edificios de violentos colores —azul mediterráneo, rojo sangre y el amarillo ca-

nario, los tres colores de nuestra bandera nacional, que Ernestino detestaba—, Ernestino pasó sus noches abandonado a su suerte y mi compañía, y de nuevo en esas horas
me abandoné al mismo tiempo a mis preguntas. La primera de ellas, el poder de las coincidencias. Ernestino
y mi padre habían terminado sometidos a la debilidad de
su respectiva salud. Pero, de la misma manera, parecía
como si mi mano, sin realmente proponérselo, les hubiera
acercado a esos sitios. Tenía que haber alguien más, detrás
de mí y de las coincidencias.

Y en ese hospital apareció una sombra menuda, una mujer pequeña, delgada, que llegaba con las primeras luces de
la mañana, cuando intentaba despertarme. En esa somno-
lencia alcancé a verla —bueno, en realidad a percibirla—
dejando un ramo de rosas blancas y turquesas al lado de
Ernestino y pasando, muy rápidamente a mi lado, sin otro
regalo, otra huella que no fuera su intenso perfume; un perfume que, en un principio, creí que serían gardenias y que
ya en una segunda visita —su menudo cuerpo cubierto por
un ajustado traje sastre de brillante gris— descubrí que era
el perfume de mis flores, la vainilla.

Ernestino volvió a su templo en silla de ruedas, los ojos
muy abiertos, las manos aferradas a los brazos de la silla.
Mis días crecieron en crueldad, porque debía limpiarlo, va-
ciar las bacinillas de sus despojos y, sobre todo, mantener
el estudio, sus impresionantes decorados de frutas, flores y
telas, en perfecto estado, esperando que llegase el milagro
y él recobrara el cerebro suficiente para volver a pintar.

Él seguía pensando y su mirada así lo decía. Podía leer
las palabras asesino, culpable, hijo de puta, maricón, huérfano, bastardo, maricón otra vez, imbécil, demonio, escritas en esas pupilas. Nunca le esquivé la mirada, me sola-
zaba en el silencio.

Un tiempo más adelante, Ernestino entendió que jamás
se levantaría de allí, ni volvería a hablar ni a pintar. Y en-

tonces su crueldad se divirtió con los pequeños trucos del que ve pero no puede hablar. Y me obligaba así a mostrarle las páginas sociales de los periódicos. Y, abriendo un paréntesis, creo que las páginas sociales de El Nacional son más amplias que en ningún rotativo del mundo. Y en esa lectura, casi todos los días y en casi todas las fotografías, surgía —siempre radiante, siempre femenina, siempre desplegando poder, sensualidad y don de masas— ese rostro de pelo rubio, ahora menos ondulado, y esa sonrisa de labios grandes, en una boca deliciosamente pequeña con dientes inmaculados, y esos ojos cargados de vida y peligro, que me recordaban a los de Alejandro y, muy lejanamente, a los de mi propio padre. Cada fiesta, donde resaltaba su fotografía, era un evento de absoluta relevancia. Nureyev en Caracas, homenaje a Balenciaga en París, exhibición de Warhol en Nueva York, visita relámpago de Bianca Jagger a Belladona... y en la puerta de esta casa mítica, la mujer del rolling stone sonriente y ajetreada por un largo viaje, al lado de su anfitriona, más allá de lo perfecto en el vestir, pelo ondulado rubio, esa poderosa figura de mujer feminísima y ese nombre, ese nombre que retumbaba en mis oídos, en la punta de mi lengua, en las largas lágrimas de un domingo interminable: Amanda... Amanda Bustamante.

Ernestino coleccionaba revistas. Es decir, todo ese mundo privado, que ocultaba su habitación, ahora en su enfermedad me pertenecía. No le gustaba, lo podía notar en sus ojos inquietos, siguiéndome, mientras revisaba armarios y descubría trajes de lino, de sedas grises, verdes, que denotaban un cuerpo que alguna vez fue suyo. Una delgadez que debe haberse perdido al mismo tiempo que se cernía sobre él la sombra de su tristeza.

Entre los trajes, cajas y cajas repletas de revistas femeninas de distintas épocas. Los primeros números de Buenhogar y Vanidades esperando, en esas cajas cubiertas por papeles de seda, mi ojo curioso, mi anhelante deseo de descubrir.

Cada una de esas revistas, fechadas desde 1939 en adelante, llevaba señas, pequeñas hojitas que Ernestino habría
colocado para conservar aún más su memoria. Había detalles, cuadros mitológicos que contribuirían a crear los
suyos. Autores importantes que adornaban esas páginas
destinadas a marujas, amas de casa caribeñas, consejos de
belleza y de hogar subrayados con colores. Cómo mantener esbelto a su perro de compañía; descubra las propie-
dades de la berenjena.

Pero en su mayoría, las mejores marcas tenían que ver
con actividades sociales. Y a medida que las revistas con-
solidaban su poder en nuestro país, esas páginas parecían
copadas por una sola persona, de nuevo ella, Amanda
Bustamante.

Su primera comunión, sus quince años (con un traje de
Mainbocher para la misa celebrada por su padre en la mejor iglesia de Caracas, la de Nuestra Señora del Carmen, y
de Dior para el baile de gala), su primer viaje a Europa,
que las revistas calificaban de oficial y en donde podía
verse a esta joven con rictus serio detallando las curvas de
un busto de Alejandro Magno en Grecia, y todo un segui-
miento de Amanda, en aguas mediterráneas, junto a Bar-
bara Hutton y Porfirio Rubirosa en los breves meses en
que estos últimos fueron pareja. Los recortes estaban subrayados con diversos colores y notas del propio Ernestino. «Perra», decían casi todos.

A medida que la revista entraba en la década del cincuenta, tenía más hojas y mayor cobertura sobre Amanda
Bustamante y lo que era considerado un hito en su vida: el
encargo, hecho por su padre, Armando Bustamante —que
la revista calificaba de uno de los coleccionistas de arte
más importantes del mundo— a Salvador Dalí para inmor-
talizar a su hija en un retrato.

Las revistas ofrecían testimonio gráfico del encuentro
entre Dalí, Gala y los Bustamante, padre e hija (jamás se

mencionaba a la madre de Amanda, ¿por qué?), y una breve entrevista a Amanda sobre cómo iba desarrollándose el cuadro. «El señor Dalí es un hombre muy ocupado. Hemos quedado en que nos llamará cuando el retrato esté listo y papá organizará una cena para él y su esposa, que es una mujer encantadora.»

Ernestino, en los espacios libres de la revistas, había escrito su propia versión de la historia, y era esto lo que yo leía una y otra vez mientras él observaba sin poder hablar, y el calor de ese año hacía imposible cualquier otra acción.

«Según la delgadísima línea entre esa ficción y esta realidad», escribía Ernestino con su letra minúscula en los márgenes de la revista, «Dalí pintó a Amanda tras quedar completamente enamorado de ella al conocerla en un ascensor del Waldorf Astoria. En el cuadro, Amanda tiene el rostro de un caballo que desea convertirse en serpiente. Alargada, pálida. En sus ojos, una manada de corderos, ¿o son búfalos?, huyen hacia el espectador, el amado. Ruinas humeantes se levantan y desmoronan continuamente tras el rostro. Una sombra, que puede ser hombre, puede ser mujer, avanza eternamente y una jirafa, altísima, parece buscar orientación en una de las esquinas del cuadro, a cuyos pies se lee la firma del pintor con una fecha: Dalí, 1948».

«En esa fecha, Amanda era entonces la hija de Armando Bustamante, el primer hombre de negocios petroleros que decidió ser también un hombre de mundo, inquieto coleccionista, aficionado fotógrafo, entregado cinéfilo, y muy dado a sentar alrededor de su hija a su propia corte de escritores como Pocaterra y Gallegos, cuando ella estaba en Caracas, y de talentos de la alta costura y del Café Society como Charles James y Mainbocher, cuando residía en Nueva York. Es decir, en un país, hombres serios que llegarían a ser presidentes. Y en la otra gran ciudad, grandes reinonas atrapadas en sus trajes de esmoquin, deambulando en habitaciones prestadas, admirando todo lo que el petróleo puede transformar, precisamente, en atmósfera.»

«Se dice, en algunas versiones, que Amanda posó desnuda, observada por la mirada ansiosa y misteriosa de su propio padre. O, incluso, dejándose seducir por los ojos de la propia Gala, quien, también en otras versiones, habría ensayado con la joven modelo cómo colocarse para enamorar al maestro y permitir que esa palidez pudiera respirar y envejecer sin envejecer durante el paso de los años.»

«El cuadro estuvo listo y Dalí organizó una fiesta, también en el Waldorf, según unas versiones, o en un *townhouse* que el gobierno de Venezuela compró a Armando Bustamante para alojar su consulado en Nueva York, según los muchos políticos que juran haber asistido al momento. De cualquier manera, Amanda y su padre asistieron a la fiesta con Charles James, que habría creado una inspirada obra de *chiffon* para Amanda. ¡Mucho movimiento! Cuando entraron a la fiesta, escucharon un jaleo tremendo. "I will destroy it, Salvador. No matter who you fucking are. I will destroy it." Una mujer, muy rubia, vestida de pies a cabeza en Mainbocher, y con el propio Mainbocher a escasos centímetros de distancia, intentaba abalanzarse sobre uno de los cuadros que Dalí exponía en esa celebración. "Me has convertido en una máscara del mal", continuaba la señora, no en castellano, desde luego, pero era de esta manera como siempre proseguía la historia. Gala, fue hacia la mujer y la abofeteó duramente. Encolerizada, la mujer tomó el broche, en forma de serpiente de rubíes y esmeraldas, que sujetaba una de las solapas de su Mainbocher y se acercó al lienzo y de un trazo lo rasgó. "Now, I will never see myself." Sin inmutarse Dalí acarició la obra destruida y miró fijamente a la mujer. "No, señora mía, ahora usted ha destruido su propia vida." Arrebatada, la mujer salió de la *suite*, tropezándose con Amanda, su padre y sus acompañantes. Miró a nuestra anfitriona y le entregó, con semejante rapidez a la que empleó para destruir el Dalí, el broche de rubíes. "Clávaselo tú en los ojos", dijo antes de desaparecer.»

«La mujer era Anne Woodward que se haría tristemente célebre por asesinar a su marido y enlodar el gran apellido neoyorquino con sus desafueros ninfomaníacos. El broche, si es cierta la versión que aquí reproduzco del retrato de Amanda Bustamante, nunca alcancé a verlo vestido por ella. Pudo haberlo vendido en algún rastrillo o entregarlo a cualquier mendigo en cualquier calle del mundo. Siguiendo la versión, Amanda fue hasta su retrato y empezó a llorar. En parte por la violencia que había presenciado, pero, seguramente, por la maravillosa visión que tuvo de sí misma. Como si en esa *suite* se decidieran los destinos de las personas que lograban atravesarla. La señora Woodward estaría condenada a la violencia, mientras que ella aparecía protegida por animales imposibles, ruinas de un imperio de sombras, de amores. "Se ha equivocado usted de cuadro, señor Dalí. El mío debe estar en otra parte", dijo Amanda, según las versiones. Dalí sonrió y Gala corrió a abrazarla, llorando. Papá Bustamante firmó su cheque con una gran B y un prolongado subrayado bajo el apellido. "Venezuela es surrealismo", afirmó entonces Dalí antes de lanzar las copas de champaña.»

Tanto me intrigó este descubrimiento, que tomé el hábito de leer en voz alta tales comentarios. Hasta que una mañana, haciendo un sobrecogedor esfuerzo, Ernestino acercó su silla de ruedas hacia mí y moviendo, por arte de magia, su brazo paralizado, logró arrojar las revistas al suelo.

—Dime quién es Amanda Bustamante en tu vida, Ernestino. Dímelo con un gesto. ¿Por qué guardas estas revistas? ¿Qué sabes de ese cuadro? ¿Quién lo pintó? ¿Fuiste tú?

Ernestino abrió y cerró sus ojos, desplazando en mi interior una honda corriente de odio. De nuevo, con fuerzas sobrehumanas movió su silla hacia las revistas y paso sobre ellas una, dos, tres, cien veces, girando y girando en el remolino de su furia, impotencia y dolor.

En ese remolino, una de las revistas dejó escapar un trozo de verdad. Una cartulina, mediana, que reproducía el rostro del cuadro sin terminar y que Ernestino una vez me mostró. La tomé, aunque las ruedas de la silla intentaron pisotearla, y los ojos, de nuevo, las manos sin fuerza, y la boca de Ernestino, que no podía abrirse, siguieron deseando alejarme de estas crueles piezas del rompecabezas. Tomé la cartulina, la giré y allí, escritas en una estilizada letra tremendamente femenina y poderosa, estaban las palabras que me aventuré a leer en voz alta: «Todo amor y todo recuerdo dejan tras de sí una atmósfera. El secreto en la vida consiste en retener la atmósfera y olvidar el amor, abandonar el recuerdo.»

Ernestino derramó sus lágrimas sin sonido. Yo dije en voz alta el mágico nombre, la sombra permanente, esa firma donde las aes eran grandes montañas y las consonantes cuerpos buscando unirse a otros cuerpos. Amanda Bustamante.

V

Una pausa en el camino.
La verdad del *Hola*

En las trampas de la memoria hay cosas que necesitan una segunda escritura. Y la aparición de Dolores, así lo requiere. Conviene retroceder hasta una pequeña nota en *El Nacional*, en la página de sucesos. «Honda preocupación de una madre por la muerte de su hijo. A. P. (iniciales del occiso) fue encontrado muerto completamente desnudo y estrangulado, con todos los signos de un crimen pasional. Evidentemente, la fuerte musculatura del fallecido hace pensar que su asesino fue otro hombre. La madre, una humilde costurera, ha decidido denunciar el crimen y se barajan importantes nombres de la sociedad como presuntos responsables de las malas compañías que hayan podido dirigir al muchacho hasta su muerte.»

Recorté el anuncio y estuve a punto de leérselo a Ernestino. Pero no pude conjurar en mí la fuerza suficiente para torturarle más. ¿Por qué no dijo nunca que Alejandro tenía una madre? Y, más aún, ¿quién iba a imaginar que el

dolor de una madre tuviera la capacidad de remover lo in-
mencionable para conseguir el asesino de su hijo? Una noche, antes de su «accidente», cuando Ernestino aún tenía
poder sobre sus fláccidos músculos y se dejaba devorar
por sus criaturas, le pregunté si no temía que, como mínimo, alguna vez le chantajearan. «Ya no tengo nada que
perder», fue su respuesta. Tras una pausa, agregó: «En este
país sencillamente no eres maricón. Si alguna vez me mata
uno de esos chicos, ni tú ni nadie podrá hacer nada. Un
homosexual muerto, en Venezuela, tendrá entierro si tiene
dinero y a cambio sus deudos, sus afectos, deberán callar
y silenciar incluso la búsqueda del criminal. Porque en el
fondo, para el resto, el criminal no ha cometido un pecado,
ha realizado un exorcismo, ha limpiado y restablecido el
orden. Es, prácticamente, un héroe.»

Decidí acercarme a esa madre. Debía vivir cerca de la
casa abandonada donde Alejandro coleccionaba violacio-
nes y amores. Ese barrio de El Conde, con sus pequeñas
casas de fachadas en distintos colores y coquetos jardinci-
tos de geranios y calas, unidos gracias a la feliz combinación de humedad y sol sin agobios que caracteriza a Caracas, iba a ser demolido próximamente para dar paso a
una de las nuevas obras de arquitectura moderna que
transformaban la capital en punta de referencia del sau-
dismo gracias a los enormes ingresos del petróleo. La
gente se apresuraba a recaudar objetos que sirvieran para
atesorar la memoria urbana que iba a desaparecer. Todas
las casas, con sus suelos de cemento y ventanas de provo-
cadores rojos, verdes y azules, lucían esa desesperada luz
del agonizante. Y entre ellas, me buscaba a mí, inquisidora, la mujer que pretendía señalar lo que su propia moral le había enseñado a olvidar.

De pronto, tuve claro lo que debía buscar. Esa belleza
que caracterizaba a Alejandro, tan felina, tan de ojos ver-

des y cuerpo de reptil mezclado con pantera, no podía provenir de un hombre venezolano, siempre chaparritos y poblados de acné o viruela. Sí, aunque suene arbitrario, esa belleza era toda femenina y la mujer que tendría que buscar debería responder a ese tipo de mulata que perdió la cimbreante delgadez para esparcirla sobre el hijo.

Con esa premisa deambulé por el mercado de El Conde, un viejo matadero inmundo donde se mezclaban las cebollas andinas con las manzanas europeas absolutamente rojas, los grandes sacos de café colombiano esparciendo granos y el maravilloso olor de las reses casi vivas, los cerdos aún sin despellejar y los chicharrones soltando lentamente el aceite amarillo y espeso de su interior. Había puestos de pescado que siempre tenían un olor podrido: todo el mundo sabía que el mejor pescado de la ciudad iba a otro mercado, el de Quinta Crespo, unos kilómetros más allá. Y ésa era sin duda la mejor característica de este mercado. Pertenecía a la pobreza y, gracias a esa amenaza de futuro, al inmediato pasado. Un mercado fantasma. Ella tendría que venir aquí, algún día, alguna tarde. Esperé y esperé, entre los olores, entre la putrefacción. Y me equivoqué al acercarme a una mujer espigada, de lisa y limpísima piel oliva, espesas pestañas. Ojos verdes.

—No, no conocí al Alejandro. No era buena persona, y todos sabemos quién le hizo lo que le hicieron. Iba con hombres. ¿Y tú por qué preguntas por él?

—Porque... corrompió a mi hermano.

—Pues ve y díselo a su madre. Pobre mujer, venir desde tan lejos, para arruinarse la vida bajo este sol, hijo mío, y con ese marido, igual que ella, que la engaña. Ya vino de su país con ese nombre, Dolores. Y allí la ves, sumida en el sufrimiento.

—¿Trabaja en el mercado?

—Trabaja él, en el taller mecánico. Ella vive en la misma casa abandonada donde le mataron al hijo. Pava, hijo mío, eso es lo único que puede traer un sitio así. Mala, muy mala suerte. Cambió de domicilio sólo para estar donde su hijo encontró la muerte. Así cree poder sentirse más unida a él.

Regresé al templo de mi iniciación. Había cortinas en las ventanas y olor a friegasuelos de pino. Pino, penetrante y verde como el mismo Alejandro. Pulsé el timbre, esperé. Un trozo de papel volaba en la calle, una canción de Héctor Lavoe sonaba en la calle. «¿Para qué leer un periódico de ayer?» Y ella abrió la puerta.

Estuvo allí, detenida en ese umbral de amor y violencia, para que nunca olvidara la bondad de su rostro rodeado de pecas cuarentonas, ojos muy pardos y el pelo fuertemente teñido de un rojo que nunca fue natural. Además de ello, su *jumper*, tan de moda entonces, era turquesa, traicionado por los lavados. El conjunto desprendiendo un perfume no totalmente barato pero tampoco sofisticado. ¿Cómo podía intuirlo, si no había mujeres a mi alrededor ni visitaba perfumerías? No lo sé, era algo que había desarrollado intuitivamente: saber discernir la vulgaridad, y en cierta manera, otorgarle grados. La vulgaridad de esta señora de inmediato la hacía mía. Era una vulgaridad que a lo largo de los años rectifiqué como necesaria. En el universo de la sofisticación no hay nada más imprescindible que un grado de vulgaridad.

—Soy Dolores. Dolores Rodríguez —dijo extendiendo su mano. Tenía acento de española, lo noté en el acto porque me recordó al señor de los disfraces—. Me han dicho que has preguntado en el mercado por mí —expuso sin sonrisa—. ¿Eras amigo de Alejandro? —preguntó policial.

—Viví en este barrio, junto a mi madre, que murió de la misma manera que su hijo —mentí valientemente—. No he venido porque crea que esté relacionado. He venido porque sé lo doloroso de estar solo.

Ella me observó de arriba abajo. La mirada del extranjero, que taladra pero no se atreve a destruir. Que teme el ataque del nativo.

—¿Cómo has dicho que te llamas?

—Alejandro, como su hijo —volví a mentir.

Ella abrió la puerta, había dado con el punto flaco. Avanzamos por su honesto salón muy rápidamente. Ella tenía una apariencia dicharachera, que se había perdido tras la muerte del hijo. Reprimía su risa, su conversación, sus gestos. Entendí que mi labor sería ardua, que volvería muchas veces a esa casa para conseguir mi objetivo. Más que hacerla olvidar... enviarla a ella hacia él.

Aquella habitación donde fui violado, observador y mantis religiosa, en sus manos se transformó en un «rinconcito de lectura», cubierto de un papel pintado que reproducía los colores de la bandera nacional: amarillo, azul y rojo. Había colocado dos butacas blancas, forradas de plástico para que no se ensuciaran.

—Mi marido me llama «mírame y no me toques», pero yo sigo adelante, Alejandro. Porque sólo tenemos esta vida para hacer lo que nos gusta. Y yo siempre he querido unas butacas blancas. Si sólo pudieran ser de piel, sería la mujer más feliz de este país. Pero Ismael siempre me dice: «Dolores, hace calor, no estás en Valladolid.» Cuando yo no soy de Valladolid, sino de Badajoz. Eso sí, criada en Madrid y con casa en Patones. Eso tú no lo comprendes, yo sí. Vamos a tomarnos una pepsi-cola.

La tomábamos como si fuera el primer rito de nuestra relación. Pepsi-cola, tortilla española «con esta papa tan dura de aquí, Alejandro. Si es verdad que la descubrieron aquí, esa pobre gente habrá perdido los dientes. Y el hígado». Siempre había espacio para una segunda pepsi-cola si esa tarde conseguía chorizos. «Que me vuelve loca encontrarlos, Alejandro. Con tanto gallego y nunca los hay picantes.» Había probado los de Carupano, que son famosos en Venezuela por su picante, pero Dolores los encontraba demasiado «flacos, como si les diera miedo rellenar la tripa, Alejandro. Es que cómo va a haber matanza en este país con tanto calor. Los pobres cerdos se morirán solos, ahogados en su propio sofoco». Le encantaba esa palabra, tan caraqueña y castiza al mismo tiempo: sofoco, ay qué sofoco, señora. Como bochorno, ay, hace un bochorno, hija.

—¿Te gustaría que volviera a pasar la tarde contigo, Dolores?

—Sí —dijo, mirando, como Ernestino, a un punto de un horizonte inexistente—. He perdido las fuerzas de vengar lo que pasó. Nadie se interesa por mi hijo. Estoy cansada de los cuchicheos, las miradas bajas. Alejandro se perdió, eso es lo que me digo ahora. Nació aquí, en esta ciudad, y en un principio fue como una explicación al hecho de vivir aquí. Luego se hizo invisible. Salía en la mañana, volvía en la mañana. Cuando alcanzaba a verle, ay hijo mío —la voz se le atragantó, luchaba contra las lágrimas—. Era un ángel, bello, hermoso, pero yo veía en sus brazos, en sus piernas, en esa mirada el peligro. Como un ángel del mal.

—Creo que ha llegado la hora de que te muestre algo —me dijo a los tres meses de ese ritual—. Hoy es martes y todos los martes tengo un secreto que me gustaría compartir contigo.

Muy bien. Fuimos a la salita de lectura y había, sobre uno de los sillones, un paquete. Dolores lo abrió cuidadosamente. Mirándome extendió su sonrisa y luego su mano sujetando un periódico.

—Del *ABC*, lee siempre su horóscopo. Tiene especial consideración a los acuarios como tú y los libra como yo. Mira, la semana pasada, en Madrid, que es de donde viene este envío, porque mi hermana se ha mudado allí a dirigir una farmacia, decía: «Acuario, brillan tus aletas y navegarás en aguas tranquilas. Bondades, alegrías. Ningún sinsabor.» ¿Te das cuenta? Todo es bueno para los acuarios.

—¿Y los libra? —pregunté.

—«Rosas rojas y blancas. Todo son halagos. Su luz seduce a los cercanos y a los que no le conocen. Derrocha encanto y donaire. Salud maravillosa, suerte óptima.» Es de la semana pasada, pero no te decepciones por ello. ¡Todas las semanas son buenas para acuario y libra en el *ABC*!

—¿Qué más trae el paquete?

Dolores lanzó un suspiro muy hondo y me miró con unos ojos cargados de lágrimas y ternura. Abrió el paquete del todo y vi un rostro, muy familiar, en el fondo. Era el de una joven con un pelo similar al que llevaba Rocío Dúrcal en las películas que veía por las tardes. Y con un traje rosado, con un vuelo en el bajo que me recordó un postre que había visto preparar a Dolores: chantillí de fresa.

—¡Se han comprometido y todo el mundo está feliz con ellos. Ay, hijo mío, que esto sirva para que mi país se tranquilice. Mira qué bella novia y él, tan guapo. Aristocrático, que doña Carmen ha hecho las cosas bien —sentenció, abrazando la revista.

Fue mi primer contacto con el *Hola* y la portada correspondía al anuncio del compromiso entre Carmen Martínez Bordiú y el duque de Cádiz. Dolores iba creciendo, en sapiencia y tamaño, mientras me explicaba todos los pormenores de esta boda.

—¿Y no quieres ir a Madrid para verlo de cerca? —pregunté.

—¿Qué más quisiera, hijo mío? ¿Qué más quisiera? Vamos a España una vez al año, en verano, y la boda será en septiembre, cuando ya estemos de vuelta. Pero, mientras tanto, el *Hola* me ayuda y me explica tanto. Acaba de ser navidad y han anunciado el compromiso en nochebuena. Ella ha llevado traje de Miguel Rueda, a quien mi hermana conoce porque le ha recetado unas medicinas. ¡Los nervios de la preparación del traje, hijo mío! Y don Alfonso, que es el duque de Cádiz, le ha regalado a Carmencita, que así la llamamos en España, la más bella joya heredada de su abuela, la reina Victoria Eugenia, que, entre tú y yo, le habló claro a Franco y le dijo que escogiera rey de España pues ya tenía tres: don Juan, el príncipe Juan Carlos y el hijo de éste, al que ella vino desde Suiza a bautizar, don Felipe.

Dolores no paraba de hablar. Y de sujetar la revista contra su pecho. Me miró y se irguió en su salón amarillo, azul y rojo e interpretó a la reina Victoria Eugenia.

—España necesita un rey, señor Franco. Y usted tiene tres. Haga el favor de escoger. Eso, Alejandro, ¡es una reina! Y ahora han hecho la boda, que tendrá sus detractores, te lo digo, pero Carmencita ha de llevar adelante el nombre de su familia. Yo estoy feliz por Carmencita, Alejandro. Muy feliz. Este martes ha sido un gran martes, Alejandro. Un gran martes.

Cada semana la ceremonia se repetía. Dolores se ponía un traje nuevo, y de no ser así, recién planchado. Iba a la peluquería y siempre esperaba que dijera algo de su aspecto. Le gustaba el pelo a lo «Carmencita», desde luego, con las puntas hacia afuera y elevadas. Todo en pelirrojo, no hay que olvidarse. Ponía una bandeja con galletas y pasteles y una enorme cafetera. Dos servicios. Me inspeccionaba. «Habría que decirle a tu padre que te compre ropa, hijo mío. Yo me ocuparé. Por hoy, te he arreglado estos de pana, que siempre se han visto mal pero que los lleva la Catherine Spaak en el *Hola* y me parece que eso cambiará para siempre el destino de la pana.»

Esperaba y acariciaba los pantalones. Dolores sorbía un poco de su café, hacía una prolongada pausa y, ya por fin, abría el sobre con los sellos de España.

—La semana pasada fue tu cumpleaños, y no me has dicho nada.

—¿Cómo te has enterado?

—Una que averigua, cuando algo realmente interesa, desde luego. Por eso te he hecho los pantalones. Aunque me encantaría que éste fuera tu regalo, pero sabes que no puedo separarme de un *Hola*. Entonces he pensado que lo compartamos. Es un *Hola* especial, porque viene con tu fecha de cumpleaños impreso. Míralo.

Y abrió el sobre y allí, de pronto, mi vida volvió a nacer. En el maravilloso cuadradillo rojo, debajo de las letras blancas *Hola*, estaba mi fecha de cumpleaños: 23 de enero de 1973. Estábamos en 1974, y no dije nada. Era justo esa fecha, ese año, cuando Alejandro murió en mis brazos. Dolores no estaba bien de la cabeza. Habría envuelto ese *Hola* y esperaba compartirlo conmigo con la calma, quizá con la complicidad, de dos almas perturbadas.

—Pero hay más, niño. Mira quién es la portada. ¡Nada más que la Begum Salima! ¿Puedes pedir un mejor regalo de cumpleaños? Lástima que tenga que ser compartido. Mira lo que dice: «La Begum Salima ha sido elegida la mujer más elegante del mundo, por un jurado de dos mil personalidades.» Que no es lo mismo, recuérdalo, que decir dos mil personas. Hay una diferencia muy grande entre las dos palabras. Y desde luego, es cierto. ¡Mira qué distinción! Podría compartir un poco con Carmencita, pero claro, no deben conocerse, porque de lo contrario los fotógrafos se volverían locos. Y, fíjate, otra diferencia: Jackie y la Begum. Sí, Jackie es elegante, pero por el dinero, hijo mío. Y más que elegante, es la mujer más fotografiada, que es diferente a ser la más elegante y elegida por dos mil personalidades.

Y era cierto. Cada palabra, por estúpida que fuera, adquiría en esas letras blancas una convocatoria, una trascendencia única. Creaba un mundo, nuestro maravilloso mundo poblado por la Begum, Farah y su hija Leila (que necesitaba toda su atención al ser la menor de sus hijas);

por mi Jane Fonda, convertida en madre de Vanessa antes
que en seductora espacial; por Ingrid Bergman y María
Callas coincidiendo en una fiesta en París con Alain Delon y
Gracia de Mónaco; por Liz Taylor junto a Burton en un
coche minúsculo, perseguidos por *paparazzis* y con un hombre, muy pequeño y muy rubio, que el *Hola* prefirió no
identificar pero que el tiempo me permitió definir como
Truman Capote; o por el recurrente anuncio de un regreso
de Greta Garbo a los platós cinematográficos a través de
sucesivas películas de Visconti.

Y dentro de este mundo, el *Hola* también ofrecía un
universo cotidiano con sus comentarios cinematográficos adornados por las caricaturas de un señor en una butaca que si aplaudía significaba que la película era exce-
lente, si reía era entretenida y si dormía, desde luego,
aburrida. El tiempo también enseñaría que *El silencio* de
Bergman soportaba esta última caricatura. La sección de
Tico Medina y sus siete días, donde se hablaba de una
gente que, a excepción de Raphael, no salía ni nombrada
ni fotografiada en ninguna otra sección de la revista; la
página de sociales que siempre consideré una redundan-
cia, pues creía que todo lo que aparecía en el *Hola* era un
evento social. Pues, no, esta página de sociales siempre
venía en blanco y negro y retrataba a una gente que,
como en los siete días de Tico Medina, sólo conocían en
sus casas. Dolores ni las miraba. Ella sabía muy bien lo
que quería en esos minutos que compartíamos cada martes
caribeño.

A Dolores empezaron a mimarla los del barrio. Había
abandonado completamente la investigación sobre la
muerte de su hijo y debido a ello no sólo recuperó su sonrisa, sino que consiguió que a su paso los cuchicheos cesaran. En el fondo, su propia gente odiaba la muerte de Alejandro porque les había arrojado una espesa manta de

vergüenza. Y ahora agradecían con pequeños y grandes gestos lo que consideraban una sabia decisión.

En el mercado, por ejemplo, le regalaban las botellas de pepsi-cola, fiaban sus paquetes de galletas María y rebajaban, discretamente, los filetes de bacalao que encargaba para Semana Santa. A veces, cuando el de la charcutería estaba de buen humor, agregaba un chorizo que, según él, le había llegado de Orense de la amiga de una tía suya. Otros días agregaba también unos frascos con frutas confitadas. «Dale las verdes porque ésas a ella le gustan mucho. Se las come aquí a escondidas.» El verde de esas frutas confitadas. Tan brillante y falso. Dolores guardaba todo en otros frascos y, viéndola acometer tal tarea, llegué a pensar que la vida de ciertas personas consiste en seleccionar frascos sin saber muy bien con qué rellenarlos. Ella los ponía sobre la mesa de la cocina, uno muy grande con las galletas, y decía: «Ay, Alejandro, cuando en este país descubran las magdalenas, ya no habrá más pobreza ni nada malo. Pero mientras tanto hay que guardar las galletas María.» Y en otro frasco, los chorizos que iban volviéndose más rojos y grasientos con el paso de los días. Estaba seguro que no se los comía sino que los guardaba allí para recordarse de un trozo de Badajoz.

Una tarde, regresando del mercado con los recados para Dolores, vi al mecánico abrazando fuertemente a una jovencita, al fondo de su estrecho taller de coches. La chica lo besaba y lo tocaba en la entrepierna mientras él se frotaba contra ella. Pronto él le levantó la falda y la penetró mientras ella cerraba los ojos y se dejaba besar el cuello. Seguí hacia la escalera y toqué la puerta de Dolores. Ella abrió vestida con un asombroso traje largo, rosado y con un gran chantillí de fresa en los bajos. ¡La copia del traje de Carmencita Martínez Bordiú!

—No digas nada. ¡Sé que te encanta! Me lo ha mandado mi hermana con una prima mía que está pasando unos días en casa. ¿No es maravilloso? Toca la organza, que es de primera calidad. Y me sienta bien, hijo mío, sólo que nada más puedo vestirlo aquí en casa. No tenemos nadie que nos invite a un sitio importante para lucirlo.

Decidí llevarla a los Próceres. Estando tan bella no era justo descubrirle la infidelidad de su marido, lo que, además, la alejará para siempre de mí. Un regalo, Dolores, un regalo en pago a todos los *Holas* que hemos leído.

Pérez Jiménez ordenó construir un paseo para hacer sus desfiles militares cada 2 de diciembre, pero con tan mala suerte que el perfeccionismo del arquitecto, Malaussena, fue postergando y postergando la fecha de entrega y al final lo hizo a escasos días del 23 de enero; día en el que yo nací y en el que el dictador se vio obligado a huir con millones de dólares pero con el horror de no haber disfrutado de los espejos de agua, los parterres y las esculturas de ninfas y sátiros que Malaussena tardó en disponer a lo largo de una avenida sin destino y con ese nombre de gloria y prepotencia: los Próceres.

Dolores accedió en venir vestida con el traje de Carmencita Martínez Bordiú. Fue coqueta delante de los parterres, señorial bajo la estatua del indio Tamanaco en la punta de un obelisco napoleónico. Y reflejándose todo en el enorme espejo de agua tendido a los pies del monumento. Fue también suerte de europea perdida frente a las pirámides cuando deambuló bajo las estatuas de los próceres de nuestra independencia, todos en mármol negro y ella en escandaloso rosado chantillí. Ay, Dolores, cuando te recuerdo reconozco que tantas cosas mías nacieron gracias a ti. Mi afición al disparate, mi inclinación al delirio, mi culto al *Hola*.

—España no tiene esta luz, hijo mío —dijo Dolores en ese paseo—. Sólo por ella y por ti me quedaría. Mi marido me lo dice: «Quedémonos, Dolores, que pronto nos ira

bien y tendremos pasta.» Otros quizá la consigan, estoy
segura. Un tío mío vende carros y ya tiene dos casas en Badajoz con los ahorros. Y dice que se va a comprar un hotel.
Pero, mi marido siempre será mecánico, Alejandro. No
sabe ser otra cosa. En Badajoz, en Valladolid, en Caracas o
en México D.F., que era donde queríamos ir primero, siempre será mecánico. Y yo que me enamoré de Vicente Parra
y lo conocí, hijo mío, en la farmacia de mi hermana y él me
habló del teatro y de la duquesa de Alba y yo comprendí
todo lo que me decía. Unos días más y me casaba con él,
Alejandro. Pero no supe esperar y por eso ahora me
aguanto. Porque me digo a mí misma: Dolores, hay que
saber esperar. Pero ahora lo ves, espero cada martes por
mi *Hola* y cada lunes estoy ansiosa, con ganas de volver y
con ganas de llorar.

—Pronto será verano y me marcharé a España el 23 de
julio —empezó a decir—. Iremos con Patricia a Santiago
de Compostela para celebrar el patrón. Y le he escrito a mi
hermana y me ha dicho que necesita ayuda en la farmacia.
—¿Y vas a quedarte con ella? —pregunté.
Dolores me miró. A la única persona de la que yo había
recibido afecto la despedía con una burla. Intenté reme-
diarlo, pero ella me apretó contra su cara.
—Es por el *Hola*, hijo mío, nada más que por leer el *Hola*
los jueves, cuando sale, y no esperar hasta el martes.
—Y por tu hijo, Dolores, que no has logrado sustituirlo
conmigo —agregué, arrojando sin tibieza, todo el veneno
al fuego.
—¿Por qué me lo recuerdas, Dios mío?
—Porque tú también me abandonas.
—¿Tú has amado a mi hijo, verdad? ¿Tú has estado con
él? ¿Tú sabes quién le mato?
—Los cuchicheos, y algún amor, Dolores. Alguna
trampa. Y créeme que por eso me he acercado a ti. Porque

te quiero, porque deseo protegerte. De las trampas, de los rumores, de la vergüenza.

El día llegó y ella llamó desde su piso. No era martes, sino miércoles. Entré al salón de lectura y creí ver, después de tanto tiempo, al propio Alejandro guiándome entre las salas de tortura y amor de su piso abandonado.

—Quiero hacerte un regalo, Alejandro. Mañana, cuando aterrice el avión en Barajas será jueves. Y apenas me sellen el pasaporte, pienso correr hasta el primer puesto de revistas. El *Hola* en la mano me dará seguridad y suerte.

—Voy a extrañarte, Dolores.

Respiró hondo y supe que siempre iba a recordar ese gesto suyo. Se le hinchaba todo el pecho, se hacía realmente atractiva, con sus colores desparramados, como mis violeta Prismacolor, entre las paredes y ella misma.

—No será tanto, Alejandro. Porque te he preparado este regalo. Quería que lo abrieras mañana, pero ahora deseo irme de este piso con la visión de tu rostro... cuando lo abras.

Era un paquete con papel celofán, de colores, azul, amarillo, rojo, como la habitación, como la bandera. Y dentro, su colección de *Hola*.

—Los de cada martes de estos años, Alejandro. Mira, el de la coronación de Farah en Teherán. Y el de la boda de Jackie con Onassis en Skorpio. Y el del nacimiento de Vanessa Vadim, con Jane sujetándola. Y uno, de hace muchos años, que traje conmigo cuando vine aquí, con Lucía Bosé en una corrida de toros de su marido en homenaje a Joan Crawford. Son tuyos ahora, Alejandro, para que me recuerdes y para que me perdones por irme y devolverte a tu soledad.

En la noche, revisando una tercera vez el impresionante palacio en Teherán donde Farah Dibah era coronada emperatriz de Irán, aproveché los últimos minutos de apertura del mercado. Me gustaba atravesar ese espacio vacío, con los olores suspendidos, trozos de piel de las aves, conchas de aguacate en el suelo, gatos pululando en la pescadería. Escuché unos gemidos, de animal, de perrito perdido. Me acerqué al taller de Ismael, con la persiana metálica echada pero sin trancar, el candado incluso puesto, sin cerrar. Logré divisar al marido de Dolores y a la prima tendidos desnudos sobre el capó de uno de los coches.

Observé, cerca de la persiana echada, los bidones de gasolina al alcance de la mano. De nuevo el silencio de la ciudad, tan sólo quebrado por el incesante ruido de las máquinas que taladraban durante la noche acercándose peligrosamente hacia el barrio para aniquilarlo durante el sueño de sus habitantes.

Fui hasta casa de Dolores, llamando a la puerta, sin respuesta, hasta que la empujé y la descubrí abierta. Bendita suerte, bendita mano divina eliminando obstáculos.

Crucé el salón y el comedor, con la mesa recogida tras una cena de huevos con *bacon*. El olor aún se encontraba suspendido. Una imitación de una escena de caza recogía los destellos de la noche. Era un inmenso perro sacudiendo en sus fauces una gorda perdiz. Extraño cómo nunca me había fijado en ello. Pasé por delante de nuestra salita de lectura. Los sillones blancos estaban atados por cuerdas y cubiertos de una tela oscura. Se los llevaba con ella. Creía que los tiraría y así podría recogerlos y conservarlos en mi habitación. Un recuerdo tuyo, Dolores, de estas horas de conversación e iniciación. ¿Cómo podías ser tan egoísta para arrebatármelos?

Entré en su habitación, con sus mesitas de noche pintadas en azul cielo y con visos dorados. Llevaba dormilona rosa y con peluche blanco alrededor del cuello, muñecas y el bajo. Se colocaba antifaz para dormir, tapones porque Ismael roncaba y todo ese cuadro me parecía haberlo visto en alguna publicidad del *Hola*. De camas, de muebles, de dormilonas... era una reproducción mucho más fidedigna que la escena de caza del salón.

—Dolores, vete al taller —le dije. Entre los dos, silencio, taladros, y muy lejanamente los aullidos de Ismael y la prima.

—Dolores, tu prima es una puta.

—¿Qué haces aquí? —dijo ella, sobresaltada.

—Ayudarte. Hazme caso. Están en el taller.

—¿Por qué has venido?

—Porque te quiero —ella encendió la luz. Algo vio en mí que se tradujo en terror en su rostro—. Y porque quise a Alejandro.

Se giró, colocándose el salto de cama. Ridículo, como todo su pequeño mundo dedicado al *Hola*. Triste señora española lejos de España, actuando como gran dama.

—Me da miedo ir —dijo.

—Ellos no te esperan.

Eso la hizo avanzar. Vio la puerta abierta y seguramente pensó que era una imbécil. Su marido la dejaba así, para que cualquiera entrara mientras iba y se lo montaba con su propia prima. Esto la enardeció y, albricias, la empujó hacia el taller.

Decidida, y como si estuviera completamente sola, levantó la persiana y espantó, con el ruido y su presencia, a la pareja. La prima gritó con todas sus fuerzas, mezclando el orgasmo con el pánico. Ismael eyaculaba por encima de las piernas de la joven, con los ojos atónitos y sus propias piernas flaqueando de miedo y placer. No hubo tiempo para palabras, un hecho que celebré. Pues Dolores tomó los bidones y los arrojó sobre ellos, con una fuerza que Alejandro había heredado. Ismael intentó detenerla, pero un chorro de la gasolina cubrió sus ojos. La prima se limitaba a gritar y llorar.

Dolores registró en los bolsillos de su ridículo salto de cama. Entendí que vestirlo había resultado providencial. Allí estaban las cerillas. Sin mirar a ninguna parte, retrocedió hacia la salida, los ojos posesos, el marido aullando, la amante arrodillada y vencida. Bajó con fuerza la persiana, dejándola a un palmo del suelo. Por allí coló una cerilla encendida. Y otra. Y otra.

Ante el enorme calor, se quemó sus propias manos cerrando la reja y colocando el candado. El fuego embraveció tras la santamaría como un gato enloquecido. La explosión que sobrevino aún permitió escuchar el grito desgarrado de los adúlteros.

Dolores fue hacia un extremo de la calle y se sentó allí cruzada de brazos, mientras las sirenas ululuban. No tuvimos tiempo de decirnos nada. Un coche oficial se acercó al sitio y la levantó y la introdujo dentro. No viajaría a España, iría a la cárcel. Esperaría un día o quizá dos para ver en la página de sucesos la narración de esta peripecia. El misterioso caso de la madre del joven que murió degollado y desnudo y que asesinó a su esposo y a una prima dentro de su taller mecánico. ¿Podría ser mucho pedir que aquel que de alguna manera hubiera seguido las investigaciones de la muerte de Alejandro sumara dos con dos y llegara a la lógica, aunque arbitraria, conclusión de que la extraña muerte del hijo pudo haber sido provocada o efectuada por la propia madre?

Nadie daría respuestas. Todo se había torcido desde el momento en que Alejandro empezó a ir con malas compañías; ésa sería la única verdad.

Bajo la luna, con el Ávila inundado de luz nocturna, vi cómo el conocido verde de esta gran montaña que circunda Caracas se teñía de azul.

La sorpresa superaría al dolor y al mismo tiempo allanaría el camino de la hipocresía. Pronto se olvidarían los habitantes de esta trágica familia. Nadie se haría muchas preguntas sobre la súbita maldad de Dolores. Las aplanadoras, los taladros destruirían manzanas enteras y casas, como la de Dolores y Alejandro, que pronto sería un bar, una tienda de animales totalmente aséptica, un multicine. Cualquier cosa, menos un recuerdo.

VI

LORENZO, HOY TE RECUERDO TANTO

Torre Madrid, 1998.

Desde la cama consulto el reloj. 17:23, la hora de mis números, la persecución de mi *karma*. Todo es claridad, las últimas luces de una tarde de invierno. Veo la torre de la iglesia de Santa Cruz, rodeada por las cuatro torres como alfiles de la Plaza Mayor, el casetón del Teatro Real como una especie de Partenón en una Atlántida resurgida de improviso. El Palacio de Oriente, injustamente abandonado, hablando de Fountanebleu en pleno centro de una ciudad europea. Mis jardines de Sabatini, el otro destino del que llega a Madrid sin nada más que sus desesperanzas. Territorio maravilloso de arbustos y gatos que horadan huecos en sus medianas alturas. Y más allá, San Francisco, con cúpulas de cobre, torres bañadas del color vainilla que envuelve el Madrid de los Austrias. Vainilla que ha guiado mis instintos, que ha adornado mis habitaciones predilectas. Como ésta, en las alturas de la Torre Madrid, desde la cual observo el Edificio España con su imponente cuadratura. Como si fuera un atlético Quijote delante del atiborrado monumento a Cervantes con sus fuentes mariconas. Cada ventana, en su cuadrícula perfecta, convirtiéndole también en picador gigantesco a punto de atizar al toro.

17:30 y ahora el rojo de los ladrillos del Edificio España se confunde con el de Madrid y arroja más luz hacia mi Gran Vía. Y al fondo, en Callao, la tarde se hace más amarilla y todo es tan quieto, como el recuerdo y como este hombre, desnudo, amordazado, rodeado de libros de fotografías y biografías de Cecil Beaton, luchando por retener el último suspiro de vida.

Sostengo a su espalda un bello jarrón transparente poblado de flores blancas, olorosas. El nardo se confunde con su última basca de sangre cuando estrello este jarrón contra su cráneo. El agua limpia el desastre y el rictus final de su muerte, atravesado por flores. Lo deja perfecto. Me acerco de nuevo, esta vez a besarlo, mi último beso, y el aroma de las flores, tan limpio, tan fresco, me recuerda el olor de Caracas cuando pasa la tormenta. Lorenzo, ¿lo recuerdas tú también?

17:43, tengo que irme. En la puerta vuelvo a verlo. Lo he dejado bien. El rostro golpeado con el quicio del banco frente a su ventana. Las huellas de sangre de sus manos marcando un peculiar arco iris en los cristales. Las piernas atadas, manchados de sangre los cuádriceps. Su espalda acuchillada e inclinada hacia adelante, como si estuviera rezando con las muñecas bien unidas por la cuerda que él mismo me ofreció. La cabeza desorientada, el cuello destrozado y los ojos, verdes como los de Lorenzo, como los de Alejandro, una vez más, mirándome sin mirar.

Ojos sin cara, otra película perdida en el recuerdo. Un cirujano quiere recuperar el rostro que su hija ha perdido en un accidente y, para ello, asesina a jóvenes francesas y retira de sus cadáveres la fresca piel para construirle una máscara a la hija amada. Soy como ese cirujano. Deambulo por esta ciudad como él, que se desliza frente a las casas de sus víctimas con el motor del coche apagado. Yo también llego con el silencio de la niebla y el peso de mi cuerpo despertando una rápida pasión. O quizá mis propios ojos, cuando aparecen cerca de alguien, le muestran que es el último encuentro fortuito, que mi cuerpo es el destino, mi falo una despedida y mis manos, como mi cuchillo, el descubrimiento de que el amor y la belleza viajan juntos hacia la muerte.

¿Por qué he matado esta vez? Por amor, por seguir mi ritmo, por un recuerdo. Porque voy huyendo con la necesidad de dejar un rastro. Para hallar a alguien que al amarme también me conduzca hacia la muerte. No tengo más compañía que los edificios, lo que contemplo. El azul petróleo que se suspende sobre cada habitación que he teñido de sangre.

Vuelvo a recordar *El Manantial* de King Vidor, la adaptación de la novela sobre arquitectos y principios morales de Ayn Rand del mismo título, que leía, secretamente, aunque siempre propulsado por los dedos invisibles de Ernestino y sus misterios, mientras vivía con él. Quiero decirle ahora que prefiero la película. Es todavía más arbitraria y cierta que la propia novela. Ah, el misterio de las películas que señalan nuestra vida. Superior a la Iglesia y la religión. Aparecen como leños en el río del náufrago, o como locomotoras en la mente del indeciso. O como razones en la lógica del asesino.

El personaje de Patricia Neal en esa película, la crítica de arquitectura del influyente periódico que destruirá la carrera del arquitecto protagonista, hace su aparición sosteniendo una hermosa escultura griega. Mientras la observa y alaba, avanza hacia la ventana de su despacho en el rascacielos y dice: «No puedo permitir algo tan hermoso cerca de mí. Es injusto. Cuando encuentro algo verdaderamente bello, tengo que destruirlo.» Y entonces arroja la estatua a su destino. Creo mucho en todo lo que esa escena encierra. Creo que es la explicación de mi violencia. Así como aquellos colores Prismacolor me fueron arrebatados, así como Alejandro me permitió que su cuerpo fuera mi primer crimen, así como Dolores tuvo que retirarse tras las celdas del olvido, voy descubriendo el amor en las personas, los objetos, las atmósferas y sé que antes de que ellos vuelvan a abandonarme, debo matarlos. Allí donde vaya, tengo que matar lo que me recuerde el amor, porque de otra manera será él quien me asesine.

Hoy es sábado. 18:00. Cumpliré cuarenta años en algunos días. Tantos datos, tantas voces, tanta sangre. ¿Cuántos más han de caer hasta que te encuentre, azul petróleo? Cada vez te siento más cerca. Puedo ver el dibujo de tu aliento en esta habitación. Sé que hablas poco, sé que sabes lo que vengo a decirte. Sé que temes el amor igual que yo. Sé que al encontrarte, estaré escribiendo, con besos y tristeza, el principio de mi despedida. Si te conozco tanto, si apenas necesito palabras para amarte, ¿por qué no vienes tú, el del pelo sobre la cara, el fantasma en la oscuridad? ¿Por qué no vienes a rescatarme y enseñarme a morir?

El *Hola* continuó llegando cada martes a la Caracas saudita, la que se reía de los pobres países que tenían que comprar su petróleo a diez veces su precio mineral, y Catherinne Spaak desapareció para dar paso al emocionante reinado compartido por Isabel Preysler y Carmencita, que también se vio obligada a unir montañas entre la democracia, su corazón y el fascinante país que despertaría tras la muerte de su abuelo.

Así llegó el año 1975 y su 20 de noviembre que viví solitario, en un concierto de Mercedes Sosa. Y ella, tan inmensa como su canción sobre la América entera, detuvo a la orquesta y unió sus manos a la par que las mangas de su impresionante poncho, y tras una elocuente pausa dijo: «Hoy es un gran día para la libertad. Ha muerto el tirano.» Y yo aplaudí llevado por la emoción y, una vez más, la grandilocuencia.

Fue esa noche, a mis diecisiete años, cuando Ernestino decidió al fin sacudir todos los secretos.

—¿Mercedes Sosa conoce a Carmen Polo? —pregunté con toda la noche caraqueña delante de nosotros. No habría respuesta, desde luego, pero sí provocación. Ahora, urgía vomitarlo todo—. ¿Soy hijo de Amanda Bustamante? ¿Eres tú mi padre, Ernestino, y por eso me has recogido? ¿Quién coño era Alfredo, ese pobre hombre enloquecido en un triste manicomio? ¿Qué tengo que hacer para conocer a Amanda Bustamante?

«Mátame», escribía una viñeta de una revista cinematográfica que Ernestino subrayó.

—No, Ernestino, ahora no me apetece matarte. Si sabes quién soy, si has seguido desde tu mente nebulosa todos mis pasos, tu silencio es mi aliciente y es tu veneno. Morirás atragantado en tus verdades. Las mías están explotando. Sí, disfruto matando, disfruto acercando a mis presas hacia el precipicio del dolor. Disfruto rompiendo cuellos como sucedió con Alejandro. Y necesito más. Es mi talento, es mi don. Matar y alcanzar a ver, en ese umbral, cómo se mezclan la vida y la muerte, la verdad y la mentira.

Llegamos a este año 1975 y el espléndido y millonario gobierno de Carlos Andrés Pérez, que ha nacionalizado el petróleo e importado la carne y el café de otros pobres países hermanos de Latinoamérica, se enfrenta a las primeras acusaciones de corrupción administrativa. Son como ecos que retumban y alguien cambia las rocas por paredes de caucho y sobreviene el silencio, pero el clima es siempre de incertidumbre. Vivimos un sueño donde las criadas de las casas caraqueñas viajan en aviones 747 a Miami y a Nueva York a hacer la compra de la semana.

Nuevamente, Amanda Bustamante adorna las páginas sociales para hablar de dos grandes exposiciones de Henry Moore y Francis Bacon que contarán con seis cuadros y dos esculturas de la impresionante colección de su padre. Aterrada, la periodista hace mención al cuadro de Dalí, que Ernestino documentara en sus notas, y la sucinta respuesta de la mujer fantasma aviva, una vez más, la leyenda del cuadro: «Ese cuadro sigue en el comedor de mi casa. Quien quiera saber si es cierto o falso, que venga a verlo y lo compruebe.»

—Yo quiero ir, Ernestino. Llévame hasta allí.

Ernestino guarda silencio. Gran hijo de puta, eres tú quien terminará por matarme. Primero me volverás loco, me harás expulsar todas mis verdades para volver a encerrarme en el impenetrable círculo donde sólo está escrito el nombre de Amanda.

—¡Dime algo! —exclamo.

Ernestino gira en su silla y va hacia el cajón donde están las revistas.

Espero que su mirada termine de indicar lo que desea enseñarme. Voy pasando páginas, hojas que caen, Davides de pacotilla, fotografías de estrellas hollywoodienses con los colores idos. Artículos sobre Amanda, el Dalí. Incluso un recorte sobre el mismo Ernestino celebrando el *opening* de una retrospectiva suya en un oscuro museo de provincias. A su lado, Alejandro, sus ojos resplandeciendo, y, escondida, unos pasos más allá, descubro entonces a Dolores con su pelo rojo y un traje de súbita elegancia. Ernestino me mira, lee mis pensamientos. No digo nada, aunque deseo decir perdón. Más hojas, más recuerdos. Cabrón, esfuérzate y dime exactamente qué quieres decirme.

Al fin, mueve una rueda de la silla y detengo mis manos sobre la hoja abierta de una de las revistas. Una historia de terror, un enamorado asesino. Leo rápidamente: «Cuando empiezas a matar, sólo puedes seguir matando.

Mientras más cadáveres acumule, más posibilidades tendré de seguir impune ajustando cuentas con mis muertos. Por eso, cada año, espero la noche en que me invada esa extraña luz lunar, escuche el silbido de las hojas mesándose entre ellas y caiga sobre mi cuerpo la certeza de que alguien, buscando amor, me espera para besar a la muerte.»

—Entonces tendría que asesinarte, Ernestino, para que tu sangre me dirija a mi próximo destino —los ojos permanecen allí, ese cuerpo de morsa, león marino, reducido a una estrecha silla de ruedas. Retrocedo—. Sería tan fácil matarte, Ernestino, que me descubrirían. Y ése es mi destino. No pertenezco a la lógica y soy toda razón. No asesino para vivir, para robar, para vengar. Asesino para encontrarme.

Dirigí mis pasos a la piscina municipal del parque Miranda. Francisco de Miranda es uno de mis personajes favoritos. Los libros de historia de mi país lo retratan como el gran almirante cuyo nombre está inscrito en el Arco del Triunfo al haber luchado en las tropas bonapartistas. Averigüé más tarde que también fue amante de Catalina de Rusia y que tocó la flauta con Liszt. En esos mismos libros de texto se le adjudica el inventar los colores de la bandera: amarillo como el oro que surge en nuestras tierras, azul como el mar que nos rodea y separa de la madre patria y rojo por la sangre derramada en la independencia de esa misma madre patria. Chorradas que Miranda jamás dijo. Se las habrán inculcado los mismos que le entramparon para que prestara su figura a una guerra que al final lo entregó a las tropas españolas; las tropas que lo encerraron en Cádiz en la prisión de La Carraca. Él, que fue héroe en Europa y luego rebelde de una de sus coronas, volvía a ella para contemplar África y la muerte desde la misma costa.

Ahora su nombre es avenida y piscina, como esa donde encontré otro refugio para que la semana no fuera sólo martes.

Todo en la vida es una primera impresión. La de esa piscina en el Parque Miranda tuvo un algo de regazo maternal.

Por eso el agua vino hacia mí y al momento de introducirme en ella, durante la prueba de aptitud que el club hacía a sus posibles miembros, encontré mi cuerpo convertido en una línea que avanza en la quietud, como el destino mismo va dirigiendo nuestros pasos.

Sumergido, estirando los brazos al compás de las piernas, atrapado en el silencio, era un trazo. A eso habría que agregarle la transparencia del agua, y el azul intenso que ofrece la mezcla de cloro con el típico azulejo de las piscinas. Y a ello también se unen los secretos del oxígeno, la concentración que exige controlar la respiración. Y alrededor, el verde del Ávila, siempre vigilante, acompañado del sempiterno cielo despejado bajo el cual se reunían once compañeros de equipo, vestidos con el mismo bañador negro y franja blanca en los muslos, el pelo cubierto por un gorro negro, los ojos protegidos por las gafas blancas y negras y el resto, perfecta desnudez caraqueña.

Mi mirada femenina, como mis movimientos y mis labios, causaba molestia entre los compañeros del equipo. Pero en la piscina todo era instinto, y mi estilo, brazos y elegancia, moviéndose con maravillosa rapidez, lograron que, al menos bajo el agua, no pudiera criticárseme. El drama se desató cuando durante unos entrenamientos un colegio acudió invitado a presenciarlos. Ocuparon todas las gradas, suelo de metal, asientos de hormigón. En ese entonces, retrasaba mi llegada a la hora del entrenamiento porque usaba la ducha en un extremo de la piscina y aprovechaba los 50 metros de distancia para ir calentando las piernas. Bueno, hacia una pasarela, en pocas palabras, que tenía su lado práctico pues así también tomaba un poco de sol. Al menos, así lo excusé delante del entrenador, Mariano, al llamarme la atención. El día de la visita escolar inicié mi pasarela y a los 2 metros de haber avanzado, el estruendo provocó incluso un corte de tráfico. ¡Todo el colegio invitado reaccionó ante mi aparición! El incesante repetir de la palabra maricón acompañó cada uno de mis pasos. Me giré hacia ellos, con la cintura marcando el desafío, y esto incrementó el aluvión de insultos. Pero tenía que llegar al otro extremo, pues mis compañeros esperaban por mí para iniciar el entrenamiento. Al ser el más veloz y resistente, marcaba el ritmo de la clínica. Más y más gritos y de pronto, en esos 50 metros que se triplicaban, vinieron las patadas contra el suelo de metal. Un huracán hubiera pasado más desapercibido. Era un terremoto, las alarmas de los coches saltando ante el estruendo. Yo seguí hasta llegar a mi calle en la piscina. Mi equipo con los ojos clavados al suelo. Una vez frente al pódium volví a mirar a mi público y saludé. Uno de los nadadores me miró asombrado. El colegio subrayó el volumen de sus insultos y el golpe de sus tacones contra el metal. Entonces me lancé al agua y empecé a nadar. A medida que mi cabeza emergía para tomar aire, escuchaba cómo el griterío amainaba. A media piscina había un silencio sobrecogedor. Cuando llegué al final y me erguí para observar el cronómetro, el silencio me permitió ver los 0,45 segundos empeñados en cruzar la piscina. Entonces vino el aplauso de esos mismos que me habían insultado. Nunca lo olvidaré: la línea de mi cuerpo, bajo el agua, había vencido a las bestias. El poder de la belleza me había sido revelado. Todo silencio era posible gracias a ella. Incluso el de la muerte.

Pronto, el equipo de nadadores juveniles de Parque Miranda fue invitado a su primera competición nacional. Tras triunfar en ésta, empezaron a llover otras invitaciones. Y con esas competiciones, las piscinas que las acompañaron se hicieron escenarios donde atrapar la belleza de mi ciudad y mis años desnudos. La piscina olímpica de la

Universidad Central con su fondo de azulejos rojos y sus gradas diseñadas como alas de una gaviota que jamás despega. La profundidad exacta para que sus aguas permanecieran igualmente quietas y el cuerpo se deslizara sobre ellas como una navaja cortando la carne. Ganamos oro. Después vino la de Puerto Azul en Caraballeda, diseñada sobre el nivel del mar, creando la ilusión de que si dabas una brazada extra irías hacia el Caribe y sus tiburones. De nuevo oro. La de la Hermandad Gallega, totalmente años cincuenta, con un suelo desigual, olas oceánicas, exceso de cloro pero una visión insuperable de Caracas y del Ávila, observándote como un padre vigilante, y a su alrededor los rascacielos de la ciudad, convertidos en tías consejeras. Allí también hubo oro. Y fuimos a la del Hotel Ávila, no apta para competiciones, pero que, sin embargo, era un prodigio de arquitectura, rodeada por palmeras y uñas danta, esa planta cuasi carnívora que mi ciudad expulsa en sus mejores jardines. Era una piscina cimbreante, desplazándose a lo largo del hotel como una apetitosa serpiente. Hicimos una demostración de estilos que salió por televisión. Un momento totalmente *gay* de la historia catódica venezolana. Doce jóvenes de belleza insuperable, cambiando del *crowl* al pecho y luego al mariposa en una piscina que hacía ondas en medio de orquídeas y frondosidad.

El lujo de esta imagen nos abrió otras puertas y otras piscinas. La del Country Club, que no llegaba a los 50 metros, en medio de extensos campos de golf. Hicimos relevos de mariposa y espalda y el ya legendario cruce de estilos del Hotel Ávila. Un grupo de señores mayores se acercaron a nosotros en los servicios y yo entendí que podíamos desarrollar en ese momento una carrera alternativa como deportistas del sexo. Pero nuestro entrenador no nos quitaba el ojo de encima. Su presencia vigilante se volvió de rigor en nuestras demostraciones. Allí descubrí que también tenía que ocultar un lado maricón. Un día se presentó con unos albornoces que supuestamente se emplearían al final de las competencias, muy blancos y con un anagrama de nuestro equipo en un bolsillo. Eran largos y tenían un capuchón. Él dijo que los había diseñado una hermana suya. La mentira es tan divertida. ¡Los cosió y diseño él, siempre tenía un carrete de hilo blanco en su bolso!

Él me pidió que lo vistiera para la segunda presentación en la piscina del Country. Los otros chicos no se habían atrevido a tanto. Yo me presté feliz. Sonó el himno de nuestro equipo. Tras la música, salí el primero, con el albornoz blanco, todavía más blanco y aún más largo, casi arrastrándose por el suelo. Cuando llegué al pódium, lo dejé caer y mi cuerpo tuvo un momento protagónico. Los hombros tan erguidos, las tetas tan amplias, los brazos con sus curvas, el largo cuello. Antes de lanzarme al agua y nadar los primeros metros de *crowl*, miré hacia el público como un gran profesional. Pronto, el verde de la piscina iluminó otro verde. Los ojos de Lorenzo, cara de niño, cuerpo de atleta, esa belleza que, al igual que la de los modelos que Alejandro suministraba a Ernestino, terminaba por herir y remover en el espectador una mezcla de desolación y grima.

Lorenzo vivía junto a su madre, Laura, en un *pent house* de La Florida. Debemos hacer un paréntesis sobre ese nombre. Me encantan las reverberancias de gran mundo e inmensas fortunas que invoca. En toda Latinoamérica hay Floridas por doquier. Y en Miami, como decía la madre de Lorenzo, con todas esas viudas judías tostándose y manteniendo el mismo tono escarlata de sus arrugas. Y los mafiosos merodeando. También hay una Florida en La Habana e incluso un paseo con ese nombre en Madrid. Alguien me dijo también que en Vigo existe una urbanización así bautizada. Es como un talismán de la clase media para sentirse menos clase media. Mi tipo de talismán favorito.

Laura tenía los ojos verdes que su hijo heredó. Sólo que Lorenzo los tenía mas fuertes. Verde, verde. Me arrebataron tan pronto mis colores que siempre viviré obsesionado por hallar el nombre exacto de los que nos rodean. Verde penicilina eran más bien los de Laura. El verde de Lorenzo se agitaba, un mar Cantábrico dentro del mismo mar. O la hoja de alguna orquídea soportando la lluvia tropical.

Los padres de Lorenzo se divorciaron cuando el padre, banquero con una oficina bursátil plagada de jóvenes de buena familia, descubrió que Laura tenía un amante y que, claro, era uno de sus empleados.

Laura creyó enamorarse y poco a poco fue tejiendo su propio trazo de destrucción. El joven empleado lo confesó a su jefe. El padre de Lorenzo esperó a pillarlos juntos y, como algún día me lo contó Lorenzo, llevó a su hijo a la escena para que viera lo que su madre hacía. Laura luchó desesperadamente por quedarse con su hijo. Lorenzo sabía que no crecería en el lujo que le correspondía, pero creyó que su madre podría enloquecer si él también la abandonaba.

Aterrizaron en este ostentoso *pent house*, que no era ninguna de las tres cosas, rodeado de pequeños edificios con antenas de televisión vilmente dobladas por el clima. Decoración en blanco, alfombra, sofá, butacas, cojines, cortinas, la misma Laura desfilando entre sus modernísimas pertenencias con un caftán bordado o con pantalones y chaqueta corta, todo en blanco. Sugerencia de Lorenzo, quien confesó que había tomado la idea del célebre apartamento de Yves Saint Laurent en París.

Laura sufría, pero sustituía las lágrimas por los tintes. Un mes era rubia, al siguiente morena, nunca se atrevió a ser pelirroja porque Caracas no conoce esos impulsos. Dolores lo era porque era española, pero una caraqueña como Laura, nacida en algún punto entre La Vega y Catia La-

Mar, o lo que es decir entre la clase media y la paupérrima, no podía permitírselo.

Lorenzo me llevó allí tras conocerme en el Country. Entró al vestuario, a lavarse la cara y fijó sus ojos en mí, que, desnudo, guardaba mi albornoz. Era septiembre, y las primeras tardes del verano se prolongaban sobre el césped perfectamente cortado del Country Club.

—Me ha gustado mucho la competición —dijo, sonriendo. Sabía que era una tontería hablar nada más.

—Y a mí tus ojos —le dije, tranquilamente, mientras los últimos miembros del equipo salían hacia la furgoneta—. Ven a vernos un día, en el Parque Miranda. ¿Sabes dónde es? —le pregunté.

Él asintió. Nos quedamos solos. El momento exacto para abrazarlo y mojarlo con mis labios. El esquivó el beso, pero volvió a arrojar la mirada.

Vino, una semana después, al Parque Miranda. El paréntesis del amor, ese tiempo muerto, de espera, de ensueño, de agitación, que nos obliga a levantarnos en vilo en la medianoche y pronunciar el nombre que no conocemos. Igual que años antes, en el jardín de papayas de Ernestino, esperando el regreso de Alejandro.

Luego, cuando le vi allí, en las mismas gradas del escándalo, sentí un vuelco y fui, lo confieso, delfín juguetón mientras nadaba hacia la escalerilla para ir a su encuentro. En ese momento supe que era un amor tan limpio, el de él hacia mí y el que yo empezaría a temer.

El período entre noviembre del 76 y enero del 77 me transformó en presencia habitual para el blanquísimo interior de Laura y Lorenzo. Laura, al principio orgullosa de mi silencio, empezó a hacer preguntas.

—¿No es un equipo mixto el de tu natación? —preguntó.

—No por ahora —respondí.

—¿Quién es tu madre?

—Murió al darme a luz, Laura —dije secamente. Ella hizo como si perdiera su mirada en el horizonte de casas vecinas.

—La única razón por la que aceptaría que Lorenzo fuera marica es para provocarle a su padre un disgusto que lo enviara a la tumba —aseveró de pronto, sin subir el tono de su voz.

—Lo dices con odio —subrayé.

—Porque odio ambas cosas, Julio. A los maricas y al padre de Lorenzo.

Dentro de mí pensaba lo mucho que agradecía no tener jamás una madre que me hablara tan profundamente.

—¿Por qué tienes que odiar tanto? —no pude evitar preguntar.

—Porque mi hijo tiene algo de mí que yo estoy condenada a perder. Belleza. Los hombres saben envejecer. Y él debería repetirme en otra mujer. No puedo aceptar que rompa el molde conmigo.

—¿Puedes ser así de egoísta? —pregunté.

—El egoísmo es lo único que me queda en el mundo.

Cuando no ocurrían estas conversaciones, que Laura iniciaba y terminaba sin subir su tono de voz, sin apartar la mirada de cualquier horizonte cercano, leía la columna de Reinaldo Naranjo, su verdadera obsesión. Criticaba a todas las damas que salían nombradas, menos a Amanda Bustamante.

—Él se jacta de ser el gran amigo, el que conoce todos sus secretos, incluyendo su fecha de nacimiento. Pero ella no responde igual. Siempre es fría con él. Estoy segura de que para ella él es un articulista, maricón y feo, que necesita pulular a su alrededor para poder escribir su columna. Antes, cuando estaba casada con el padre de Lorenzo, la conocí en una fiesta en el Museo de Bellas Artes. Estrecha la mano con una fuerza de hombre. Y todos alrededor, después de saludarla, hablaban de ese cuadro que Dalí le pintó, que en realidad no es de Dalí, sino falso. Dicen que lo pintó ella misma y puso la firma. Ese tipo de gente, más allá de todo, está por encima de todo —se quedaba callada y podías ver cómo se formaba la lágrima de auténtico odio en su mirada—. Todos se usan. ¡Esos cabrones sólo saben usarse unos a otros! A mí no, a mí prefirieron echarme. Vieron mi parte débil y me tendieron una trampa.

Laura pasaba el tiempo recordando esa trampa, vociferando chismes y recados y quejas por teléfono a su amiga Nohemi. Bebía, llegaba a las cuatro de la madrugada con Nohemi y fumaban porros, esnifaban cocaína y una noche intentaron follarse a un tío entre las dos, riendo y tropezando con las cosas hasta que el hombre empezó a llamarlas putas y Nohemi, medio en risas, le golpeó con un cenicero. Algo se encendió en el señor y arrojó a Nohemi contra la mesa de cristal del salón, estallando la inmensa luna biselada. Los trozos de cristal hirieron a Nohemi en el rostro y Laura arrancó a gritar, el hombre fue hacia ella aplastándola contra una vitrina. Lorenzo salió disparado de su habitación, desnudo, para separar a su madre del agresor. La aparición desconcertó al visitante. Lorenzo, recio, le pidió que dejara a su madre en paz. El hombre le dijo que eran unas putas y Lorenzo saltó sobre él, golpeándole contra la mesa. Laura gritó más fuerte y, de pronto, el portero apareció en el piso, clamando paz y al mismo tiempo etiquetando la conducta de la madre de Lorenzo.

No fue esa la única vez. Laura gustaba a los hombres y a ella le gustaba beber. Lorenzo aparecía, al día siguiente de cada una de esas escenas, en el lugar de nuestra cita y hablaba en voz baja. De pronto me miraba y veía las mismas lágrimas de su madre, sólo que con diferente luz.

—Cuando estás conmigo puedo olvidarla —me dijo—. Pero de nada sirve. Cuando me dejas, regreso a ella.

—Entonces huyamos.

—¿Adónde? Ella buscaría por todos sitios. No puede estar sin mí. La matarían. Uno de esos hombres terminaría por matarla. Reinaldo Naranjo es nuestra cruz. Todo cambiaría si nombrara a mi madre. Le daría mayor acceso y quizá podría volver a casarse con un hombre como mi padre. Pero pasan los años y, como dijo alguien, nunca rejuveneces.

—¿Te das cuenta de que piensas como ella? Reinaldo Naranjo no es la cruz de nadie y lo que le pasa a tu madre es mucho más grave que volverse a casar con un hombre rico.

—¡No quiero discutirlo más!

—Entre otras cosas, ella odiaría a un hijo homosexual —le dije.

—No lo tiene —asevero él—. No lo tiene. No soy homosexual.

En Semana Santa, Laura me presentó a su padre, Aníbal, un señor muy serio con botines y traje de tres piezas. Más que botines, eran polainas. En pleno marzo, cuando la canícula es asesina en Caracas, él llegaba con su tocinillo de cielo y unas pastas durísimas que compraba para celebrar la resurrección. Aníbal también tenía los ojos verdes, pero más diluidos, como si la edad fuera eliminándoles el color igual que a las paredes o la ropa.

Laura y su padre asistían a las misas y a las tristísimas procesiones de La Florida. El cura avanzaba tras la virgen de escayola con un grabador portátil donde se repetía una y otra vez el mismo canto. El único fasto era la propia iglesia, la de la Chiquinquira, gigantesca y enclavada en el inicio de la avenida de Andrés Bello, con vocación de catedral de Santiago de Compostela pero construida en 1950. Gran escalinata, estupenda, brillante. Ese Viernes Santo, mientras Laura rezaba con los ojos inyectados por la resaca y su padre observaba el brillo de sus polainas, Lorenzo y yo nos quedamos rezagados para subir y bajar la imponente escalinata asumiendo los gestos de distintas heroínas: Audrey Hepburn en *Funny Face*. Ana Karenina antes de llegar a la estación. Dolly en la entrada del restaurante. Barbarella, incluso, que jamás desciende por ninguna escalera, pero que de alguna manera tenía que colarse allí, entre Lorenzo y ese espacio telúrico y cargado de mentiras.

En mi primer sábado de resurrección, Aníbal nos adentró en el culto al cine bíblico. A partir de ese momento me hice un devoto observador de *Quo Vadis*, con la pobre Deborah Kerr realmente fea y casi seca. Y más fea y más seca cada vez que vuelvo a ver la película. Estuvimos hasta la madrugada, Laura salió a una cena, Aníbal se quedó dormido y Lorenzo se acercó a mí, en la alfombra blanca delante del televisor, en ese instante en que Deborah entra a la arena rodeada de leones como si acabara de perder una bufanda y deseara recogerla. Deslicé mi mano hacia la suya y él estuvo observándome con sus ojos verdes. Fue nuestro primer beso.

De sábado a domingo de gloria, dormí con Lorenzo en su habitación. Bajo las sábanas me desnudé y lancé la ropa interior al suelo. Él no se quitó su pijama.

—Nunca he estado con otro hombre, Julio. Y quiero que seas mi amigo.

—Yo nunca he tenido un amigo.

—Me tienes a mí. Ahora y siempre, me tienes a mí.

—No lo sé, Lorenzo. No sé cuánto tiempo puedo esperar por ti.

—Eso es egoísmo. Yo puedo estar toda mi vida contigo. Pensamos igual, nos divertimos igual. Estamos igual de solos.

—Pero yo quiero follar contigo.

Hubo un silencio. Oímos la puerta de la casa y, de nuevo, unos ruidos, de copas, de bolsos cayendo, llaves arrojadas al cenicero del mueble de la puerta. Risas, Nohemi hablando muy rápidamente. Y de pronto, la luz de la habitación de Lorenzo encendida y Laura detenida en la puerta.

—¡Estáis desnudos! —gritó.

—Mamá, por favor, éste es mi cuarto. Aquí no puedes entrar sin tocar antes.

—¡Déjame verlo! —dijo ella, con sus ojos inyectados de veneno—. ¡Déjame ver cómo os tocáis, asquerosos!

Rápidamente, con reflejos de guerrillero, volví a colocarme la ropa interior y me enfrenté a Laura. Me planté ante ella como si fuera uno de esos amantes que traía a su casa, aún más bello, aún más joven, aún más apetecible. Ella cayó en la trampa, sus ojos se avivaron de gozo, y me recorrieron con gula. Eso la avergonzó tanto, saberse así descubierta, que de inmediato recurrió a la violencia y me abofeteó.

—¡Sois asquerosos! ¿Qué estáis haciendo juntos?

—Mamá, es mi habitación.

—¡Yo no quiero un hijo marica! ¡No quiero un maricón por hijo, Lorenzo!

—Y no lo soy, joder. Julio es mi amigo, estamos pasando el fin de semana juntos. No todo es sexo, mamá. Si tú lo necesitas para sentirte bien, yo no. Yo tengo amigos, yo tengo mi propia manera de ver las cosas. No soy una puta como tú.

El silencio invadió la habitación antes de que Laura golpeara ferozmente a Lorenzo. Tuve que intervenir y Laura clavó sus uñas en mi pecho, arrancándome la piel. La tomé por el pelo y vi esos ojos verdes aterrados y atrapados en el placer que la violencia le generaba. La arrojé al suelo. Y desde allí, destruida, borracha y encolerizada, siguió gritando.

—¡No quiero un hijo marica! ¡No quiero un maricón por hijo!

Lorenzo y yo continuamos viéndonos en parques, escalinatas, pequeñas esquinas de la ciudad caliente. A la salida de las funciones dobles de la cinemateca, en los pasillos del Museo de Bellas Artes, fundado, cómo no, por el padre de Amanda Bustamante.

—¿Por qué nos ha tocado vivir tan tristemente, Julio? —preguntó Lorenzo.

—Porque hemos nacido equivocados.

—¿Entonces es culpa de nuestras madres? —volvió a preguntar.

—¿El qué?

—Todo, nuestros miedos, nuestras palabras, lo que nos inventamos para alejarnos de toda esta realidad.

—Yo no invento nada.

—¿Y *Barbarella*, qué crees que es?

—Una cultura, supongo.

—Es lo mismo, es un refugio y todo refugio es evasión.

—¿Quieres dormir?

—No, quiero que me desnudes. Quiero que me enseñes a amar.

Y tragué saliva. Me encontré pensando que quizás esta vez, esta primera vez, Lorenzo lograría quebrantar el hechizo, alejarme del crimen, de la destrucción. Entregarme al amor con tan sólo mi cuerpo desnudo, mis besos cubriendo el verde de sus ojos. Tenerlo allí, en la piscina del Parque Miranda, quieta protegida por el Ávila.

Sentí un vaho cerca de mí, quizás el aliento de Alejandro invitándome a seguir adelante. Lorenzo apretaba su mano contra la mía y me seguía.

—No hay luz y me gustaría verte, Julio —dijo él.

—¿Por qué?

—Porque eres tan bello. Eres el cuerpo de hombre más bello que he visto jamás.

—Ahora que va a ser tuyo, tendrás que aprendértelo de nuevo, en la oscuridad.

—¿Por qué me has traído hasta aquí? No quiero que me gusten los hombres —afirmó, besando mi cuello, apretando sus piernas contra las mías. No tenía que responder nada. Mi piel se unió a la suya. Sentí el agua recorrernos, esa sensación de gravedad y profundidad, mezcla de vértigo y algo muy limpio, frío, como metal, cortando mi pecho en dos.

Gloria Gaynor apareció en nuestras vidas. Primero, claro, con *I will survive*, aunque Lorenzo, que adoraba la música, los discos y pasarse la tarde entera escuchando Radio Capital y a Vladimir Loscher, su locutor favorito, me había mostrado una versión de ella, de la conocida *Never Say Goodbye*, que realmente nos ponía a bailar, alejándonos de *Barbarella* y los recuerdos de Ernestino y compañía.

Estaría en Caracas, me dijo, todo agitado en uno de los pasillos poblados por Legers de la Universidad Central.

—Pero, ¿qué dices? ¿No será uno de esos rumores? —cavilé.

Lorenzo empezó a atragantarse con las palabras.

—Es esta noche, me he enterado por uno de los novios de mamá. Creo que trabaja allí y, Dios mío, Julio, si logra colarnos, sería algo increíble.

—Pero, cálmate, no entiendo nada de lo que dices.

—Es una discoteca. Se llamará City Hall. Bueno, es una historia larga. Antes que nada... no había podido preguntártelo antes pero quiero saberlo. ¿Has oído hablar de Studio 54?

—No —dije, con toda tranquilidad. Era tan joven.

—Por Dios, Julio. No vuelvas nunca a decírselo a nadie. Es una discoteca, es el centro del mundo. No sé cómo explicártelo. Es todo lo que tenemos que ser. Puedes pasarte horas en la puerta y si no le gustas a Lucas, creo que se llama Lucas, el de la puerta, no te dejan entrar y te pierdes la única oportunidad que hay en la tierra de ver el paraíso. El paraíso por dentro.

—¿Y qué tiene que ver el novio de tu madre?

—Trabaja allí, creo que es... socio o algo así. Me ha confirmado las entradas. Las dejará a mi nombre, o al de los dos: Lorenzo y Julio.

—Pero, ¿por una discoteca te pones así?

—Es más que una discoteca. Todas las ciudades quieren su propio Studio, entiendes. Y el City Hall es como su... embajador en Caracas.

—¿Con ese nombre?

—Un *city hall* es como un ayuntamiento. ¿Pero qué importa? ¿No hubieras preferido no llamarte Julio? A mí tampoco me gusta Lorenzo. Los nombres te escogen, nunca al revés. El hecho es que esta noche inauguran. Dicen que es la discoteca más grande de Latinoamérica.

—¿No estamos condenados a poseer ese tipo de cifra? —dije, con un tono político, reflexivo—. «Venezuela, el país más rico de Latinoamérica. El Orinoco, el río más caudaloso del mundo. El puente Urdaneta, el que más hierro posee del mundo.» Ahora una discoteca.

—Julio, no te das cuenta de que te estoy pidiendo que vengas conmigo. Podría pedírselo a tanta gente. Todas esas chicas del curso preuniversitario, que se mueren por ir. Pero, no sé por qué, yo sólo quiero ir contigo. Es, coño, como decirte que te quiero y que quiero pasar contigo la noche más feliz de mi vida. Yo he hablado con mi padre y me ha prestado un esmoquin suyo, es de terciopelo negro. Como los que lleva Halston cuando acompaña a Bianca Jagger en Studio 54.

—Yo no tengo esmoquin, Lorenzo.

—He conseguido otro para ti. No te das cuenta, te quiero, haría cualquier cosa por ti.

Los centros comerciales de Caracas son como aquellos palacios cinematográficos de principios de siglo. Esos grandes teatros, destinados a convertirse en *parking*, que durante su esplendor fueron joyas de la ficción, territorio del gótico chino con el *ídem* occidental. El CCCT era todo mármol, metal cromado, vidrio y grandes escaleras mecánicas.

Una de esas escaleras nos transportaba a una algarabía de luces, bombillas titilando delante de una pantalla donde una mujer bailaba sola y aspiraba un cigarrillo mientras tras ella se iban formando las letras: City Hall. Y en esa puerta, el novio de turno de la madre de Lorenzo, vestido en un ceñido esmoquin, dirigiendo nervioso el contingente que se reunía en similares atuendos. Lorenzo empezó a agitar las manos. Sonreía, me miraba, miraba a la gente. Me hubiera gustado que me besara allí, delante del novio de su madre y de los chóferes de nuestra burguesía. Me habría gustado que al menos esa noche-disco se hubiera atrevido a perturbar a los imperturbables.

—Es tan maravilloso ver todo esto, Julio —dijo—. Son todos ellos. Los que hacen esta ciudad. Carolina Herrera y Mimi, la suegra, la verdadera, la que tiene las auténticas esmeraldas. Irán viniendo todos, decidirán si estamos a la altura de Studio, Julio. Lo decidirán.

—¿No dices nada del esmoquin? —pregunté.

—¿No te va mal, verdad?

—Me encantaría entrar desnudo. Como Bianca Jagger, precisamente, en su fiesta de cumpleaños en Studio 54.

—¿Pero, entonces, sí sabías de lo que te estaba hablando? —dijo él, sin dejar de ver el grupo humano—. Sería increíble, pero eso le daría otro tipo de fama al sitio. Y en Venezuela si quieres un lugar exclusivo, tienes que actuar de una manera exclusiva.

—¿Y cómo es una manera exclusiva?

—Por favor, Julio, observa. Si quieres ser parte de esto, tienes que observar. Y callar.

Fue así como vimos llegar el impresionante Mercedes negro, línea tiburón, que es el Mercedes más caraqueño de todos. En esos años parecía como si no hubiera otro coche en la ciudad. Caminabas por Francisco de Miranda y allí estaban todos, circulando. Existía marcada preferencia por el color blanco y el dorado, que sus dueños llamaban beige. Al lado, en las aceras, proseguían los pobres vendiendo plátanos fritos o perros calientes, los niños con las bolsas de maní esperando que el semáforo se pusiera rojo para acercarse a los cristales de los Mercedes. Y el eterno ruido de las chicharras reventándose bajo el calor.

—El hombre es Reinaldo Naranjo, el hijo de puta, no tiene dinero ni para comprarse una cocina, porque la esposa de mi padre ha ido a una comida donde estaban reuniendo dinero para regalársela. Y, sin embargo, allí está, acompañando a una de esas perras que le hacen la corte.

—¿La que está dentro del coche, quién es? —pregunté.

Lorenzo miró hacia la mujer que esperaba que el portero, el novio de Laura, abriera completamente la puerta de su coche. Lorenzo tuvo la boca abierta un largo rato y no volvió a cerrarla hasta que yo puse un dedo dentro de ella.

—Dios mío, es una noche importantísima, Julio. Abre bien tus ojos, nunca más volverás a verla como en este momento. Es Amanda Bustamante.

Cuando entramos, City Hall ofrecía un gran espejo donde se congelaban nuestros rostros, y los cuerpos animados de quienes bailaban se saludaban entre sí y admiraban la gran decoración de muebles negros, cojines plateados, pequeñas mesas blancas. Lorenzo no quería moverse de su sitio, mientras su cuerpo entero le pedía ir en todas direcciones. Amanda Bustamante pasó a nuestro lado, con un traje de satén gris perla, la espalda descubierta con un gran lazo en el cuello del que colgaban dos largos cordones del mismo material. Halston, escuché suspirar a Lorenzo. Ella agitaba su melena rubia y se detenía, totalmente profesional, ante los flases de unos fotógrafos que dirigía Reinaldo Naranjo. Entre parada y parada, los que estaban a su alrededor se giraban a saludarla, besarla y ella respondía con magnífica sonrisa, un breve comentario, su mano alargándose hacia el brazo del admirador, sus pómulos rozando los de la competidora. Reinaldo Naranjo en el centro de todo el frenesí, dirigiendo, dirigiendo.

—Me odia —dijo Lorenzo—. Nos odia a mi madre y a mí.

—Es el enano más feo que he visto en mi vida —lo dije por solidaridad ante Lorenzo. Reinaldo Naranjo se detuvo a vernos en ese instante. Saludó a Lorenzo con una rápida sonrisa, como si lo considerara un intruso.

—Pero tiene poder, como todos los feos —advirtió Lorenzo—. Una palabra suya puede cambiar tu vida. Tú le has gustado. Pero ten cuidado.

—¿Por qué? —pregunté, en realidad sin esperar respuesta.

La pista descendió, bajo aplausos, nuevos torbellinos de luces. Lorenzo y yo en primera fila, extasiados, sujetándonos las manos. Sus dulces manos, sus ojos verdes maravillados, su boca también abierta. La cerré con mis manos y dibujé una pequeña cruz en sus labios antes de que él decidiera apartarme. ¿Por qué me rechazas, Lorenzo? ¿Tienes miedo de mi amor? Yo también, y no sabes cuánto. Aún no te he explicado algo, Lorenzo. La condena de Patricia Neal. Lorenzo, Lorenzo, abre tu boca, prueba mis labios, toma mi vida.

Escuchamos las primeras palabras de alguien que avanzaba en la pista, cubierta por el estallido de luces y niebla. *Last night I was petrified.* Era ella, mínina, atrapada en un largo vestido rojo, observando los ojos de estos privilegiados caraqueños. Era Gloria Gaynor. Gloria Gaynor inaugurando un nuevo año, 1978. *First time I was afraid, I was petrified, creía que nunca más podría vivir sin tenerte a mi lado*, decía vestida en fascinantes lentejuelas que parecían volar hacia Lorenzo y hacia mí. Dinámica, legendaria, una orquesta de músicos vestidos en blanco emergió desde la plataforma hidráulica del City Hall. Sesenta músicos, un piano, percusión, saxofones, rodeando la diminuta figura. El aplauso ensordecido del público, los trescientos millonarios venezolanos permitiéndose una vez más un gran capricho. Una semana antes Barishnikov había bailado privadamente en una célebre casa de Los Chorros. Dicen que Silvana Mangano había desfilado joyas italianas en una cena en casa de los Bustamante y que Ava Gardner había sido transportada desnuda sobre una bandeja de plata en una cena de los Herrera. Sabía todas esas historias, que jamás vendrían publicadas en el *Hola*, pero que sin embargo llegaban a mí en forma de rumores, de tardía información popular. Pero ahora, por vez primera, me creía protagonista, porque estaba allí, confundido, mezclado, observando. Y muy cerca de mí, con su enorme sonrisa, el pelo rubio, las palmas de sus manos siguiendo el compás de la música, Amanda Bustamante.

I learnt how to get along, and now you are back from outer space, continuaba el milagro y Lorenzo se movía al ritmo de la música. Sus fuertes piernas, su esmoquin ocultando la mujer que había dentro de él. La mujer algo puta, deseosa de ser sometida, humillada, maltratada. Sus manos intentaban mantenerse quietas, mientras sus ojos saltaban solos, totalmente mariquitas. Me acerqué a él y extendí mi mano y pronto, al igual que cuando descubrí el agua, sentí que la música y yo éramos la misma persona, y que podía transmitir, a todos los que me vieran bailar, los secretos tintineos de los violines en la canción de la señora Gaynor. La misma orquesta pareció darse cuenta de ello. Y otras tantas personas que empezaron a corearme. Yo no quería, era la fiesta de Gloria Gaynor. Ella era la perfecta protagonista. Pero no podía detenerme ante la música. Y ante los ojos de Lorenzo, que me miraba con ganas de escapar al mismo tiempo que parecía pedirme que continuara.

Entonces sucedió lo inesperado, el giro en la vida. Ella me tomó por el brazo, mientras bailaba, y me llevó hacia dentro de la pista. Sí, ella, Gloria Gaynor. Todo daba vueltas y yo escuchaba, tan cerca de mí, desde sus enormes labios negros cubiertos de purpurina, que sobreviviría y sobreviviría. Estábamos bailando juntos, su sonrisa creciendo al ritmo de sus palabras, envolviéndome con su canción, atrapándome en el disco, cuando decidí cerrar los ojos y dejar que mi cuerpo se moviera solo. Fueron solamente segundos, porque pronto sentí otros brazos sujetarme y abrí los ojos para encontrarme, en otro extremo, lejos del escenario, escuchando aplausos y el sonido del escenario levantándose en el aire para llevarse a Gloria Gaynor hacia las alturas de nuestra historia.

Tuve miedo de quedarme solo, mientras la Gaynor desaparecía. Pero observé a Reinaldo Naranjo que no dejaba de sonreírme. Pronto, Lorenzo estuvo a mi lado con el poder de sus ojos verdes acercándose, acercándose hasta que su lengua se abrió camino en mí y descubrí que mi supervivencia estaría por siempre ligada a esa canción, al brillo de esos ojos, al reconocimiento de Reinaldo Naranjo y la sonrisa de Amanda Bustamante. Podía detenerme allí, en el curso de la historia y decirle algo. Sé que existe un retrato suyo, dibujado por Ernestino Vogás. Sé que el Dalí es auténtico. Sé que su perfume es el vainilla. Sé que sabes quién soy, Amanda Bustamante. ¿Por qué me niegas? ¿Por qué no extiendes tu mano y me salvas? De Ernestino, del lado equivocado de la historia. De mí mismo.

Caminamos, otra vez, por la autopista, toda esa noche. Tarareando la canción, recordando flases de la noche.

—Y tú bailando con Gloria Gaynor, mi amor —dijo Lorenzo.

—Me has llamado mi amor...

—Porque es verdad. Porque te quiero, desde el primer día que te vi en tu dramática entrada al Country Club.

—No hables más. Nadie nunca me ha dicho que me quiere.

—¿Qué te han dicho entonces?

—Que soy débil, porque me enamoro, y que el amor no existe. Sólo existe la atmósfera que el amor deja a su paso. Es más duradera que el propio amor.

—Pero existe. Esta noche te he besado delante de toda esa gente y no me importó nada hacerlo.

Era cierto, el amor lo había transformado. El Ávila dibujaba su silueta a medida que andábamos. Todo el amplio valle era un paraíso de neón. Desde cualquier esquina surgían vallas de anuncios, letreros encendidos. Neón, el símbolo de esta ciudad, de esas primeras noches de amor junto a Lorenzo. Lorenzo sonrió, me besó y permaneció abrazado a mí. No le afectó en nada mi frase. A mí, sí. Regresaba la imagen de Patricia Neal con su hermosa estatua, antes de arrojarla. Matar por amor es más que un crimen. Es la razón perfecta. El ciclo consumado. El fin que da paso al principio.

El día de mi cumpleaños Lorenzo alquiló una *suite* en el Hotel Tamánaco. Es una de las joyas arquitectónicas de Caracas, construida con dinero de la dictadura y con el lujo típico de los años cincuenta. Lorenzo decía, mientras recorríamos sus pasillos:

—Si alguna vez volviera a nacer, pediría regresar a la década de los cincuenta, Julio. Caracas, y no La Habana, era la capital del lujo en los cincuenta. Dior abrió tienda aquí y mantenía clientela. Balmain, le siguió. Gio Ponti construyó cinco casas y vivía aquí. *Glamour* con todas sus letras.

—Pero había una dictadura, Lorenzo. Unos generales construyendo autopistas y torturando a los rebeldes.

—¿Qué más da, Julio? Eso es precisamente lo que hacen las dictaduras. El *glamour* no responde a ideologías, ése es su gran secreto. Sucede sin explicaciones, como brotan los árboles en esta ciudad. Por eso, claro, estaban todos tan mezclados. La dictadura, tiñendo de sangre las estolas, el verde de la ciudad enmarcando la frivolidad y ésta misma, deambulando, erigiendo nombres, leyendas, amores.

Entramos, entonces, a la *suite*. Era toda azul, paredes, muebles, objetos. Una habitación atrapada en el color que desfilaba entre la muerte y la atmósfera que deja detrás. Ya estaba en la propia muerte. Asombrado, comprobé que hasta un cenicero mezclaba en su interior una gota de océano con otra de vainilla.

—Es cursi. De niña bien, azul y vainilla. Como de princesita. Como lo que somos todos en este país, princesitas del petróleo —dijo Lorenzo, rodeándome con sus brazos.

Una bocanada de aire, caliente, típico del primer mes del año en Caracas, avanzó en la habitación y terminó por unirnos.

Lorenzo se desnudó y me llevó hasta la cama. Acaricié el idóneo grupo de músculos agitándose bajo su piel, sus cabellos, siempre tan suaves, apoyándose en mis mejillas y su boca, también tan suave, buscando la mía con calma, con dulzura. «¿Sabes quién soy, Julio?», me preguntó. No, Lorenzo, no lo sé. No digas, por Dios, que eres el amor. «Soy, soy el amor, Julio. El amor que te escoge, desde ese momento en que te vi bajo el agua, nadando hacia mí.» No, Lorenzo, por favor, no sigas. Si fueras otra persona, no me importaría. Pero tú, no. Tú tienes los ojos verdes. No quiero perderte. «No vas a perderme nunca. Siempre estaré cerca. En el calor de enero en Caracas, o en el frío, cuando te atraviese la cara y escuches mi voz pidiéndote que pienses en mí y recuerdes esta habitación.» Pero la habitación empieza a dar vueltas, en ese momento cuando nos amábamos y ahora en el recuerdo. Me pides que te ate, para que pueda recorrerte sin que tus manos detengan mis apetitos. Y así lo hice, y lo vuelvo a hacer en el recuerdo. Tus bellos pies tornándose violáceos, tus piernas cruzadas por el cordón, que también es vainilla, tus ojos verdes mirándome con miedo mientras voy jugando con tu inmovilidad y te mantengo así, humillado, besando el frío suelo, mientras te penetro y muerdo, despacio primero y desgarradamente entonces, golpeando tu espalda, tu cuello, tus brazos, tus nalgas.

Y vuelvo a penetrarte, pidiéndote que pienses en algo que alguna vez te haya parecido realmente hermoso y me dices que no puedes, que no puedes ahora y yo te digo que sí, que lo pienses un poco más y te recuerdo que es mi cumpleaños, 23 de enero de 1978, cumplo veinte años, soy tu novio, soy el amor de tu vida, el primero y el único, y que hace calor en la ciudad, que estamos en una habitación del Hotel Tamánaco y me pides que deje de morderte, con una voz tranquila, como si no temieras nada pero yo continúo hablando y castigo tu espalda con dos hojillas de afeitar que restriego, con suavidad y fuerza, hasta ver la sangre brotar. Dibujo un nombre sobre ella, el tuyo, y vuelvo a pedirte, con una voz cargada de amor, que recuerdes algo hermoso y tú intentas gritar y te estampo la primera patada en la boca y tus ojos verdes me miran ansiosos por no querer escupirme odio. No puedes odiarme, Lorenzo, yo soy tu amor, te digo, y el amor encubre la tragedia. Es tan poderoso como para hacerla parte de él. «Déjame vivir», me pides, y echo las cortinas de esa habitación que parece sacada de un anuncio del *modern life style* de los años sesenta. Te digo, al fin, qué significa el color vainilla, el ramito de mi madre, y cómo creo que ella y tú, Lorenzo, sois la misma persona, la misma desilusión, el mismo amor.

«Entonces no me mates, nadie puede matar el amor», dices. Y yo sigo hablando del azul que cubre las paredes de la habitación. Me habría gustado que fueran así las de mi casa en Plaza de Venezuela. Me habría gustado que fuera así toda Venezuela y que no se llamara Venezuela, sino como esas paredes, estos muebles, Lorenzo y tu propia piel: azul petróleo.

Por eso, precisamente, en esa habitación, en el recuerdo, coloco mis manos sobre tu nuez y pienso, a mis veinte años, en el 23 de enero de 1978, escribo mi segunda página con la sangre del amor. ¿Y por qué tengo que explicarme lo que estoy haciendo? Vuelvo a matar porque deseo algo. Deseo volver a estar cerca de esa mujer, de Amanda Bustamante. Deseo que tú, Lorenzo, me regreses a ella. Muerto, sí, olvidado de esta tierra.

—Julio, no me mates. Sí, estoy enamorado de ti. Iremos a otro sitio. Nos iremos de este país.

Quiero que calles. Te penetro fuertemente, como si no tuvieras fin y yo me empeñara en encontrarlo. Sostengo tu falo mientras aprieto tu estómago para sentir mi propio miembro dentro de ti. Gritas y quieres morder mis dedos y te dejo hacerlo, pero entonces me entierro más profundamente en ti. Aprieto el cuello a punto ya de estrangularte y saco violentamente el miembro y te giro hacia mí. Vuelven tus ojos a mirarme, con el dolor que emerge de tu grito ahogado, sacudiendo tu cuerpo hasta huir de ti y elevarse sobre Caracas para convertirte en sombra y dejarme tu cascarón, con tus ojos abiertos, mirándome para siempre sobre la alfombra azul.

Me inclino sobre ti y aprieto tu rostro contra el mío. Escucho esos distantes sonidos de tu agonía que empiezan a alejarse y a integrarse en el universo. Va mi nombre enterrado en ellos y te digo: No puedes darte cuenta de lo hermoso de mi acto, de lo que he hecho por ti. Te he asesinado en la plenitud del amor. Te he vuelto mío, te he convertido en recuerdo y también en presente.

Un grito terrible recorre toda la piscina. Una madre avanza hacia donde flota el cadáver de una niña. El cielo se oscurece y el calor se acrecienta. Dos bomberos entran en el escenario de esa muerte, también corriendo, y la lluvia se desploma sobre todos. Fuerte, torrencial, abrumadora en su sonido. Envuelvo el cuerpo de Lorenzo en las sábanas del hotel. Introduzco el bulto en una enorme mochila, donde viene mi *sleeping bag*. Hay una gota de sangre sobre la alfombra, muy pequeña. Debería limpiarla, pero opto por dejarla, asumiendo el riesgo. Salgo, salimos, y las camareras que pululan en el pasillo entran a las habitaciones para contemplar el incidente de la piscina. Una nueva bocanada, de lluvia y olor a tierra mojada, acaricia mi rostro mientras me acerco al ascensor sosteniendo mi equipaje a través del pasillo desierto.

Una sombrilla de metal y lona vuela por los aires y se estrella contra el gran ventanal del *lobby*. *El coloso en llamas*, pero en pequeño y real. Bella manera de recordarnos tu película favorita, Lorenzo. En el mostrador no hay nadie, sólo una chica, abobada ante la magnitud de la tormenta. Un hombre se gira con el rostro salpicado por los cristales del ventanal. Perdón, señorita, siento molestarla en un momento así, me gustaría firmar el *check out* de la habitación 324. Asustada, dirigida por un mínimo de nervio profesional, acerca la tarjeta. Firmo un garabato. La devuelvo y retomo mi gran mochila. Un hombre me mira extrañado, pero nuevas sombrillas vuelan en el aire.

Bajo la lluvia, y viendo la cascada de agua caer por el Ávila, entro en el automóvil de Lorenzo y arranco sin destino. A medida que avanzo en la autopista, el parabrisas marcando la tensión del momento, escucho la voz de Lorenzo, hablándome del frío, del calor.

De pronto deja de llover y delante de mí, la ciudad recupera su esplendor y el verde del Ávila es como los ojos de Lorenzo ofreciéndome protección.

VII

BELLADONA

Madrid, 1998.

La desaparición de Lorenzo alteró completamente la psiquis de Laura. Llamó desesperada a mi casa. Intenté calmarla, quería saber cuándo había sido la última vez que lo había visto. Dije que en la universidad y que me había dicho que se iría de viaje esa misma noche. Era la excusa que habíamos acordado decir a Laura. La policía me pidió declaración y acepté ir. Puro procedimiento formal, la madre había interpuesto denuncia ante la desaparición de su hijo. Nada más. En Caracas las dependencias policiales son poco menos que una espantosa y maloliente corte de los milagros. Llegué puntual, doce y media de la mañana. Laura estaba allí, acompañada de un nuevo novio, aullando en vez de llorar. «Me lo han matado, Dios mío, me lo han matado.» Ella intentó venir hacia mí pero los dos policías que me custodiaban abrieron una puerta, me metieron dentro para preguntarme cosas sobre el estilo de vida de Lorenzo. «¿Era marica, no?», me preguntó uno de ellos, que tenía acné, el pelo muy rizado, una corbata marrón sobre la camisa amarilla y una inmensa barriga de demasiadas cervezas. Dije que no lo sabía, que era muy deportista, muy buen amigo y que la última vez que le había visto hablaba muy excitadamente de un viaje a la playa. No tenía enemistades, tampoco tenía conflictos sentimentales. «¿Sabe usted si estuvo conduciendo su coche la noche de su desaparición?» No, no lo sabía. Lorenzo era muy apegado a su coche, fue una de las pocas cosas que su padre le regaló. Era un Mustang amarillo del año 68 y, en realidad, esto no se lo dije a los policías, cuando lo conducía era el hombre más guapo de Caracas. «Tenemos el coche en paradero desconocido. ¿Cree usted que haya algún sitio al que se hubiera dirigido?» No, por supuesto que no. El coche quedó calcinado tras rociarlo con gasolina y aparcarlo convenientemente en la plaza del rectorado de la universidad, donde se estaban celebrando mítines revolucionarios, durante toda esa semana, y casi treinta vehículos fueron pasto de incendios provocados. Nadie se percataría jamás de que ese Mustang amarillo no se quemó durante las revueltas estudiantiles.

El hombre anotó mis datos en una libreta, sin mirarme. Me pidió que saliera y tratara de calmar a Laura y así lo hice. Estaba pálida y, por primera vez, intentaba controlar su voz para devolverle ese tono educado y frío que empleaba cuando hablaba de sus odios conmigo.

—Lo han matado, Julio. Lo han matado.

Miré hacia el horizonte como ella hacía.

—¿Y a partir de ahora qué voy a hacer? ¿Con quién voy a hablar? ¿Quién va a protegerme de mí misma?

El novio la sujetó mientras se estremecía en su propio llanto. Volverá, le dije a Laura. Volverá.

Alejándome de ella, entendí que haría lo mismo que Dolores, lucharía por esclarecer el crimen, pero caería vencida ante la vergüenza. Un hijo homosexual tiene la muerte que se merece, le diría Nohemi o alguna amiga o el propio Aníbal. Ante la vergüenza, el silencio te ayuda a vivir. Y mi impunidad, en esta ciudad de verde y cemento, podría sobrevolar cada noche o cada día que me apeteciera. Después de todo, no había cadáver. Al menos que alguien se adentrara en el Ávila, cerca de una hermosa quebrada, donde cavé una tumba y dejé una mano fuera para que los buitres y zamuros supieran la dirección de su festín.

Regresé a Ernestino. Tenía la certeza, absurda, claro está, de que la muerte de Lorenzo me devolvería automáticamente a City Hall y podría ver de nuevo a Amanda Bustamante avanzando entre los flases con su perfecto tono rubio. No fue así. Ernestino iba consumiéndose en la silla de ruedas, como si hubiera decidido abandonarse no para aproximarse a la muerte sino para prolongar la agonía e incitarme a matarle.

Leía mi mente, sabía todo lo que había hecho y no podía decirlo a nadie. Sólo a mí. Día a día, atardecer tras atardecer, Ernestino esperaba el momento más cruel, cuando en mi pecho volvía a abrirse camino ese cuchillo de metal, para mirarme y expulsar, desde sus pupilas, su odio y su verdad.

—¿Por qué no has vuelto a ver a Amanda? ¡Llámala ahora, dile que estoy aquí, que quiero preguntarle varias cosas!

Ernestino cerraba sus párpados.

—Si te matara, ¿vendría ella a reclamar algo?

Los párpados continuaban cerrados.

Entonces me entraba una súbita violencia y deseaba ir hacia la silla de ruedas y patearle hasta que vomitara el hígado. Pero no podía matar a Ernestino. Me descubrirían. No sería del todo anónimo, como otras muertes. Si él aparecía muerto en su estudio, esa extraña maquinaria de resurgimiento de las leyendas se pondría en marcha. Artículos sobre su obra, reflexiones sobre el tiránico olvido al que fue sometido, opiniones sobre su vida privada, el fantasma de Alejandro, la condena de Dolores, todo terminaría por señalarme. Estaba de nuevo atrapado. Podía aspirar a la mayor celebridad como asesino, pero estoy condenado a ocultar las huellas, sembrar la mentira al mismo tiempo que el terror, precisamente para ser un magnífico criminal.

El Museo de Bellas Artes cumpliría en 1980 treinta años de existencia. Creado en 1950, dos años antes de la dictadura, en buena parte gracias a los fondos personales y la colección privada de Armando Bustamante, no sólo celebraba cumpleaños sino que se convertía súbitamente «en una de las pinacotecas más arriesgadas y particulares de América Latina», según la pluma de Reinaldo Naranjo.

Ernestino recibió una invitación envuelta en un sobre de perfecta cartulina, maravillosas letras rojas escritas en una caligrafía de insoportable fineza. ¿La letra de Amanda Bustamante? No pregunté, simplemente le arrebaté la invitación y fui hasta mi habitación a desempolvar el esmoquin de Lorenzo. Centenares de caraqueños se apilaban ante la puerta del Museo de Bellas Artes. Todo eran rumores. Alguien decía que Jaqueline Kennedy estaba en Caracas, repitiendo visita tras la que hizo como Mrs. Kennedy, y que fue huésped de lujo de la propia Amanda Bustamante. Si estaba, no sería la estrella. La palabra, el nombre, siempre acompañado del rumor sobre el retrato de Dalí de firma dudosa o totalmente real, no era otro que el de la Bustamante. «Es su noche», decían dos damas vestidas de lentejuela azul, el material más aborrecido de la década que esa noche empezaba.

—¡Allí está Reinaldo Naranjo, con su ejército de fotógrafos! ¡Debe estar al llegar! —exclamaron dos mariquitas estrafalariamente vestidas, con bufandas en una noche de junio caraqueño.

De pronto hubo un silencio y aparecieron las motos de la escolta presidencial. Dos, tres coches, Mercedes negros, un helicóptero sobrevolando la plaza del museo. El clic-clic de las cámaras fotográficas preparándose. La tensión en el aire. Mi pregunta: ¿Qué haré para llamar su atención?

Como casi todas las cosas en la vida de Amanda, su rol como presidenta de la Fundación Museo de Bellas Artes era exactamente un rol. Lo había aceptado a raíz de la muerte de su padre. «Una muerte absurda», como siempre subrayaba Reinaldo Naranjo en sus columnas. ¿Absurda por qué, señor Naranjo? No había respuesta.

Papá Bustamante había adquirido el grupo de terrenos donde se levanta el museo y ordenó a su arquitecto favorito, Villanueva, construir el edificio neoclásico para alojar la colección privada de michelenas que poseía la abuela de Amanda.

Michelena es un contemporáneo de Sorolla y los dos deben haberse conocido y comparado apuntes sobre la luz, porque la repiten magistralmente a ambos lados del océano.

Armando Bustamante, rezaba el catálogo del museo, fue un hombre privilegiado porque tuvo el don «de invertir buena parte de su fortuna en la adquisición de obras de arte que hoy llenan de orgullo a Venezuela, que hablan de una visión magnética, vibrante como nuestra sangre y patria, del arte. Desde obras clásicas hasta lo más moderno de este siglo, que se mueve y dignifica gracias a la energía que expulsan nuestras tierras», explicaba el mismo texto, firmado, cómo no, por Reinaldo Naranjo. Y es así como el estado venezolano conoció sus Vasarelys, un par de Bacons de fascinante naranja, los sofás de Le Corbusier, varios Corots —de esa Caracas mantuana con tal multitud de ellos que creó una palabra, coroto, para denominar las cosas que han de ser sujetadas por los brazos. ¿Adónde llevas ese coroto? es la aplicación más frecuente—, Picassos de la etapa Dora Maar, un Silver Sargent exquisito, de una dama vestida en naranja, Duchamps, Delvauxs, Magrittes, comprados evidentemente con un criterio comercial, histórico, en realidad. No pertenecían a una colección. Tenían el sello del hecho patriótico: se habían comprado para dotar al país de los petrodólares con un sentido cultural que permitiera ocultar su vulgaridad de nuevo rico. Alfredo, el fósil guerrillero que descansaba en alguna butaca del manicomio, habría admirado mi desprecio hacia esa celebración y esa burguesía. Pero, como muchas otras cosas, era un desprecio falso. Anhelaba la llegada de Amanda, que las puertas de hierro se abrieran y que yo pudiera mezclarme entre las obras de arte, admirar su refinada belleza, su burguesa luz y verme a mí mismo, al fin, como uno de ellos.

Amanda y el presidente retrasaban su llegada. Mientras, los rumores empezaban a caldear el ambiente. Unos cuantos, luego todos, deseaban saber si el Dalí de Amanda Bustamante estaría expuesto en la exposición celebratoria. Nadie tenía el valor de preguntárselo a Reinaldo Naranjo, en ese momento dirigiendo sus fotógrafos como si fueran jugadores de *rugby*.

—Es falso —aseguró un señor con bigotes muy largos—. Un falso Dalí, evidentemente —acusando de mentira lo que ni siquiera ha visto.

—Es real. Porque tiene un poder mágico. Mis amigas que la conocen, a Amanda, han visto cómo el cuadro cambia cuando ella se sienta delante de él. Ninguna de las dos ha envejecido. Ninguna de las dos es exactamente real. Esa magia sólo la podía conseguir un genio. Y eso hace indiscutible la autenticidad del cuadro —expuso, vehemente, una señora.

De pronto, entró un camión cargado de enfurecidos jóvenes. Todo un grupo de invitados retrocedió atemorizado hacia la puerta de hierro. Podríamos quedar atrapados entre sus huecos, asfixiados. No podía decirse nada más. Aquel ambiente de excitación social se había convertido en una ola desatada. Los jóvenes descendían del camión, la policía militar, allí para vigilar la llegada del presidente y Amanda Bustamante, decidió abrir fuego. Fuego, como si estuviéramos en la Rusia bolchevique y todos nosotros, estrafalarios, legales, mentirosos y honestos, fuéramos una familia imperial con necesidad de ser ajusticiada.

—¿Quiénes son, quiénes son estos locos? —preguntaba una voz femenina, una pobre mujer, de las de pedrería azul, viendo su magro cuerpo aplastado por terceros contra las puertas de metal—. ¡Dios mío, abrid las puertas, o nos romperán las vértebras!

No podían abrirse. «¿El presidente cuándo va a llegar?», clamaban algunos. Los jóvenes avanzaban, cubriéndose el rostro con pasamontañas y enarbolando una bandera pintada en rojo: «Burgueses de mierda, el arte es popular.»

—¿Todavía en el año 1980 seguirán estos maricas guerrilleros? —preguntó un chico, joven, atractivo, muy bien vestido.

La respuesta la tuvo en su garganta en cuestión de segundos. Los agresivos, los guerrilleros, empezaban a lanzar bombas lacrimógenas. El terror desatado por las lágrimas y el humo obligó a los guardias a abrir las puertas. Entré el primero y pude comprobar, en ese único instante, la belleza de la muestra. Los cuadros de Michelena, Sorolla y Murillo dándote la bienvenida, las geometrías coloridas de Vasarelys al fondo y entre todo ese camino, seis o siete salas de tesoros para defender el concepto de que Venezuela era rica, próspera y culta.

Pero no fue así. Tras ese parpadeo, la realidad volvió a colocar su huella.

Los jóvenes descargaron toda su violencia sobre estos espacios, sin mayor razón que una histeria colectiva. Un Michelena quedó rasgado, el sofá hecho jirones, el suelo de granito descuartizado, una escultura solar de Alejandro Otero huérfana de las placas de metal que le daban nombre y resplandor. En los rojos del Vasarely estamparon vómitos. El vidrio protector de muchos lienzos quedó hecho añicos. Todo era un sonido de alarmas. Una mujer, aferrada a sus joyas, no podía contener una risa histérica.

Pronto empezó el discurso de uno de los jóvenes.

—El arte venezolano es una mierda, según los discípulos del capitalismo imperialista. Queremos ver nuestras realidades, no la de un inglés maricón o la de un español avergonzado de serlo que prefirió ser francés.

Idiota, pensé. Le han comido el cerebro. ¿No podría ir hacia él y tranquilamente romperle el cuello? Estoy seguro de que esta gente me lo agradecería y me acogería, al fin, entre ellos. Me volvería un héroe. Lo maticé, lo deseé: quiero matar a este héroe de pacotilla. Quiero hacerlo.

Estalló una nueva bomba lacrimógena y algunas personas empezaron a correr. El líder, el joven que había hablado, se puso nervioso. De pronto sonó, inexplicable, el himno nacional y los que estaban en el suelo, los vándalos, los que vestían lentejuelas y los que no se incorporaron, giraron hacia la puerta y vimos, todos, en el dantesco resultado de la exposición, la entrada del presidente de la república junto a una resplandeciente y firme Amanda Bustamante.

El líder guerrillero apuntó su revólver hacia ellos y tan sólo tuvo tiempo para mirarles. Una bala de los agentes de seguridad del presidente acabó con su vida y derramó sangre debajo de los Duchamps y el Bacon donde un hombre joven se baña encima de un parqué mojado.

Durante toda la tragedia, Amanda Bustamante permaneció inmóvil, atrapada en su traje largo y blanco, sus zafiros y su pelo rubio perfectamente recogido. El cadáver del líder acalló la revuelta. La policía actuó con peligrosa efectividad. Los torturarían, los matarían. Eran todos jóvenes. No tendrían antecedentes, nadie los extrañaría en sus casas y desde aquellos tiempos en que esta misma policía arrojaba cadáveres al mar Caribe, para que los comieran los peces, habían pasado muchos años. Ahora los ahorcarían en celdas comunes o incendiarían una haciéndolo pasar como revuelta de presos hacinados. De esa manera vi claro que el gobierno de mi país actuaba exactamente como yo. Matábamos para eliminar y seguir adelante. Ahora estaba al lado de Amanda Bustamante, la mujer misterio, la fotografía, el retrato, el Dalí. Tenía que hablar.

—No hace falta que hables. Sé quién eres. Te llamas Julio y vives con Ernestino. Has venido con su invitación.

Escuchaba, transportado, la serenidad de la voz, tan rubia y grave como el propio personaje. Cada palabra, vocal o consonante, alargada y redondeada como las letras de su caligrafía. Los ojos brillando desde dentro. Los labios finos, la piel apenas surcada por arrugas que realzaban el mito.

—Ahora sólo tienes que responder. ¿Crees en el azar?

—Creo, Amanda Bustamante. Creo, porque me ha depositado ante ti.

Nuestros muertos guían nuestras vidas. Cada ausencia es un paso adelante en la vida que tienes. Así, vayas encaminado a un despeñadero o te orientes hacia un décimo piso, los fantasmas aprietan los botones o te lanzan al vacío.

Lorenzo pudo llevarme hasta Amanda o enviarla a por mí, como hizo esa noche. No necesitamos más palabras, ella me apartó del grupo rebelde y cuando éstos fueron entregados a la policía me preguntó si tenía dónde ir. Dije la verdad: No. Ernestino había quedado atrás. Como si su rol, en este nuevo mundo de roles que empezaba a deslumbrar, se hubiera quedado sin frases ni acciones.

Entré esa noche por primera vez en Belladonna, el hogar hechizo, que como la misma planta alquímica abría las pupilas del corazón. Belladona, la casa en la colina más alta de Caracas, desde la cual podías admirar la ciudad de techos rojos, la de plástico y hormigón y la tenebrosa de planchas de zinc y paredes de barro. En un día claro, de esos tan azules que el ojo no puede abrirse enteramente, un recodo de mar asomaba al final de la serpentina silueta del Ávila. Había que administrarse en la contemplación: una dosis equivocada de Belladona podía matar.

Amanda dejó su chal y su bolso en una silla a la entrada. Encendió las luces con un suave apretón contra la pared. Espacio, espacio, espacio. Cada mueble sabiamente administrado. Los ventanales vigilando la ciudad, nunca al revés. Pensé en ella como un águila parada en una esquina, atisbándome, entre aquellos jóvenes, seleccionándome mientras actuábamos como salvajes, anotando mi identidad entre tantas otras para tenerme allí, al amanecer, frente a frente.

—¿Cuántos años tienes?

—Los mismos que la democracia. Nací un 23 de enero, hace veintidós años.

Me acercó una bebida.

—¿No serás modelo, verdad?

Negué con la cabeza. ¿Debería tomarlo como un halago?

—Sí, por supuesto. Es un halago —respondió leyendo mi mente—. Son pocos los hombres bellos. La belleza cuando es masculina se crece. Nos eclipsa.

—Hombre o mujer, es imposible eclipsar a Amanda Bustamante.

—Sabes demasiadas cosas sobre mí. ¿Por qué te obsesiono?

—¿Obsesionar? Bueno, reconozco que he seguido su vida, siempre me apasionó que también fascinara a terceros.

—El culto a una persona es prueba de su incapacidad para amarse.

—Aún no tengo edad para amar —respondí.

—Eso quizá sea cierto. La edad y el amor se llevan como una vieja pareja, haciéndose trampas, involucrando a terceros —dijo al tiempo que abría y cerraba los cajones de una impresionante cómoda, buscando cigarrillos, Pall Mall, para encenderlos sola, aspirar debidamente y esparcir todo el humo en el espacio que nos separaba.

—¡No sabía que fumara!

—Soy de la generación que aprendió a no dejarse fotografiar jamás con un vaso o un cigarrillo en la mano.

Reímos, juntos. Vi en sus ojos un brillo especial. Como si estuviéramos hechos de lo mismo. De esa extraña mezcla de verdad y mentira, que en el caso de ella proyectaba bondad y dominio, mientras que en el mío la mentira era la mejor de las escafandras y la verdad nada más que otra gran mentira.

—Ahora, creo que te reconozco —dijo, acercándose con el cigarrillo entre sus dedos—. Sí, lo recuerdo perfectamente. City Hall, la noche de Gloria Gaynor.

Un fuerte escalofrío despertó en mis venas un calor que sólo asociaba al contacto sexual.

—¿Eras tú? —se preguntó a sí misma—. Sí que lo eras. Con otro chico. ¡Bellos! Bellísimos, recuerdo haberlo comentado.

—Yo también te recuerdo sonriendo mientras Gloria Gaynor bailaba conmigo.

—¡Claro! Fue ese momento el que recordé.

Iba a preguntarme por Lorenzo. Yo quería moverme, saltar hacia una silla, darle la espalda. Pero me mantuve allí, viendo cómo una cordial sonrisa crecía en mi rostro y se mantenía allí, enseñando mis dientes sin ningún aspaviento.

—Era hijo de Gómez Suárez, el banquero, ¿no es así?

—Su madre, por cierto, es otra gran admiradora de Amanda Bustamante.

Sus ojos se clavaron en mí. Daba miedo lo que podía venir después, pero Lorenzo había escapado de su mente.

—No tienes padres, ¿verdad?

—¿Tanto se me nota?

—¡Mm! Seguramente sí. ¿Dónde has crecido?

—En la Plaza de Venezuela, los Caobos y alrededores.

—Tendrías que recordarme a alguien, Julio. Y sin embargo, no lo haces.

—Mi padre no estuvo conmigo el tiempo suficiente para detallarlo. Y mi madre murió al traerme al mundo.

—Como en las grandes novelas. Un adivinador me dijo que el hijo que sobrevive a su madre es un ser excepcional. Lleva unido en su ser la posibilidad de...

—Otorgar vida y muerte —la interrumpí.

—Te gusta decirlo. Te sientes superior, te gusta demostrarlo —sentenció antes de levantarse del sofá y regresar a los ventanales para bajar las persianas.

—¿Desde cuándo conoces a Ernestino? —prosiguió el interrogatorio. Era una pregunta clave y sin embargo la hacía con una voz suave, como la misma nicotina ascendiendo por su garganta.

—Él vino hacia mí y también me preguntó si creía en el azar —respondí.

Ella sopesó la respuesta, sin mirarme, prefiriendo inclinarse ante la pata de una silla que parecía cojear.

—Ernestino fue un gran artista.

—Injustamente despreciado por el tiempo que vivimos, ¿no es cierto? —agregué, con ánimo de impresionarla.

Ella arregló el desbalance de la silla. Me encantó: en

medio de aquel esplendor la dueña se fijaba en un error y lo resolvía.

—Ernestino siempre quiso saber más de lo que le estaba permitido. Ése ha sido su poder y es su condena.

—¿Qué sabe sobre usted?

—Nada —dijo ella, sonriendo sin abrir los labios, mirándome con dulce profundidad, dueña absoluta de su escenario—. Nada más de lo que tú puedas descubrir en esta casa.

—¿Es tan fuerte el azar como para unirnos en una sola noche?

—Sí.

—¿Tan fuerte, tan fuerte? —pregunté estúpidamente.

—Una mujer como yo está hecha de trozos, Julio. Uno de ellos es esta casa. Otro es el museo y este país de mentiras y violencias. Ernestino fue un fragmento. Quiero que sepas que a partir de este momento tú entras a formar parte de ese mosaico.

—¿Cuáles son mis méritos?

—No han tenido tiempo de prepararte una habitación. Dormirás en la de mi padre —finalizó. No habría más respuestas.

Amanda atravesó los salones con innegable distinción, pero algo me hacía pensar que no recorría estos espacios con regularidad. Por accidente, avanzaba en los espacios prohibidos de mi anfitriona. Observé las paredes tapizadas en una seda satinada, con un toque de limón. Las lámparas en varias mesas a los lados, reflejaban una vida en esas sedas. Las pequeñas manos de Amanda niña, si alguna vez lo fue, dejando sus huellas en el lujo.

—Mi padre adoraba sus habitaciones. Le encantaba mostrarlas. Siempre deseaba que se le viera allí, ya vestido, impecable, revisando papeles en su mesa, Clara y las doncellas cambiando la cama. En las noches, cruzaba este pasillo para besarlo, todos los años hasta su muerte.

Se detuvo frente a una mesa de mármol, cubierta de pisapapeles y ceniceros.

—Todo coleccionista tiene una manía importante. Papá amaba los ceniceros, *cendrier*, los llamaba. Un poco cursi ahora, pero es ley de vida. Al fondo, es su habitación.

—¿No vienes tú?

Amanda observó largamente la puerta.

—No, no he vuelto a entrar desde su muerte.

Se giró para darme un beso, casual.

—Nunca me levanto antes de las doce, y Clara es ciega. Irás encontrando tu camino en esta casa.

La puerta no chirriaba. Apreté el interruptor y vi algo igual a lo que vio Cortés cuando descubrió el naranja azteca. Era ese el color de las paredes, de las cortinas, de los muebles y de la inmensa colcha que suspendía sobre el tálamo de dimensiones monarcales. Naranja intenso, más fuerte que el sol, que Valencia entera, que el fuego de Dolores. Las molduras doradas, la lámpara completamente aplastada en el techo, rodeada de iguales dorados. Las puertas del baño y del vestidor completamente blancas. La gran alfombra, mullida y sin una sola mancha, de color trigo, casi vainilla.

La cama tenía como espaldar un icono. San Jorge, con la espada dorada en el aire y sin dragón. Y enfrente, un portentoso Canaima, el rey de los indios, desafiando las cataratas de ese pedazo de Amazonas que lleva su nombre. Grandes montañas cubiertas de flores indescriptibles enmarcaban su esplendoroso cuerpo, todo energía y libidinosa piel. Era, por supuesto, un Ernestino Vogás. El rostro de ese magnífico Canaima no era otro que el de Alejandro. Leí una débil inscripción, por encima de la rúbrica del autor: «Para Armando y Amanda, mi luz, mi fuerza, E.V.» Por último, alejándome del cuadro, sorprendido de volver a tener cerca el aliento de Ernestino, descubrí el toque final: el intenso azul de todo el paisaje. Mi azul, de nuevo cerca de mí, aunque lejos, momificado, atrapado en la ficción, pero allí. Azul petróleo. No pude evitar el escalofrío y luego la sonrisa. Estaba donde debía estar. Un sinfín de piezas habían decidido engranarse al unísono. Belladona era mi casa. Me introduje en las sábanas que nadie había disfrutado desde al menos quince años. Apagué la luz y vi a lo lejos el gran chaguaral del jardín. Palmeras borrachas de luna.

VIII

El jardín de Amanda Bustamante

Amanda, siempre con la misma intensa naturalidad que demostró desde ese pequeño diálogo en la cinemateca, me introdujo en elementos tan vitales como arbitrarios. Poner la mesa, por ejemplo, pero bajo sus reglas: «Un mantel tiene que ser una extensión del ánimo.» Vistosos, cuando había oscuridad en nuestros pensamientos y apagados, castellanos, como decía ella, cuando la luz era todo lo externo y las altas palmeras desplegaban bálsamos.

Aprendí a seleccionar el cristal. «Es por donde vas a ver la gran mayoría de tus cosas: a través de un cristal. Si aún no lo tuvieras, intenta creártelo en tu imaginación. Protégete con gafas de sol el día entero. En los ojos se lee una vida, no permitas nunca que lleguen hasta el final.»

Sus trajes deambulaban frente a mis ojos cada vez que la ayudaba a vestirse para una fiesta. Ella siempre escogía los zapatos, el bolso y las joyas el día anterior. Cada ma-

ñana se reconfirmaba su asistencia a un acto predetermi-
nado con al menos dos semanas de antelación.

—Sólo desean verme y siempre he disfrutado con que
me vean. En cada fiesta tienes tres horas máximo para hacer todo lo que tienes que hacer. La primera estás para que
te vean. La segunda saludas, de verdad, a tus amigos preferidos o a tus enemigos más nobles. La tercera, para desaparecer dignamente.

—¿Cuál hora es tu favorita, Amanda?

—La cuarta, desde luego, que es la que sigue a mi ausencia y todos te mencionan.

Su aparición en cualquier evento revolucionaba todo
tipo de prensa, comprometía a las mujeres a fijarse en lo
que ella vestía y en lo que ellas creían elegante, atraía a los
hombres al mismo tiempo que se mantenía separada de
ellos. Y durante todo el proceso, esa única hora de fotos,
saludos, ligeros tropezones, la Bustamante repetía exactamente los mismos gestos. El saludo franco, la sonrisa espléndida, el pelo inquieto, la voz nombrándote y cubrién-
dote de gloria. Una décima por encima del sexo, otra más
allá del poder. Ella era verbo, exigencia, desafío.

En su casa, siempre cambiante, siempre secreta, los días
continuaban con sus miedos: «No vistas nunca prendas
moradas, no conserves nunca hojas secas. Habla siempre
con extraños, entrégate a ellos, pero regresa solo.» Fueron
miles de frases, de gestos. Día a día entendía un poco más
de mi suerte. Amanda me había rescatado, había hecho de
mí un Moisés. Una mano dulce me ubicó en el río que de-
sembocaba en ella.

En ese fluir, los días eran estar a su lado, aprender y, cu-
riosamente, volverme ella. Sentada o cruzando su jardín,
ella alertaba sobre el fenómeno:

—La posesión es el auténtico sinónimo de la amistad,
mucho más que del amor. Nos conocemos para desentra-
ñarnos. Cuando el tiempo nos hace cómplices, empieza la

cuenta atrás para querer ser idénticos. Toda amistad es más peligrosa que el amor, porque en ella decides entregar todo, incluso tus gestos, tu mente y tus palabras.

—¿Qué quieres tener de mí? —le pregunté.

—Todo lo que desees arrebatarme, Julio. Es más fácil y lógico que seas tú quien me imite, porque yo soy el molde. Pero a medida que me vea reflejada en ti, que descubra los gestos que me has arrebatado, volveré a nacer y esa mujer que existe dentro de mí, Amanda Bustamante, se garantizará treinta años más de esplendor.

No había nadie entre nosotros y sus palabras. Sólo el jardín. Una bocanada de orquídeas aparecía entre cada pilar, dispuestas sobre mesas de mármol blanco, rodeadas de ramas japonesas. El sol que inundaba todo el espacio se detenía ante ellas. Eran radiantes, húmedas y perfectas. Como ella misma. De nuevo el nombre delante de la mujer, Amanda Bustamante. Entre orquídea y orquídea, emergían trozos de esa casa donde bien podían aparecer una piel de leopardo en el suelo, como dos sillas Barcelona, un *puf* de plástico y también un salón chino u otro, donde ella nunca entraba, repleto de relojes y muebles ingleses, grabados alemanes y la colección de pieles de Amanda, depositados en esa habitación por siempre cerrada a la que de vez en cuando ella llamaba «la biblioteca de papá». El resto, sólo paisaje, robo, leyenda.

—¿Es cierto, Amanda, que el amor sólo deja recuerdos?

—No, tonto. El amor y los recuerdos sólo dejan detrás atmósferas.

¡Cómo lo había leído en el cuadro que guardaba Ernestino! ¿Qué sabía ella?

Belladona era el summum de la atmósfera. Amanda se tomó la molestia de definir la palabra para mí: «Un almacén de vivencias. Todos estamos siempre dispuestos a asumir el amor como algo que debe salpicar la vida y convertirla en divino tormento. Y nunca nos detenemos a pensar que la atmósfera, que siempre está allí, al principio, durante y al final de cada amor, es, desde luego, mil veces más fiel.»

—¿Y por qué entre las pertenencias de Ernestino está escrita esa frase?

—Porque fue él quien me la enseñó. Y por hoy basta de preguntas. Mañana vendrá Reinaldo Naranjo con uno de sus amores. Dice que es un maravilloso pintor. Será un maravilloso cuerpo y eso para Reinaldo realmente es un universo. Y un mérito. Nunca he entendido cómo se las agencia para encontrar hombres tan hermosos siendo tan terriblemente feo él mismo. Imagino que eso también explicará el amor que todos hemos sentido hacia el artificio antes que hacia la verdad. A la atmósfera, precisamente, antes que al amor.

Reinaldo Naranjo avanzó entre los pilares adornados de orquídeas. Venía enteramente vestido de blanco, Amanda emergió desde sus habitaciones en violeta.

—Amanda, Amanda, ¿puede ser posible que esta casa siempre logre sorprenderme?

—¿Qué has descubierto hoy, Reinaldo? —hablaban como si fueran Norah y Nick Charles, los esposos detectives a los que dieron vida Myrna Loy y William Powell en la serie negra *El hombre delgado*. No había trajes largos, ni luces, ni cámara, ni acción, pero podías saborear el *glamour* y al mismo tiempo recordar que estabas en Caracas, lejos de Hollywood y la M. G. M., pero en el epicentro mismo del engaño que ilumina la mente.

—Quiero descubrirte a Lorenzo, un pintor que sacudirá esta ciudad como nada desde el día que tu padre...

Y calló. Como si estuviera faltando a una de las tantas reglas tácitas de la casa. No se hablaba de Papá Bustamante si Amanda no lo hacía antes.

—Encantada —dijo Amanda, extendiendo su mano y su sonrisa—. Imagino que Reinaldo te habrá hablado de mi padre y sus excentricidades, Lorenzo.

Este Lorenzo apenas podía hablar. Reinaldo sabía que era un hecho frecuente delante de Amanda. El *shock* de encontrarse en Belladona, un museo incógnito, no-oficial, de la historia más reciente de nuestro país. De entre todos esos muebles, esos libros, los gestos y los verbos de esa mujer, salían a atraparte todos los cuentos que han hecho de este siglo una experiencia y de la vida de Amanda una fábula. Y junto a esto, la propia Amanda, con sus ojos pardos y el rubio arena de sus cabellos, el rímel perfectamente colocado en sus pestañas de dos mil años de antigüedad. Su esbelta figura propiciando la polémica. ¿Cuántos años tiene? ¿Qué se ha operado? ¿Es cierto que frecuenta al cirujano desde los treinta años? ¿Por qué, por qué vive tan sola?

—Lorenzo, te ha preguntado Amanda si me he ido de la lengua.

—No sé, no sé qué decir, Reinaldo —titubeó el joven Lorenzo, imbécil, por qué se llamaba así. Era hermoso, pero como desasistido. No tenía fibra, no tenía los ojos verdes como mi Lorenzo. Ni la maldad provocadora de Alejandro. Pero, sin embargo, me gustaba. Porque no era mío, porque era de Reinaldo, porque tenía que arrebatárselo.

—Es perfectamente lógico, muchacho. En Caracas, en mi Caracas, te puedes pasar la vida esperando vivir este momento. Vas de fiesta en fiesta, de año en año escuchando: «¡Cuando estés en casa de la Bustamante y tengas enfrente el Dalí, no sabrás qué hacer!» Y es cierto, muchacho. Así como estás ahora he estado yo mismo tantas veces —exclamó Reinaldo.

Aproveché para intervenir.

—Como un nervio apresurado recorriendo todo el cuerpo. Los ojos abiertos, la boca cerrada para no decir nada y no estropear el único momento de magia que todavía puede vivirse en Caracas —dije, sin pausa alguna.

Como única respuesta, Reinaldo colocó su mirada en la distancia. Como Ernestino, como Amanda, como Alfredo.

Comprendí que entre las piezas siempre alteradas del rompecabezas, este encuentro era lo más cercano a un terremoto. Quería impresionar a Reinaldo, quería satisfacer las expectativas de Amanda proyectándome en una situación como ésta a tan sólo unos meses de nuestro providencial encuentro. Y, también, quería atraer la atención del hermoso espécimen sin cerebro ni palabras.

Amanda nos condujo hacia el comedor. El centro de control de una nave espacial decorada con objetos de sus conquistas terrestres. Dos ventanales la suspendían sobre Caracas y por encima del jardín. El espacio era tan diáfano que tenías tiempo para ver de un solo golpe todo su contenido y a la ciudad como un reino distante. Amanda había vestido la mesa con sus manteles de otoño, como los llamaba ella. De un naranja pálido, igual al gres de la vajilla. Las servilletas doradas, los cubiertos nacarados, los vasos de vino y agua de un verde oscilante. Frutos secos y rosas mínimas, amarillas, descansando sobre un bol azul. En el aparador, que dicen perteneció a la familia de Simón Bolívar, Amanda había colocado, al lado de las bebidas y las tartas, una escultura a cada extremo. A la izquierda, un Hércules. En la derecha, Atenea.

Ella se sentó entre nosotros, con el Dalí detrás.

—Reinaldo, ahora mismo sé cuánto deseas contarle a tu amigo la historia del Dalí.

Reinaldo sonrió. Era el hombre más feo que pueda imaginarse. La nariz torcida. Unos párpados gruesos como los de Ernestino, pero sin la gracia de sus pestañas; incluso no tenía, y por eso cuando abría los ojos daba una sensación de película de terror. Esquivaba siempre la mirada, como si no quisiera aterrorizar a su interlocutor. Porque, a pesar de esta fealdad, de esos labios apenas dibujados, de una piel castigada por una extraña viruela, de esas pequeñas manos regordetas y sin cutículas, de las piernas metidas hacia dentro, de una tripita de dinosaurio bailarín, de una cintura divagante... a pesar de esa fealdad, Reinaldo Naranjo era el encanto caraqueño. El cronista, el hombre que decidía quién podía acercarse a un mito como Amanda y quién debería retirarse de esta carrera o untar sus manos para que él pudiera hacer algo. Era *charm* y corrupción en un mismo cuerpo, amorfo e incomparable. Tenía buen aliento, al menos, a yerbabuena, y unos dientes blanquísimos, perfectos, prácticamente falsos en el resto de su anatomía. Cuando callaba y sorbía la crema fría de melón y yogur, podías pensar que era un criminal, un torturador de niños vírgenes. Un monstruo.

—Y quién puede contenerse, Amanda, al estar aquí, delante de vosotras dos, y no querer saber, al fin, la verdadera historia de un cuadro que es un antes y un después en esta ciudad —afirmó Reinaldo. El nuevo Lorenzo no hablaba, tampoco tomaba la sopa, ni siquiera desplegaba su servilleta. Pobre, pensé que sufriría un infarto.

Amanda, suavemente le deshizo la servilleta y la colocó cerca de su regazo. El joven reaccionó sobresaltado y la bajó hasta sus piernas. Pero siguió sin acercar la cuchara a la sopa. Amanda sorbió brevemente su plato de sopa, apoyó la cuchara en el plato inferior y colocó sus manos debajo de su barbilla, como esperando que el *show* empezará de una vez.

Descubrías que entre las dos, la Amanda real y la inmortal de Dalí, existía una peligrosa complicidad. Aquella que se define simplemente como la que divide la mentira de la realidad. O termina por confundirlas. Y dejabas entonces que esa misma complicidad permitiera a la historia discurrir, de boca de un cronista y delante de su protagonista. Eché en falta a Ernestino y sus anotaciones sobre el cuadro y el encuentro entre la joven Amanda, su padre y la pareja de monarcas del surrealismo. Reinaldo expuso estos datos casi con la misma prosa de Ernestino, mientras Amanda sonreía y callaba, y el imbécil Lorenzo seguía sin probar bocado. ¿De verdad estaría escuchando? Yo sí, con agudo interés. Tenía la impresión de que este cuadro y sus verdades y mentiras eran el punto de unión de estas cuatro personas que inspiraban y, seguramente, habían creado, casi dibujado, mi propia vida. Todos se conocían. Reinaldo y Amanda, Amanda y Ernestino, Ernestino y Alfredo. Reinaldo hizo una pausa en el recuento y por fin me miró.

—Siempre se ha dicho que la primera persona que vio el cuadro en esta casa fue Ernestino Vogás. ¿Alguien sabe algo de él hoy día?

Amanda miró hacia su jardín. No dije nada. La pregunta se mantuvo larga, extendida sobre nosotros.

—Pues mucho me temo que tendré que transmitiros la noticia de su fallecimiento, hace dos días. Lo encontraron en el suelo, con una silla de ruedas, pues al parecer se había quedado inválido. Solo, completamente solo. Él, que durante una década fue rey. Lo descubrieron porque los vecinos no podían con la fetidez.

—Quizás haya un final así escrito para mí —dijo fríamente Amanda Bustamante. Tan fría y lógicamente, que yo mismo participé del escalofrío que recorrió la mesa.

—¿Nunca lo perdonarás, Amanda? —preguntó Reinaldo.

—Volvamos al cuadro. No aburramos a nuestros invitados con nuestros dolores.

Reinaldo tomó un largo trago de vino. Ernestino, al final, se había vuelto lo que Betancourt y nuestra democracia quisieron para él: un fantasma.

El cuadro llegó a Venezuela el 22 de diciembre de 1952, coincidiendo con las falsas elecciones de Marcos Pérez Jiménez, convocadas tras un golpe de Estado. Una fecha que desgarraría al cuadro con más profundidad que el broche de la señora Woodward.

Pero Armando Bustamante no podía saberlo. A fin de cuentas deseaba, una vez más, impresionar a la sociedad caraqueña, con la mala fortuna de que Papá Bustamante de pronto descubrió que en esa nueva Caracas sólo tenía un grupo de personas a quienes impresionar: los militares de la junta de gobierno. Pronto, el mismísimo dictador Pérez Jiménez fue el primer, y cautivo, admirador del retrato de Amanda Bustamante. Y tras él, fue creciendo una larga fila de esposas de generales, almirantes y hasta algún teniente que invirtieron sus dólares en briosos Dalís que de unirse en alguna bizarra exposición formarían la pinacoteca surrealista más surrealista del mundo. El furor desatado por el rostro inmortal de Amanda consiguió también una oleada de falsos Dalís nacionales. Pintores locales asumieron los tonos, los animales, las ruinas del cuadro de la Bustamante como metáforas propias y crearon un surrealismo paralelo para satisfacer la creciente demanda de retratos. La propia madre del dictador, Flor Delgado, recluida en una de las casas más desafiantes del estilo perezjimenista, inspirada en una sala de baile argentina —toda redonda, con una gran escalera circular y habitaciones de distintos colores, muebles que viajaban del siglo XVIII a lo más abyecto del *kistch* austríaco—, ordenó a su hijo que le consiguiera también un Dalí como el de la Bustamante. Pero Papá Bustamante no quiso ponerse en contacto con el gran genio y mintió al régimen. La madre del dictador tuvo entonces que conformarse con uno de esos retratos *venezuelan surrealism*. Como los dictadores son personas de ideas fijas, Pérez Jiménez maximizó sus visitas a la casa Bustamante. Incluso, se llegó a decir que, de tanto admirarla en el cuadro, desarrolló un *amour fou* por Amanda. Papá Bustamante mantuvo silencio, sabiendo por dentro que el cuadro de su hija le unía a un episodio de la historia nacional del que era preferible huir.

Amanda decidió interrumpir el monólogo de Reinaldo. Quería hacer una pregunta.

—¿Por qué hablamos hoy de este cuadro? ¿Por qué nosotros cuatro? Nunca me gustó ese hombre, ese enano, pobre caricatura de un dictador —dijo Amanda—. Ni en España, donde vive, saben quién es. Se presentaba a comer de improviso, solo, y siempre quería lo mismo: costillitas de cerdo. Recuerdo ir al mercado con Clara y comprar kilos de las benditas costillitas. «Podríamos ponerles veneno y congelarlas», decía Clara. Nunca lo hicimos. Idiotas, hoy nos considerarían heroínas. Le gustaban con mojito y guasacaca. Tan repugnante, mínimo, los pies colgándole de la silla, con la gorra de general y las manos manchadas de grasa y aguacate.

Una breve anécdota acerca del último dictador de Venezuela. Y como accionada ante la mención de su nombre, un quinto personaje se adentró en esta alhambra de revelaciones. Clara, la fiel criada, ataviada de lino y almidonada cofia blanca. Unas manos hermosas, de dedos muy finos, largos. Su andar, seguro, pero al mismo tiempo tan titubeante que ella, a veces, tenía que sostenerse en la pared. Era ciega, recordé de inmediato. Llevaba unas grandes gafas de carey con cristales muy gruesos y oscuros. Recogió el primer plato y acercó, diestra y segura, los segundos. Silente, digna, elegante como su patrona, desapareció de la habitación permitiendo a Reinaldo retomar su monólogo.

El 23 de enero de 1958, el día que nací yo, el dictador dejó de aparecer de improviso. Tomó un avión cargado con ciento cincuenta millones de dólares y se marchó hacia Miami, aunque al final encontró asilo en España. El clamor nacional convirtió la fecha en una revolución que nunca se supo si era totalmente popular o una gran indigestión por las costillitas. Quizá para no irritar a nadie los libros de texto crearon el pie de página: «El inicio de la era democrática de Venezuela.»

Esa era democrática fue especialmente cruel con el Dalí de Amanda Bustamante. Aunque nunca reconocida oficialmente, Betancourt, Rómulo, el padre de este nuevo capítulo de la historia venezolana, emprendió una cruzada para demostrar que el cuadro era una falsificación y convertirlo así en el símbolo perfecto de toda la egolatría que había acompañado al derrotado régimen. Como siempre, debemos recurrir a las versiones para ilustrar esta aventura del cuadro. Dicen que el propio Betancourt cogió la misma costumbre de presentarse de improviso en casa de los Bustamante y pedir las costillitas del dictador. El fetichismo de los líderes, que desean comer lo que el antagonista, vestir las prendas que dejó atrás, seducir a la amante abandonada o recuperar al sirviente que conoce todos los secretos.

Durante esas crueles visitas Armando Bustamante enloqueció, probablemente porque intuyó en ellas la siniestra garra del castigo histórico. Fue una demencia veloz. Nada de paulatinos deterioros, ausencias. No. Una mañana se despertó aullando y estuvo así durante tres largos días. A la semana siguiente intentó cortarse el cuello con unas tijeras y fue Clara quien lo detuvo, sufriendo heridas graves en su rostro por las tijeras. Una semana después, enmudeció y sólo esbozaba una débil sonrisa al observar su libro de grabados alemanes sobre la expedición de Humboldt a través del Orinoco.

En una de esas largas noches de delirio y democracia, Betancourt se presentó con un distinguido visitante. Según las versiones, era el comisario de la colección particular de un importante banquero americano. Amanda Bustamante, vestida en Pucci y sosteniendo un martini, afirmó conocer al caballero a través de la esposa de David Niven, con quien socializaba en Nueva York. ¡Una digna respuesta de Amanda Bustamante frente al desembarco del rigor histórico! Armando Bustamante, presente, actuó como si estuviera ausente. Hubo una cordial conversación sobre el Vasarely que Papá Bustamante había comprado antes de perder la cordura, y el ilustre invitado admiró largamente la calidad de la obra. Betancourt excusó su visita con el pretexto de nombrar a Amanda presidenta del Instituto Nacional de Cultura, invitación que Amanda, sabiamente, aconsejó matizar y estudiar muy bien. Debió olerse que era una excusa para esa visita *impromptu*.

Fueron a cenar y, según los recuentos, no hubo costillitas sino un mantuanísimo pastel de polvorosa, uno de los platos preferidos de Amanda y del mismísimo Simón Bolívar. Amanda se vio obligada a explicar en qué consistía el manjar: una mezcla de salado y dulce, galleta y guiso de gallina, pimientos españoles con encurtidos ingleses, pasas árabes junto a cebollas francesas y gallinas cocidas durante horas por la vigilante Clara. El comisario comparó el hojaldre del pastel con la Alhambra y el guiso con el pensamiento oculto de América. Se hablaba del cajun de Nueva Orleans o la muy salvaje empanada chilena. Betancourt empezó a ver todo aquello como una gran mariconada, de la que ya estaba advertido, pues también a partir de la era democrática comenzó a referirse a Amanda como la Reina Rosa y a su casa como el epicentro de una nueva decadencia, culta y amaneradísima. Papá Bustamante se entretuvo jugando con una pasa del pastel.

Betancourt no aguantó más y dirigió la conversación, y las miradas, al célebre cuadro. El curador pidió acercarse a él, había escuchado tantas cosas, en especial la anécdota de Anne Woodward y el broche de rubíes.

Papá Bustamante, mirando al presidente, exclamó la célebre frase de Dalí: «Venezuela es Surrealismo.» Todos guardaron silencio mientras, esta vez, era Betancourt quien se entretenía con una de las pasas.

Al acercarse al cuadro, el hombre empezó a agitarse, su cadera girando de izquierda a derecha. Algunos afirman que Amanda, en un principio, preguntó si quería un vaso de agua (como hacen siempre en las telenovelas cuando algo grave sucede o está por suceder), pero que en realidad alcanzó a ver una débil sonrisa, de vil reptil, crecer en los labios de Betancourt. El curador se echó al suelo agitando sus piernas con una furia desconocida. Amanda fue hacia él, siempre con el vaso de agua, y encontró los ojos enfurecidos del curador, retándola. «Es mentira. Es falso, no es un Dalí. Dalí nunca lo pintó. No vivía en Nueva York en el año 1948. Su padre compró una falsificación. La historia se burló de todos, incluso de Anne Woodward.» Entonces, el curador se volvió hacia Betancourt y agregó: «Es una vergüenza para Venezuela que una falsificación como ésta cuelgue impunemente.»

Betancourt no movió un dedo. Papá Bustamante repitió, en medio del silencio, la frase «Venezuela es Surrealismo». Amanda hizo lo que tenía que hacer. Arrojar, no sólo el agua, sino el vaso entero al rostro del experto. La sangre y los gritos, las lágrimas del hombre herido cubrieron el salón. Betancourt carraspeó un poco y Amanda se volvió hacía él. «Se ha hecho un poco tarde, señora Bustamante», dijo el presidente, girando sobre sus pies, avanzando hacia la puerta. Amanda intentó seguirle pero un enorme guardaespaldas apareció de entre las paredes para escoltar al presidente. Amanda vio en la espalda del líder de la democracia la razón de su visita. Iban a convertirles en fósiles de la dictadura. El curador seguía gritando en inglés mientras Clara y los criados se reunían en la puerta del comedor. Papá Bustamante se levantó y avanzó hacia su biblioteca. En la confusión, Amanda quedó pensativa, acostumbrada a atrapar atmósferas. Intentaba definir el alcance de ésta. Y fue así como escuchó el disparo recorriendo toda la casa. Cuando Amanda llegó a la biblioteca, el cuerpo autoacribillado de su padre se desplomaba sobre la gran alfombra persa. El libro de los viajes de Humboldt, abierto en una lámina de Nueva Angostura, hoy Ciudad Bolívar, mostraba el Orinoco tiñéndose de sangre.

Al día siguiente no había rastro de la sangre del curador, ni de la del padre, ni trozos de cristal. La mejor funeraria de Caracas envió a sus mejores empleados para elegir la urna correcta y, a petición de Amanda, cerrarla.

Amanda, desde luego, no había dormido. Revisó el periódico y en especial la columna social. Y allí, entre una noticia y otra, se levantaba una cruel pregunta: «¿El Dalí de Amanda Bustamante es una espléndida falsificación?» Dicen que el artículo no llevaba firma, pero que Amanda, superado el dolor por la muerte de su padre, inició una larga investigación para determinar el autor de esas líneas, que algunos siempre sostuvieron que fueron escritas por el propio Betancourt mientras se alejaba de la trágica cena. En la página siguiente, un recuadro apresurado informaba del trágico fallecimiento de Papá Bustamante y el hondo sentir que provocaba en una sociedad que le debía mucho. Clara, la fiel Clara, la eterna criada, lloraba a su alrededor: «¿Qué nos ha caído encima, señora Amanda, qué nos ha caído encima?» Amanda nunca le respondió. Seguida por los llantos, volvió al comedor y se detuvo frente al cuadro, la mañana, la tarde, la noche entera. Lo que pensó delante de él, sólo ella lo sabe. Su única respuesta fue mantener el cuadro colgado en el comedor. Betancourt se alejó del poder y se volvió una caricatura de sí mismo. La era democrática descubrió el infierno, o el paraíso, de la corrupción. La miseria atrajo la inflación y el caos al mismo tiempo que el despilfarro. Clara perdió la vista, porque al parecer mantenía largas conversaciones con el espíritu del señor Bustamante, y en una de esas visitas quiso arrancarse los ojos.

Amanda nunca se casó, aunque según muchos desvirgó a toda una generación de escritores y políticos nacionales. Por encima del paso del tiempo, de sus debacles y victorias, ella siguió siendo Amanda Bustamante, que en realidad eran dos mujeres: la real de la servilleta en la pierna, superviviente y misteriosa, y la inmortal del Dalí, inalterable en la misma pared del comedor, sobre el aparador vinculado a Bolívar y a los protectores bustos helénicos, buscándose otra vez entre la verdad y la mentira.

Amanda mantuvo una expresión impasible tras este relato. En ningún momento interrumpió la veloz y mórbida narración de Reinaldo.

—No entiendo por qué viene usted a esta casa y nos explica esta historia —me vi obligado a decir. Sentía profunda tristeza por Amanda.

—Porque así la sabes y no tendrás que pedir que te la cuenten de nuevo —dijo Amanda.

—¿Cómo puedes vivir con este cuadro tan cerca? —pregunté.

—Porque sin él no sería Amanda Bustamante, joven —dijo Reinaldo.

El nuevo Lorenzo lo miraba embelesado. Amanda rodeada de medusas y espejos marinos que hablaban de amor y otros peligros. La verdadera se unió en la contemplación de sí misma.

—Si es o no de Dalí, el hombre que me retrató me tomó en el peor año de mi vida y, sin embargo, en el que más bella fui. Había descubierto el amor —volvió a hablar Amanda Bustamante—. Y la primera atmósfera. Mi padre era dueño de una buena parte de Caraballeda y teníamos allí una de las casas más hermosas que puedas imaginar. Mi habitación miraba sobre un peñasco y el resto era mar Caribe. Me fascinaba jugar todas las tardes en la playa de Macuto. Una tarde apareció este muchacho, delgado, alto, con la piel marrón, marrón rojiza, como la arena salpicada de hierro o el interior de un higo. Era unos años más joven que yo. Estuvo allí, tan cerca de mí, sin decir palabra. Delante de nosotros se erguía la casa y podías ver las altas palmeras meciéndose. Y el olor que desprendían las bromelias que allí crecían. Él parecía envuelto por estos olores, que eran míos, y, de pronto, desapareció, entre las olas, hacia el mar. Nadó más allá del límite que marcaban unas boyas. Intenté seguirle, pero me detuve donde las boyas parecían más cercanas, presa de un miedo atroz. «El respeto al mar», decía Clara. Pero yo sabía que era algo más. Era un espacio que se empeñaba en ensancharse al punto de dejarme vacía de todo menos de su presencia. El espacio devastador del querer.

—Entonces has amado —exclamó el nuevo Lorenzo. Todos nos quedamos sorprendidos.

—Alguna vez creí haberlo visto devolverme la mirada desde mar adentro —prosiguió Amanda—. Sé que fue un momento de auténtico amor. Esa pequeña cabeza, por encima de las olas y la sal... Y yo, nadando sin poder nadar.

—Pero, ¿eso fue todo? ¿Nunca más volviste a amar? ¿Conocer, al menos, otro océano? —insistió el invitado de Reinaldo Naranjo.

—Mi padre apareció un día en la playa —dijo Amanda—. Me rogó que regresara a la orilla, tenía algo que decirme. Pensé que habría muerto alguien y me costó, lo juro, nadar hacia la orilla sabiendo que mi amor seguía aún en alta mar. Llegamos a la orilla y recuerdo que Clara estaba delante del coche de papá, con una enorme toalla blanca en las manos. Papá me miró fijamente y me pidió que no volviera a jugar con ese muchacho. ¿Cómo lo sabía? ¿Quién se lo había dicho? Miré a Clara y supe que no podía haber sido ella. Los ojos y el dedo amenazador de mi padre seguían en el mismo sitio. «No puedes volver a ver a ese chico nunca más, Amanda», advirtió, con un tono tan severo. ¿Por qué?, pregunté, con miedo. «Porque es tu hermano», dijo mi padre. No tuve tiempo ni para asombrarme. Mi padre tenía ese don: cuando decía algo, se decretaba. Destruida, miré hacia el mar y creí verle, ya la última vez. Regresaba con su pelo totalmente peinado, un casco impenetrable. Las piernas tan largas, el caramelo que recorría su piel, el cuerpo tan delgado. Me refugié en la toalla blanca que sostenía Clara y vi cómo él se mantenía delante de esa pequeña escena burguesa, el coche esperando a que yo subiera para arrancarme definitivamente de ese sitio. En sus ojos, mientras agitaba sus manos para desprender el agua, entendí que él había vuelto a decirme que se había enamorado de mí. Mi hermano. No pude hacer preguntas, ni siquiera... las evidentes. ¿Podría ser hijo de Clara? ¿De alguna criada de la casa de Caraballeda? Al final, desistí porque sabía que jamás habría respuesta. Aunque luché contra ello, un día arranqué a llorar y papá me dio una bofetada. Nunca dijo nada más. Y yo, sola como siempre, tomé la decisión: nunca, nunca me permitiría volver a creer en el amor. Porque siempre oculta algo. Tras el dolor, volví a esa playa, a encontrar las boyas, la línea, el océano y sus fantasmas. A partir de ese momento, como ahora, creo en lo que se queda atrás y no sabemos recoger. El amor es una trampa. Si no te engañan, alguien te hace sospechar. Entonces, preferí observar. Y amar lo observado. Y de ese panorama construir un mundo. Eso son las atmósferas, las palabras que nunca se dijeron, los secretos que no pudiste desentrañar, el hermano que nunca más regresó. El amor que prefirió sumergirse.

Concluida la comida (ensalada de langostinos y *roast beef*, tras la sopa fría, otra combinación gastronómica prueba de los cambios inferidos por la democracia), el nuevo Lorenzo acusó cansancio. No me extrañaba. Dios, sí que había sido una comida intensa. Durmió una corta siesta, tumbado delante de la piscina. Este nuevo Lorenzo era un cuerpo excesivamente perfecto, tanto que daba miedo tocarlo para no romperlo o alterarlo. Hasta los dedos de sus pies eran hermosos. No pude evitar que mi mano se deslizara por su pierna, hasta que él la detuvo con la suya y continuó durmiendo. Lorenzo, el verdadero, el que nunca olvido, empecé a decir, estoy nadando hacia ti en el ancho espacio del querer. Lorenzo, el primero, el verdadero amor, déjame amarte una vez más, besar tus mejillas, acariciar tus pestañas, rozar tus brazos.

Él movió los labios y cambió de posición. La respuesta de la víctima. Delante de él, erguido, me preguntaba: ¿Cómo morirás tú? ¿En tu traje de lino, o desnudo delante de este césped, este espacio de árboles y parásitos? Él volvía a mover los labios, a respirar más profundamente, dejando su cuerpo rendido en la paz del jardín. A su alrededor veía el círculo cerrarse. Apretar los dedos sobre su cuello, llevarlo hacia la piscina y ahogarlo, como en un juego de niños. ¿Por qué no matarlo delante de la propia Amanda?

—Déjame dormir —dijo, cadencioso, consentido, el nuevo Lorenzo—. Reinaldo, te lo advierto, es muy celoso.

Reinaldo a su vez había desaparecido. Con el sigilo de los que conocen bien esta casa de milagros. Pero yo también, a pesar del corto tiempo de convivencia, o quizá debido al azar que siempre me protegía, sabía los caminos que imponía esta casa. Reinaldo caminaba lentamente, a veces dando saltitos para acortar el recorrido, como si sintiera vergüenza de afearlo con su presencia. Lo seguí a través del jardín de Amanda, más allá del mundo de orquídeas que adornaban los pilares del patio, más allá de los bambúes susurrantes, más allá de la piscina de azul violeta y más allá de las fuentes rodeadas de árboles de mango. Al final de todo, se levantaba una pequeña casita, con techos de adobe, pintada en amarillo, con las paredes del interior azules. Una débil lucecita ya iluminaba dentro a pesar del sol vespertino. Clara esperaba sentada en el porche, sin sus habituales gafas negras, mostrando sus ojos vacíos y las terribles cicatrices alrededor de ellos, como arañazos de un tigre salvaje.

—Estoy aquí, Clara —dijo Reinaldo. Mientras, yo logré esconderme tras los bambúes.

—Ya lo sé, Reinaldo. Te siento por las pisadas.

—¿Y sabes qué día es hoy? —preguntó.

—Si has venido debe ser nuestro aniversario. El día del accidente. La muerte de Bustamante.

—En efecto, Clara. Lo celebraremos como tú quieras, como todos los años.

—Hoy sólo quiero hablar, Reinaldo. Quiero decirme a mí misma que me equivoqué en todo. Que todo el amor que di fue poco.

—Él te quiso, Clara, y te protegió. Si no hubiera estado tan solo, si Amanda se hubiera dado cuenta, te habría escuchado.

—Las cosas suceden de pronto. El señor Bustamante me había pedido que lo cuidara. Dijo: «Me he vuelto loco, Clara. Por guardar tantas verdades, por esconderme de mis propios secretos, Clara. Pero hoy estoy cuerdo, hoy te hablo sano y te pido que me cuides, que no me dejes solo.» Pero yo... no estuve allí cuando tenía que estarlo.

—Ya ha pasado, Clara...

—No, no ha pasado, porque ese hijo, ese hijo que Amanda tuvo, sigue vivo. En alguna parte de España, ese niño la busca. Y estoy segura que se parecerá a ella y a su padre, a mi hijo.

El silencio sacudió los bambúes y algún rastro de mi ropa debió capturar la luz del sol y brillar entre las hojas.

Los pasos de Reinaldo se acercaban hasta separar la fronda y encontrarse con mis ojos.

—¿Es el señor Julio, verdad? —preguntó Clara.

—Sí, Clara, es él. Ha debido seguirme.

—Déjelo ir, señor Naranjo —dijo Clara, asumiendo el tono de la criada—. La señora Amanda le tiene auténtico aprecio y algún día le contará ella misma lo que yo vengo a recordar en esta casa cada tarde.

—Hoy ha aprendido algo que no estaba ensayado —dijo Reinaldo, de nuevo con ese tono de actor dentro de una comedia. ¿Lo hacían a propósito? ¿Se habían puesto de acuerdo los actores de la vida de Amanda Bustamante para involucrarme?

—¿Soy yo ese hijo? —pregunté decidido.

—No. Amanda necesita compañía. Unas veces se la proporciono yo. Cuando Ernestino vivía, y era el favorito, lo hacía él. Ahora, muchas veces es producto del azar. Como tu caso.

—No sea cruel con él, señor Reinaldo.

—Es cierto —dijo Reinaldo—. Terminaremos por ser amigos, como casi siempre en esta casa.

—Entonces, decídmelo ahora, ¿por qué estoy aquí?

—Para alimentar este jardín, querido —agregó Reinaldo—. Ahora, te sugiero una cosa: no merodees alrededor de mi invitado. Acércate a la habitación de Amanda.

—No puedo hacerlo sin su autorización —dije.

—Irás igual. En una tarde como ésta, donde todas las serpientes han sido desenterradas, las habitaciones son brújulas para el perdido.

Como serpiente, efectivamente, me encontré arrastrándome hacia los pasillos que conducían a la habitación de Amanda. La puerta, lógicamente, estaba abierta. Las paredes estaban cubiertas de seda limón. Había una gran poltrona, tapizada en un terciopelo con cuadritos de colores amarillo, azul, rojo, verde, morado. En el asiento, un libro, *Las cartas editadas de los duques de Windsor*, en edición de bolsillo. La alfombra era color marfil, cubriendo toda la extensión de la habitación, sobre el suelo de arcilla colonial. Una parte, al fondo, brillaba bajo un baño de luz, la esencia de Caracas, gracias a un gigantesco tragaluz. Debajo, un enorme escritorio, evidentemente del padre, cubierto de objetos: un águila disecada y una pantera de nácar, un par de guantes de noche, una colección de gafas, de ver y de sol, y otra de pisapapeles. Enfrente, al otro extremo, estaba la cama, muy sencilla, casi como para una monja.

Fui hacia el escritorio. Era tan extraño, tan vivo, tan maligno, con ese águila mirándote por encima de los guantes, todos esos libros, ninguna flor allí con tantas en cada rincón de la casa. Y ahí vi la foto. Entre un desfile de grandes personajes. Fabiola y Balduino, Jaquelinne Kennedy, los duques de Windsor, David Niven, Amanda y Ernestino Vogás riendo junto a Yves Saint Laurent, Catherinne Deneuve jugando con una langosta mientras Amanda sonreía, Rómulo Gallegos leyéndole un libro a una Amanda adolescente, Fidel Castro explicándole algún triunfo a otra Amanda vestida en atrevida minifalda y diamantes enormes. Y, junto a esta colección, una foto de Amanda y Clara, sonriendo. La primera vestida con un albornoz blanquísimo y su gran sonrisa. Clara, fiel acompañante, en su sobrio uniforme de vida: un traje gris, despojado. Detrás de ese retrato, casi escondida, la foto. Un chico, sonriente, sandalias rotas, pantalón corto desgastado, el pelo sucio resbalándole por la frente, una pierna apoyada en una pared descascarada. Aspecto siciliano. Podría ser ese amor, el de Macuto, el de las boyas. Me acerqué un poco más y los ojos de ese niño ya me habían atrapado. Tendría que ser ese único amor, el de Macuto, que, al final de todo, encuentra su sitio en la atmósfera que él mismo ha generado.

Esperé unos segundos y volví a ese retrato. Ese joven, ese niño, casi adolescente. Si era ese el amor de Macuto, ¿por qué parecía tan moderna la vestimenta? Escuché mi nombre desde el jardín. Pero no era así, Amanda estaba a mi lado.

—Yo... yo no quería entrar en tu habitación. Pero, te habías ido, no te encontraba y...

—¿Has visto algo?

—Sólo la foto de ese chico, el de Macuto, supongo.

—Te equivocas. Es un hijo que nunca más he vuelto a ver.

—¿Soy yo, Amanda? —el asombro me hacía más melodramático.

—No lo sé. Cuando tú lo descubras, también lo descubrirás para mí —tomó la foto entre sus manos y la separó del grupo—. No vive aquí. Lo dejé junto al monumento Cervantes en la Plaza de España, en Madrid.

IX

LA CASA DE JUEGO

Madrid, 1998.

La sombra del Edificio España me cubre enteramente mientras observo en las horas muertas el ridículo monumento a Cervantes. Es tarde otra vez, vuelven a aparecer en el reloj de la cocina las horas de mi *karma*. 17:23. Un día más. Me he acostumbrado al olor. No he movido nada. Me he vuelto a duchar, he vuelto a utilizar la toalla de mi víctima y la he vuelto a doblar perfectamente, como habría hecho él, sobre el toallero de aluminio. Hay un *revival* setenta que no se sabe bien si está limitado entre el año 69 y el 78; como en los ochenta sucedió con los sesenta y no se sabía bien si empezaba en el 59 y terminaba en el 66. Los *revivals* son peligrosos, tengo la seguridad de que se emplean para confundir a la gente con respecto al propio tiempo que viven. Para volvernos más propensos al Alzheimer, a que olvidemos todo, lo bueno y lo malo, y terminemos por mezclar nuestras insatisfacciones y amarguras con los pocos placeres reales que hayamos conocido.

Regreso al ventanal de la habitación, donde aún yace mi víctima. Miro otra vez el monumento a Cervantes. Pienso que habla, y mucho, del caos de gustos y estilos que es Madrid. Porque toda la Plaza de España ostenta ese defecto de las ciudades que desean en cada esquina, sobre casi cualquier superficie, sintetizarse y hacerse modernas al mismo tiempo. Don Quijote, por ejemplo, está mal colocado. En vez de mirar hacia el Edificio España, que es un gigante, un titán cervantesco, está orientado hacia la calle Bailén que no tiene nada que decir, salvo sobrevolar los Campos del Moro y quizá separar el resto de Castilla de la Villa y Corte. Pero, ese detalle lo descubre uno al vivir varios años en esta ciudad y se supone que este monumento, como esta plaza, sirve para ubicar al eterno turista en Madrid. No hay tiempo, cuando pasamos delante de ella, para vigilarla, cubrirla de detalles. Los que la hemos amado en la distancia, a través de todas esas películas de Concha Velasco y José Luis López Vázquez, grandes películas con estupendos guiones que de tanto parecer el mismo guión han generado un estilo tan dinámico y febril como el del cine mexicano de los años cuarenta, creemos que el Quijote debería ser reorientado hacia el Edificio España y que Cervantes mirara hacia Bailén, tan sólo para relajar la vista cansada.

El verdadero monumento de esta ciudad es el Edificio España. Su aire de rascacielos de Chicago me hace pensar de inmediato en Howard Rourke, el arquitecto de *El Manantial*, esa novela y esa película que me dieron la razón para entregarme al crimen. ¿Es esa su fascinación sobre mí? Una prueba más de que no me he equivocado en la vida. Estoy aquí para asesinar. Buscar y asesinar. Y contemplar. Ver debajo de las sombras, entender el alma oculta de los edificios. Pasan las horas, transcurren las tardes y voy entendiendo que el Edificio España es un edificio mitad nave espacial, mitad palacio dieciochesco. Mientras que Torre Madrid, el hogar de mi último crimen, es como una novia muy alta, muy delgada, como yo mismo. Entiendo también que entre ambos edificios existe una relación de amor que la luz protege y pone de realce. En las tardes, la sombra de Torre Madrid se funde en la brillante superficie del Edificio España, como dos cuerpos que al fin se vuelven uno. Y acepto, tras largos años, las palabras de Amanda: «Todo amor, y todo recuerdo, deja tras de sí una atmósfera.» Estas dos torres y el espacio que las une es mi atmósfera en Madrid. Y aquí sentado —enero, un frío terrible, las fuentes de Plaza España en perfecto funcionamiento, como si estuviéramos en junio y necesitáramos ver agua correr— me doy cuenta de que Amanda no ha hecho más que mentir: el amor y la atmósfera son lo mismo, son uno solo.

Y recuerdo las palabras de Amanda: «Dejé un hijo mío, abandonado, en el monumento a Cervantes.» ¿Dónde puede estar? ¿Cuántos niños al año son abandonados frente a este monumento? Y yo, que estoy aquí para encontrar a ese hijo y poder regresar a Caracas, ¿lo sigo teniendo tan claro? ¿No estará el amor, una vez más, dibujando mis pasos y condenándome a permanecer? Y, tú, demonio, fantasma del cuarto oscuro, individuo de los pantalones azul petróleo y el pelo marrón visón, amor de la oscuridad, ¿dónde te escondes? Mientras más tardas en avanzar hacia mí, más cosas sé de ti. Sé que eres el hijo que busco. Sé que te miraré a los ojos y te diré: ¿crees en el azar? Porque tú y yo somos producto del azar. Y avanzamos, tristes, hermosos y abatidos, entre la luz y la oscuridad. Dos palabras, nada más, que unen nuestra vida.

Belladona y su universo continuó ofreciéndome afecto y dudas. Me despertaba a desayunar junto a Amanda, mi mito convertido en presencia regular.

—¿Por qué no podemos hablar de Ernestino? —pregunté, lo reconozco, machacón e insufrible.

—Porque me engañó.

—Entonces sí lo amaste.

—Bien, es cierto. Sí. Creí que sería el hombre de mi vida. Su talento, su cultura, su gran personalidad. Pero... fueron tantas cosas, Julio. El Dalí, esa maldita democracia inmiscuyéndose en nuestras vidas. No podía responder a todos esos peligros casándome con el hombre que la democracia había señalado como el monigote del dictador —dijo con la voz atacada, nerviosa, casi fuera de sí.

—Tú lo abandonaste. Si es así, no fue él quien te engañó.

—No quiero hablar más. Poco a poco, todos avanzan hacia el otro lado. Hacia la muerte y el silencio. Mientras, yo permanezco. Eso fue lo que quise, eso fue lo que arriesgué y aquí estoy. He vencido. No importa nada más.

Sin respuestas, me obsesioné con observar la relación de Clara y Amanda. Había entre las dos un universo de silencios. Amanda no se mostraba ni déspota ni sumisa ante su criada y Clara tampoco parecía resignada ni amargada ni doblada por el trabajo de tantos años. Convivían sin decirse muchas cosas. Y sin tropezarse jamás. Cuando Amanda se despertaba, la mesa, el desayuno, todo estaba dispuesto y Clara existía en otra área de la casa. Cuando Clara dominaba en la cocina u organizaba a las dos sirvientas que limpiaban por las mañanas, Amanda estaba en otra parte, atendiendo el teléfono, sorteando su calendario social, ocupada en sus deberes como presidenta de una fundación museística y gran dama social.

Al cabo de un año y medio, mi estancia en Belladona se volvió demasiado extensa. Amanda me había enseñado todo lo que podía enseñarme. Era casi imposible creer que en esos desayunos, en esos almuerzos, mis preguntas no volvieran a repetirse y las respuestas de Amanda no avanzaran nada de lo que ya sabía, intuía, temía y anhelaba.

—La Cinemateca Nacional es un sitio que conoces bien. Vas allí a menudo. Te han visto. Reinaldo Naranjo es muy amigo de su director. Tanto él como yo creemos que lo mejor es que trabajes en la cinemateca, con un pequeño puesto como asistente del encargado de las programaciones, y te mudes a un pequeño departamento que dispongo en el mismo edificio de las oficinas del museo. No es un sitio grande, pero no pagarás alquiler. Los tres edificios, el Museo de Bellas Artes y el Natural, así como la cinemateca, me pertenecen. Tendrás al fin un espacio propio y un trabajo. Y, preveo, que el sitio te encantará. Está encima del criadero de serpientes del Museo Natural.

—Le encantará, sí —dijo Reinaldo Naranjo en una cena donde fue informado de la noticia—. Gente como yo, más cobarde, siempre ha sentido un poco de miedo al acercarse a ese lugar. Tantas serpientes juntas dan una idea de muerte, de crimen.

—Las serpientes no son criminales —dije.

—Desde luego que no —siguió Reinaldo Naranjo con su risa de actriz sofisticada—. Y mucho menos éstas, querido Julio. Se harán aliadas antes que enemigas.

Mi primera tarea importante en mi cargo fue ingeniar, junto al director de programación, la celebración de los diez años de la Cinemateca Nacional. El director de programación era un hombre taciturno, que bebía a escondidas y casi nunca hablaba: Luis. No le gustaba el cine, era un periodista que jamás pudo escribir un artículo y había terminado allí recogido por la insólita, y extensa, caridad de Amanda.

—Tú haz lo que quieras. Sabes más que yo. De cine, al menos. Yo, en cambio, lo sé todo sobre Amanda —decía, aliento a anís y menta.

Sabía que sus palabras me atacarían. No existió nunca un momento para hablar a solas. Entraba y salía gente de su oficina. Figuras extrañas, poetas en paro buscando dinero. Actrices de poca monta besándole en la boca y encerrándose unos minutos en su oficina. Parejas de *hippies* que vendían artesanías en la plaza que unía los tres edificios. Y un atribulado hombre, siempre vestido con un peto negro.

—No vengas más aquí, hombre. Ya está bueno. Ya todo terminó.

—Sólo quedamos nosotros dos. Y Alfredo que se pudre en un manicomio.

¡Hablaban de mi padre!

—Ya está bueno, ya. Todo se acabó. El petróleo se nacionalizó, los millonarios se hartan de comer langosta. No pasó nada, no cambió nada. Fue como una sombra que nos pasó por encima y no dejó nada. Ni siquiera lluvia.

El hombre del peto se alejaba. Hasta que una tarde, al oscurecer, me abordó en el jardín que llevaba hasta mi pequeña casa.

—No eres hijo de Alfredo, pero lo has dejado encerrado en ese manicomio.

—Él enloqueció y alguien lo colocó allí.

—La burguesa. Tu protectora. Y te llevaron al otro sitio. Con el gordo. Con el hijo de puta maricón.

Le golpeé con todas mis fuerzas. No podía soportar que hablara así de Ernestino. Al mismo tiempo, recordé que muchas veces yo había dicho lo mismo delante del propio Ernestino. Pero el golpe, y su razón, me impulsaron a más. A golpear más fuerte, coger ese cuerpo enjuto de fracasado de mierda y maltratarlo contra las piedras del camino, los bancos de hierro, hasta que un simple sonido, el *crack* final me dijera *stop*.

Se hizo de noche, súbitamente, otra característica de Caracas que la asemeja a una isla. Ese manto inmediato que deja una desazón y una paz combinadas. Y esa noche, además, un cadáver.

—La primera gran celebración —dije durante una cena en Belladona con Reinaldo Naranjo, retomando el tema del décimo aniversario de la cinemateca— es una copia completa del *Napoleón* de Abel Ganze, que están proyectando en el Moma de Nueva York y nosotros seremos la segunda cinemateca del mundo en ofrecer —Naranjo siguió sin mirarme, anotó algo en una libreta que reposaba a su lado. Bien. Algo de esta información saldría en su columna de los domingos «Agenda caraqueña».

—Luego, en marzo hemos decidido hacer un homenaje a Judy Garland y a su marido, Vincente Minnelli, y habrá dos semanas de cine fantástico. *Los cuatro jinetes del Apocalipsis*, *Cautivos del Mal* junto a *Meet me in St. Louis* y desearíamos, Reinaldo, que consiguieras cambiar la cortina de la cinemateca por un material tan rojo como el rojo Minnelli.

—Imposible, estamos en Caracas. ¡Como no sea un vulgar fieltro!

—Oh, por Dios, Reinaldo, tienes las mejores telas del mundo en tu casa y eso lo sabe cualquier persona. Eres un experto en telas. Seguro que sabrás con quién debemos hablar para conseguir unos buenos metros —dijo Amanda—. La idea, desde luego, es fantástica. Cine y *glamour*, una combinación Minnelli, desde luego.

Reinaldo consiguió la tela. Y el proceso de construcción de la cortina, que efectuaron unos amigos suyos bajo su estricta supervisión, logró al fin acercarnos.

—¿Te gustaba aquel pobre chico que llevé a Belladona y no pudo articular palabra, verdad?

—Bueno, sí articuló, le preguntó a Amanda si había amado alguna vez.

—Se ha metido a actor. Triunfará porque chupa muy bien. Lo hace con gran entrega. Como si no hubiera nada mejor en la vida.

—En realidad no me gustó especialmente.

—Mentiroso. Conmigo no mientas nunca, porque lo sé todo sobre ti.

—¿Qué es lo que sabes?

—Lo que te gustaría saber. De quién eres hijo. Pero he hecho un pacto y me gusta cumplir mis pactos.

—¿Me dices todo esto para atarme a ti? —pregunté con su misma sonrisa de alta comedia.

—Vas a llevarme lejos. No sé adónde, precisamente, pero sé, y jamás me equivoco, que me llevarás lejos. Y que terminaré temiéndote.

—¿Por qué no traicionas tu pacto y me dices lo que sabes?

—Amanda jamás me lo perdonaría —dijo entre dientes—. Ya he hablado demasiado.

La puntilla, pero vino a todo el ciclo. Yo también acudía a reencontrarme con Minnelli. Naranjo aparecía a las seis y media, iba a la taquilla y Olga, la boletera, le decía que la señora Bustamante lo invitaba amablemente. Naranjo, sin embargo, dejaba el importe de su entrada. Olga lo guardaba y lo entregaba a las secretarias de administración.

Naranjo se sentaba en la misma butaca, fila seis, puesto siete, y leía profusamente la hoja informativa que me empeñaba en redactar. *El Reloj*: «dos amantes disponen de unas horas para consumar su pasión. El tiempo los atrapa, la tristeza acompañará el resto de sus vidas. Las horas continúan», escribía en el pasquín. Naranjo se entregaba a la observación del largometraje. Cuando los amantes se sientan en el banco, bajo el omnipresente reloj, y creen besarse, escuché su llanto, por debajo del mío propio. Cuando las luces de la sala se encendieron él salió huyendo. Seguramente habría temido coincidir junto a mí en ese momento de intensidad.

Tras esa proyección avancé por el Parque de los Caobos, vecino natural de la Galería. Era 23 de enero y Amanda había organizado una fiesta en mi honor. Pero desde la muerte de Lorenzo tenía otras maneras de celebrar mis cumpleaños. Adoraba este parque por sus impresionantes esculturas de Narváez, con un Poseidón gigantesco rodeado de musas. Durante toda la mañana ese área del parque estaba saturada de niños y sus profesoras que van allí a tomar una merienda. Por la noche, entre una función y otra de la cinemateca, los únicos habitantes de ese espacio eran el Poseidón, el ruido de la fuente y mi respiración solitaria y peligrosamente acompañada de una próxima víctima. Esta vez se llamaba como yo. Julio, diecinueve años, con unos papeles escritos a mano, poemas suyos que deseaba mostrarme. Lo había visto otras veces en la cinemateca. Una tarde le dejé entrar gratis. Moreno, muy delgado, un tic extraño en todo su rostro, como si no fuera muy cuerdo. Quería ser actor y poeta y escenógrafo y pintor y escultor y joyero y arquitecto. No tenía ningún talento, salvo el de su edad y una piel por la que resbalarse.

Aceptó venir hasta la fuente porque le había explicado la peculiar luz que esparcía en la noche. Primer beso. Me dijo que nunca había besado a un hombre. Me desnudé y él miró hacia los lados. Empecé a abrirle la camisa, olía a jabón Palmolive, que es el olor de los pobres y que encuentro fascinante. Tanta higiene en medio de la miseria, siempre me ha intrigado. Los pobres son más limpios que los ricos. Si Alfredo me hubiera escuchado habría estado orgulloso de mí. Lo bauticé con un poco del agua de la fuente. En enero, en Caracas, las noches acarician como bufandas y así lo rodeé, besándole, excitándole y poco a poco, asfixiándole. Se separó, asustado, y fui hacia él, diligente, con el cuchillo en la mano. Una, seis, doce puñaladas. La mortal, en medio del pecho. Y otra, de las que recuerdo, en la nuca, donde dejé el cuchillo un instante, para verlo, allí, suspendido y erecto, antes de guardarlo en el bolsillo de mi mochila. No quise dejarlo al lado de la fuente, aunque la idea me sacudió con placer. Junto al Poseidón, a la mañana siguiente el agua de la fuente habría eliminado la sangre y su rigidez provocaría una bella y aterradora imagen con la que saludar a los infantes y sus maestras.

Pero podían reconocerlo en la cinemateca. Iba mucho, había hablado conmigo. Lo tomé y lo arrastré, entre los arbustos del parque, deteniéndome ante las parejas de enamorados que todavía se besaban a esas horas. Cuidadosamente lo coloqué a mi lado, como si estuviera borracho, a pesar de que mis guantes y la sangre que escapaba de él levantarían todas las sospechas.

Llegamos así hasta el edificio de oficinas. Mi hogar, mi casa de juegos. Justo encima del criadero de serpientes y respaldados por la pared de una de las salas del Museo de Ciencias Naturales, exactamente la que protege el inmenso oso polar disecado. En la noche, el silencio es sobrecogedor y uno puede imaginar a las serpientes moviéndose en su encierro y al oso esperando un milagro, un hechizo para escapar de su taxidermia y atacar. No podía pedir espacio más hermoso para ofrecerle cobijo y serenidad a mis muertos. Porque él mismo, el espacio, está muerto, siempre tan quieto, siempre tan cargado de misterios y pactos secretos con las sombras y lo desconocido.

Mi casa era como una pequeña chocita de invitados al final de un patio de gravilla. Antes había sido hogar del carpintero de la galería, que murió dipsómano. Sus herramientas, la tabla de cortar y el eterno aserrín permanecieron allí, y me empeñé en mantenerlos. La sierra estaba perfectamente dispuesta sobre la larga tabla. Allí reposó

Julio por última vez, mientras, una vez más protegido por la noche, corté su cuerpo en trozos. Piernas primero y un baño de sangre que la madera absorbió feroz. Luego los brazos y el tronco, para volver a ver ese único festín de entrañas. Al final, la cabeza que, de todas las piezas, sería la única que conservaría.

Tres bolsas negras se alinearon en la puerta de la casucha como mis tres grandes regalos de cumpleaños. Un fuerte manguerazo sobre la tabla y sus patas disimuló el rastro de sangre. Con la cabeza avancé entre el jardín, escuchando la complicidad de la gravilla. Tras, tras, tras hasta llegar al ciervo de bronce, iluminado por la luna y aún caliente por el sol. Alrededor, una vez más, empecé a cavar el hueco. Aquel hombre cenizo, el amigo de Alfredo, descansaba allí, desde aquel encuentro en estos mismos jardines, y volví a ver un trozo, mordido y desdibujado, de su brazo. Julio y él se harían compañía, como en mis recuerdos. Y estarían allí atrapados en mi sitio, en mi secreto.

Fui a la fiesta de cumpleaños vestido con un traje negro de grandes hombreras e imposible cintura. Pantalones muy estrechos y zapatos negros de lazo y pequeños huequitos en la punta. Mi uniforme para el resto de los ochenta. Amanda llevaba un caftán dorado, había preparado tarta de plátanos con queso, con ese papelón único que ella sabía hacer. Y bailamos y el joven que acompañaba a Reinaldo nos deleitó con sus canciones que eran un poco Raphael y otro poco Jorge Negrete. Y mientras bailábamos y yo hablaba y opinaba y seducía todo lo que pasaba cerca, sentía que mi nuevo crimen me había catapultado hasta este pequeño éxito.

El crimen ofrece ese cúmulo de sabores. Alejandro fue violencia en la atmósfera abandonada del amor. Lorenzo, sin embargo, era el miedo a perder el amor, no sólo a verlo envejecer, sino a perderlo enteramente, por alguna traición, por cualquier error. El harapiento personaje era un fantasma que merecía su muerte. Si no podía revelarme la conexión entre Alfredo y todo esto, Belladona, la propia Amanda, ¿qué sentido tenía perdonarle la vida? Incluso, si se le hubiera echado de menos, quizás Amanda se hubiera visto comprometida a arrojar más luz sobre mis sombras. No fue así.

Siguiente historia, la de este chico, Julio, anónimo, tan joven, imbécil, sangre nueva, una vida por otra.

Todos unidos bajo la gravilla de mi casa de juegos. Mi larga lista de ojos verdes mirándome sin mirar.

Cada crimen, al repetirse en perfecto detalle, se volvía más simple. Mecánico, es la palabra. Cada cumpleaños, un muerto. Tras Julio vino Salvador, que era bailarín. 198... Gerardo, nadador, intentó sobrevivir y me golpeó con una de las vigas de madera, tomé la aserradora y le abrí el fémur sin ni siquiera besarlo. 198... Armando, demasiado bello, moreno, el verde de sus ojos disparando la violencia de quien nace hermoso en medio de la miseria. Un pobre, poseído por la belleza de la lejana aristocracia, rendido a mis pies, esperando encontrar el amor y asesinado de una sola cuchillada. En unos meses la crisis monetaria estallaría en todo el país y de cualquier manera los tristes sueños de este chico, ser modelo en Milán, estarían obligados a evaporarse. 198... El turno de Roberto, mariquita, cocainómano, aspirante a actor y a relaciones públicas y en realidad trabajaba como portero en una discoteca gay. Le esperé la noche entera mientras él se jactaba de saber determinar quién era un buen cliente y quién no. «Por los calcetines y los zapatos. Si llevan calcetín blanco con zapato de piel negro, fuera. Si llevan medias negras con zapato negro, fuera.» ¿Y si llevan calcetín rojo con botas verdes, linda?, le pregunté. No tuvo respuesta. Tonto, pero bello. Pectorales amplios, buenos brazos, mejores antebrazos. Una sonrisa franca. «Me gustaría vivir en Nueva York. No lo conozco, pero sé que es el lugar donde debí haber nacido y no en esta mierda de ciudad.» Eran las frases típicas de su generación; una generación que creció en un país rico y que de la noche a la mañana se encontró con el acné de la pobreza cubriéndole el rostro. No ofreció resistencia cuando me abalancé sobre él. Estaría tan cansado de observar calcetines y zapatos. 198... Mario quería ser el rey de la bolsa y decía que vendía acciones a nombre de Blanca Ibáñez, la secretaria y amante del presidente Lusinchi. No debió ser muy cierto. Le aplasté la cabeza contra la mesa de serruchar. José, 198..., el año en el cual se acrecentó la crisis económica y se empezó a hablar de que Blanca Ibáñez poseía yeguas blancas en honor a su nombre. Israel, 198... Dos cabezas sin mayores detalles. Tan pocos que me hicieron sospechar si de verdad continuaba asesinando por amor. ¿O era que me había acostumbrado a celebrar mi cumpleaños de esa manera?

Lucio, con el que celebré esos treinta años, L. de Lorenzo, impresionantes ojos verdes, cuerpo de triatleta, miembro enorme, sexo maravilloso, besos de auténtico amor. Me sentí orgulloso de haberlo escogido, tanto que podría incluso inmolarme junto a él. ¡Qué boca, qué piernas, qué nalgas! ¿Por qué no lo ataba en una de las verjas de la casa y lo dejaba allí, ahorcado, durante días para contemplarlo? Me daba miedo equivocarme al intentar un método nuevo. Cuando el cuchillo cortó su cuello, sus manos tuvieron fuerzas para ceñirme y me llevó hacia él y sentí sobre mi espalda cómo la vida se alejaba de él y lo obligaba a violentarse, abriendo esos ojos verdes, recordándome a Lorenzo, que hizo lo mismo que él: acercarme para que escuchara los sonidos de su alma. Maravilloso, maravilloso. 198... Germán quería escribir un artículo sobre la cinemateca y un ciclo que había levantado ampollas:

«Las Rumberas en el Cine», un especial homenaje a Reinaldo Naranjo y su afición por esas musas del mal gusto y la decadencia que son Ninón Sevilla y María Antonieta Pons. Germán vino con el uniforme de los caraqueños posmodernos: vaquero muy planchado, siempre Levis, y camisa blanca, hiperplanchada y almidonada. Los ojos verdes del destino. Le expliqué: «Las rumberas son como el bolero, un producto totalmente latinoamericano, que en cada vuelo de falda mezclan el *glamour* hollywoodiense de los años cuarenta con las cascadas risas de lo popular; y de entre tanto artificio y vulgaridad surge un estilo que es nuestra respuesta al *camp*, al *kistch* y que en el futuro recorrerá este continente con la misma fuerza que en los sesenta lo hizo el espíritu de la revolución cubana.» Pobre, el contenido de estas palabras despertaron su atención. Vimos juntos *Salamandra*, mi película favorita de Ninón Sevilla, una suerte de *remake* mexicano y cabaretero de *El Ángel Azul*. Tras su muerte, vinieron los acontecimientos que marcaron ese año, el Caracazo, cuando las barriadas tomaron varios establecimientos del centro de la ciudad y la democracia reaccionó con una oleada de sangre que costó oficialmente ciento cincuenta muertos y extraoficialmente más del doble.

Diez cadáveres descansaban bajo el ciervo. ¿Sin policía? Ninguna. El Parque de los Caobos se había convertido en la zona más peligrosa de la ciudad. Nadie reclamaba esos cadáveres. Nadie se imaginaba que diez hombres habían muerto. ¿O lo sospechaban y el silencio era una manera de tenderme una trampa y convertirme en un Jack *el destripador* de maricones venezolanos? No, sería imposible. Porque eran maricones, simplemente. Los maricones mueren en silencio, cubiertos de vergüenza. Mueren follando contra natura. Mueren a manos del amor, del último amor, que soy yo. Y no merece la pena desatar una investigación policial por los que ya son delincuentes.

Almacenaba esos rostros, esas calaveras, en el jardin-
cito de gravilla. Y muerto tras muerto, mi aspecto adquiría
mayor belleza, mi sabiduría más claridad y mi país se volvía un hervidero que, paso a paso, intentaba igualar la
cantidad de sangre que derramaba, cada 23 de enero, en
mi casa de juegos.

X

MISS VENEZUELA

Madrid, 1998.

Una pequeña nota aparece en las páginas, dedicadas a Madrid, del *ABC*, el periódico que leo desde que Dolores me lo recomendara, «Extraños cadáveres de hombres alarman a la población». No sé si realmente lo estoy leyendo, tengo la sensación que esa pastilla que tomé en el Strong aún no ha dejado de surtir efecto. Creo que es madrugada, se siente quietud en la Gran Vía. Aún sigo esperando. El recorte continúa en mis manos, tiene fecha de una semana atrás, y escriben sobre la aparición del cadáver de un hombre en Semana Santa del año 94. El año que murió Miguel. El año que fui a la fiesta de la espuma. ¿Son míos esos cadáveres? No entiendo por qué el artículo habla de «cualidades que hacen considerar a estos crímenes como rituales». ¿Quieren decir que me consideran una especie de secta, un caníbal que recorre las calles de una ciudad europea? Ritual, la primera vez que la palabra aparece vinculada a mis crímenes. Buena señal, España me ha descubierto.

El Caracazo pilló a todo el mundo desprevenido. Fue un 29 de febrero, un día que tradicionalmente se castiga como gafe. En Caracas, el segundo mes del año ofrece los cielos más limpios. Quizá porque la gente no termina de recuperarse de las Navidades, quizá porque la climatología aquí, al norte del sur, tiene esos caprichos. Ninguna nube, un sol suave, el verde de la montaña en todo su esplendor y hay veces, incluso, en que se pueden ver todos los árboles que forman su tupido bosque elevado.

Esa tarde, la del 29 de febrero de 1989, todo —cielo, coches, montaña, nubes, rostros—, todo brillaba. Amanda estaba en Nueva York, según algunos, para descansar los efectos de una enésima cirugía. Yo no sabía nada. Clara dijo por teléfono: «La señora estará en Nueva York hasta la primera semana de marzo.» Reinaldo Naranjo había organizado un té para Eglantina Ibarra, una vieja gloria social, con el pretexto de homenajearla cuando en realidad Reinaldo necesitaba lavar su propia imagen. El fin de semana anterior, Reinaldo, creyendo que hacía la columna de su vida, accedió a publicar un reportaje que él calificaba de íntimo sobre la boda de una de las mejores familias del país. Desgraciadamente, el director del periódico se fijó en que la celebración de la fastuosa boda coincidía con el anuncio del presidente Carlos Andrés —ahora en un segundo mandato— de una dramática reducción de gastos y un drástico corte de presupuestos en todo el país, plegándose a los dictados del todopoderoso Fondo Monetario Internacional. El periódico lanzó la exclusiva de Reinaldo en portada, titulando la celebración como «LA BODA DEL SIGLO». En las dieciséis páginas interiores, Reinaldo fotografiaba a sus favoritas, Amanda en lugar muy destacado, y a una corte de los que él denominó «invitados internacionales» y entre los que surgía la viuda de David Niven, una Rockefeller, una Rotschild y una Guiness y hasta un sobrino de lord Mountbatten. En otra época, la columna de Reinaldo habría hablado del *savoir-faire* caraqueño y a nadie le habría importunado. Pero justo ese domingo en que el artículo salió impreso, algunas panaderías de la ciudad amanecían sin pan, pequeños empresarios se declararon insolventes y una decena de bancos se vieron obligados a cerrar sus puertas. Los cortes presupuestarios no sólo recibieron duras críticas, sino que hasta el propio presidente se vio obligado a condenar la denominada boda del siglo por tan inapropiada casualidad.

Reinaldo, agitado, explicó los hechos durante el monólogo telefónico que siguió a su invitación:

—Adoro a los Ugalde, cómo no iba a cubrirles la boda de la niña, que fue un sueño, un auténtico sueño. ¿Cómo iba a saber que estaban reduciendo el gasto social, Julio? Yo sólo he sido un cronista social, no soy un politólogo. Era una fiesta maravillosa, con todo el jardín iluminado con *chandeliers* importados de Francia. La novia con un Dior —tuvieron que enviar el avión de la familia para traerlo— y la tiara de Cartier, alquilada —hubo que volver a enviar el avión porque los impuestos de la joya no se pagaron a tiempo para que viniera con el vestido—. Nada de esto lo conté, ni lo contaré a nadie más que a ti y a Amanda, pero no hay derecho a que se me acuse de poner la carne en el asador. Yo sólo creí que se trataría del reportaje de mi vida, comprendes, ese maravilloso reportaje por el que siempre se me recordaría.

—Lo has conseguido, le dije.

—No, ahora se habla de malestar político. El presidente está muy ofendido con la misma familia, porque la fastuosidad de la boda desdice sus medidas económicas. Y lo peor, lo peor es que he llamado a Gaetana, la madre de la novia, que es una de mis fieles.

—¿Y qué ha pasado? —pregunté.

—No se ha puesto, pedí hablar con Horacio, su hijo, que siempre llama cuando sale fotografiado. Tampoco se ha puesto. He vuelto a llamar, una, dos veces y nada. Es el principio del fin. Te lo aseguro, cuando no se ponen, cuando se vuelven excusas, lo ves escrito en las paredes: estás acabado.

El té de Eglantina Ibarra tenía como fin medir el alcance de esa muerte. Si llegábamos a ser más de diez y aparecía alguien como Luisa Rodríguez Ibarra, otra de las fieles de Reinaldo, sería sólo cuestión de días su resurrección. Si no venía siquiera Luisa Rodríguez Ibarra, Reinaldo Naranjo sería un incómodo cadáver insepulto. Como en su tiempo lo fue Ernestino Vogás, como lo habría sido el padre de Amanda.

Salí, pues, de casa a las tres de la tarde, una hora nada agraciada. Muerte de Cristo, de Lola, como dice el refrán popular. El Ávila no tenía una sola sombra. Nítido, nítido. Eglantina Ibarra, fiel a su condición de dinosaurio social, vivía en el oeste, donde la ciudad acababa antes del despliegue de los petrodólares. Al igual que los Herrera, Eglantina tuvo que sufrir el crecimiento de los infernales ranchitos alrededor de su mansión. Muchos temían por la integridad física de la legendaria señora. «Un día de éstos, cualquiera de esos marginales decide entrar en su casa, se bajan de los cerros y la violan o la asesinan.» La señora Ibarra parecía disfrutar con esta amenaza. En unas declaraciones a Reinaldo Naranjo decía: «La gran tragedia de familias como la mía es haber nacido antes del estallido de ese maldito chorro de petróleo. Nuestro dinero es de la colonia, los cafetales, la ganadería. No podemos traicionar nuestras raíces porque la ciudad haya crecido al revés. En Londres, por ejemplo, el lado este es el pobre y todo el lujo está al oeste. Aquí hemos debido hacer lo mismo, pero como no hay ley de ningún tipo, son nuestros gestos los que de verdad hacen una opinión. Por eso me mantengo aquí, en el oeste, rodeada de los ranchitos. En el fondo, hemos desarrollado una relación, un entendimiento. Yo les miro y les saludo cada mañana y sé que ellos, cuando estén muy tristes, muy deprimidos por sus desgracias y su pobreza, verán un trozo de mi jardín y al menos se solazarán de tener algo bello cerca.»

Llegué al metro hacia las tres y veinte. Una oleada de personas emergió con un gesto escandalizado. Pensé que alguien se habría arrojado a las vías. Pero no, todo funcionaba a la perfección. Escuché decir: «Es por Guarenas, dicen que hay tiros en aquella zona.» Subí al vagón y una mujer sostenía a su hijo que no dejaba de llorar. «Dicen que hay un incendio en Petare», señaló la señora ante mi mirada inquisidora. «Y que cortarán el metro en esa zona. Aquí no, los ricos, así haya guerra, lo tienen todo resuelto.» Seguí el viaje sin volver a mirarla. El niño nunca dejó de llorar. Quien conozca Caracas sabe que el metro dispone de un código y vida propios, muy distinto a lo que acontece encima de él, en la superficie de la realidad. Si afuera todo es suciedad, calor y luz, abajo es limpieza, orden nazi y el silencio sobrecogedor de los túneles. Una voz, perfecta, dicción de gran profesional, alertó a la madre: «Pasajera del vagón b, se le recuerda que los niños deben mantener la educación y el respeto a los demás pasajeros.» La mujer ni se inmutó, el niño continuó berreando. El anuncio se repitió con las mismas palabras tres veces. Chacaito, Sabana Grande, al fin Plaza de Venezuela, una vez más, retorno a los orígenes, pensé.

Salida a la Plaza de Venezuela. Las cuatro de la tarde. Ni un solo coche en la siempre atiborrada avenida. Una señal inequívoca de algo extraño. Frente a mí, en esa tarde del 29 de febrero, la fuente totalmente apagada. Un poco más arriba, el edificio donde nací y crecí, donde Alfredo robó mis colores Prismacolor.

Avancé en esa tarde de tanta luz, de tanta belleza surgiendo de rincones donde nunca me había fijado. Esos tres edificios de Sabana Grande, chaflanados, con balcones extensos, barandas de acero, cristales verdes en las ventanas. Lujo, la identidad de Caracas. Allí había encontrado hogar la tienda de Balmain y unos metros más allá la de Dior, que fueron las primeras tiendas de estas firmas en América Latina, como le gustaba recordar a Lorenzo. Ahora eran farmacias, una oficina de seguros, pero seguían con sus interiores idénticos, gran escalera al centro, muebles franceses de madera barnizada en brillante blanco o delicioso vainilla. Suelos de mármol o granito negro, el que crece al fondo del río Orinoco. Exotismo. Y luz, luz, luz.

Giré hacia la universidad. Ay, Lorenzo, tú que tanto quisiste este grupo de exquisitos edificios, hoy saturados de *graffitis* y vandalismos de todo tipo. Como seguramente lo está el interior de mi cuerpo: por fuera, perfecta conjunción de piel y músculos, por dentro, vísceras retorcidas, venas atiborradas de sangre ajena, arterias coloreadas de un asqueroso color. Putrefacción, tristeza, arrepentimiento ante tanto horror provocado con mis propias manos.

Llegué hasta Tres Delicias, la plaza que sirve de puerta oeste de la Universidad Central. Silencio, como si los extras de *Ben Hur* esperaran el grito de acción. Y, de pronto, cientos de personas empezaron a surgir, a mi lado, enfrente, los ojos cargados de esas lágrimas artificiales, sus gargantas intentando gritar sin poder lograrlo. Avanzando, avanzando sin saber muy bien hacia dónde ir. «Son los sucesos de Guarenas», dijo una mujer, con su hijo en los brazos. ¿Pero qué sucesos? «Han subido la gasolina y las tarifas de los autobuses, sin permiso del gobierno. Una chica se negó a pagar y se armó una tremenda. Ha habido muertos y una manifestación.» Pero Guarenas queda lejos, dije. «Dicen que van a bajar, por fin... van a bajar.» ¿Qué, los precios, las tarifas, los demonios? «Los pobres, hijo mío, los pobres vamos a rebelarnos ante tanta miseria y tanta corrupción.» Llegamos a la avenida Victoria, el camino hacia Los Próceres, donde fui tan feliz con Dolores años atrás. Más gente, de otro color, con otra expresión, un tono profundo en sus pieles y sus miradas. Poco a poco empecé a darme cuenta: tenían el color lodo de esos ríos que hacen grande nuestra geografía. Y en la mirada, la penumbra de la miseria. Destacaban entre los que caminábamos sin rumbo, al principio, porque provocaban miedo, pero a medida que fueron haciéndose más eran precisamente un océano. Uno de ellos vino hacia mí y me golpeó en el estómago. Estuve sin aire, tendido en el suelo mirando los zapatos, los tacones gastados pasando sobre mí. Logré incorporarme y vi cómo seis, diez, veinte de ellos rompían con sus cuerpos la puerta y el escaparate de una tienda. La dependienta y una clienta salieron con el rostro ensangrentado y se arrodillaron en la puerta a rezar. La multitud también corría por encima de ellas, los vándalos salían de la tienda con bragas en la mano, delantales, un traje de novia, riendo y agitando las prendas en el aire. Más adelante, otra veintena irrumpía en una carnicería y arrojaba los bistecs, el costillar de una vaca, a la calle, otro lo recogía y corría entre la multitud con el botín. Después, un supermercado entero era asaltado por otra horda, las ventanas de los coches reventadas. Un equipo de sonido volaba por los aires, un ordenador caía entre la multitud. Yo mismo recogí un maniquí aún vestido con el uniforme de criada y avancé unos metros más de confusión. Venían más. Esta vez dispuestos a destruir todo lo que tuvieran delante. Se acercaban, se acercaban, más y más, hasta que llegué a pensar que moriría asfixiado. Y al mismo tiempo, no pude evitar admirar la belleza de ese contingente, el tono tierra de sus pieles, el terror y dominio dibujados en sus rostros. No podrían matarme, porque yo era el espíritu de esa violencia. El que asesinaba para permitir que todo ese terror, toda esa preocupante grandeza, sucediera en la vida real.

Fue entonces cuando vi la escalera. En medio de la calle, entre tristes edificios construidos por los maestros de obra italiana que Pérez Jiménez importó durante su dictadura, se levantaba esta insólita escalera, blanca, de impresionante acabado, suerte de damascos construidos en escayola coloreada de vainilla, absurdamente inmaculada en medio del mar de pobres, reses, ordenadores y cajas de hortalizas. Me así a la decorada balaustrada y subí los peldaños en forma de caracol, alejándome así del gentío que se aplastaba a mis pies. Era como si alguien me hubiera izado —Lorenzo, Dolores o cualquiera de mis muertos— y me colocara como un ángel salvador por encima del horror. Protegido por el vainilla, una vez más. Y por ello, me quedé absorto intentando atrapar en mis ojos la belleza de esta escalera, un poco *art nouveau*, otro poco oriental, pasadizo donde Scherazade podía encontrarse con Eleonora Duse, allí, en medio del clamor del pueblo oprimido. Al otro lado, estaba la iglesia de San Marcos, fiel imitación de la veneciana, sólo que construida en 1940 y en una plaza mucho más reducida y sin agua. La locura de esta ciudad de mentiras. Y detrás, con una pareja de ancianos asomados a las ventanas de su edificio preguntándome qué sucedía, el muro que flanqueaba la vetusta y amplia propiedad de los Ibarra.

Sintiéndome salvado por la belleza, caminé por el jardín de palmeras en esta maravillosa casa que surgía, al final, totalmente amarilla, con las rejas de sus ventanas en rojo. Una inmensa fuente escupía agua, casi tapando la voz de un cantante italiano, de la época San Remo, pidiendo que sucediera un milagro, mientras Reinaldo Naranjo avanzaba hacia mí con una botella de champaña y grandes manchones negros alrededor de sus ojos. Era rímel, había estado llorando. Cuando estuvo sobre mí, el maquillaje de su rostro resbalándole, recordé a Lorenzo que no hallaba palabras para describir la fealdad de este hombre.

—¡No ha venido nadie! La Ibarra se ha encerrado en su habitación, gritando que la he expuesto al ridículo. «Cuarenta años de impecable conducta evaporados en cinco minutos», me ha dicho, Julio. Estoy acabado.

—¿No sabéis que hay una revuelta popular? He estado a punto de perder la vida por venir aquí.

—La vida ha terminado esta tarde, Julio. He perdido todo mi poder. No existo, me he vuelto invisible. Soy un despojo, un error. Un hombre feo sujeto a una botella de champaña.

Al día siguiente la ciudad despertó bañada por su inexplicable luz. El Ávila más verde, el sol más sol, el azul más azul, como si se hubieran alimentado del destrozo, la sangre derramada, los gritos escapados de gargantas pidiendo ayuda. Reinaldo deambulaba entre las ruinas de la ciudad como una gran señora de escasos centímetros de estatura. Miraba los cuerpos mutilados apilados en las cunetas de la autopista, los edificios destruidos como si estuviéramos dentro de una de esas fotografías de Cecil Beaton tomadas durante el bombardeo a Londres en la Segunda Guerra Mundial. De nuevo, grupos de hombres fornidos, negros, arreaban un cerdo o una mesa de formica hacia los cerros. Nosotros íbamos a algún sitio, preferiblemente seguro, Belladona, desde luego, donde Reinaldo pudiera dormir y yo pudiera reflexionar sobre la admirable belleza que la destrucción deja detrás.

Amanda abrazó largamente a Reinaldo.

—¿Qué voy a hacer, Amanda? Dirán que todo este caos es producto de mi artículo sobre esa maldita boda —dijo Reinaldo.

—Por Dios, Reinaldo, exageras.

—Es cierto. Incluso los mismos invitados a esa boda me achacarán todos los males. No tengo trabajo, no tengo a donde ir. Nadie responderá a mis llamadas.

—Pensaremos en algo, Reinaldo. Pensaremos en algo.

Se pensó mientras Naranjo lloró. Estrenamos el año 1990 sin la habitual reseña de «Lo mejor del año de Reinaldo». Igual sucedió en 1991. La tragedia de un cronista social enano, feo, condenado a observar esos cientos de filmes de la Metro Goldwyn Meyer en absoluta soledad, con ese teléfono mudo, terminó por enternecerme.

A lo largo de esos dos años decidí tenderle mi mano, luego mis labios y pronto, una de esas convulsas noches de un marzo sin final, mi cuerpo. Reinaldo tenía un mundo que ofrecerme. Ornella Vannone y su amanerada voz de pasión italiana, y violines que hablaban de los años sesenta, Capri, amores imposibles que significaban tanto para Reinaldo.

—Fue tan triste ser joven, Julio. Porque nunca tuve belleza, ni siquiera en esos años donde todos, como dice Isaac Chocron, tenemos derecho a ser bellos. Todos esos cuerpos, de bronceados chicos europeos, desfilando frente a mis ojos hambrientos y yo entrando a oscuras habitaciones de pobres pensiones, con los billetes atrapados en mis manos. He estado siempre tan solo, siempre tan triste, creándome una ilusión, inventándome princesas aquí en esta democracia siempre incipiente. Para luego verlas crecer y obligarme a convertirlas en reinas.

—Reinas —dije de pronto—. Ésa es la solución: ¡Reinas!

—¿Qué estás diciendo?

—El Miss Venezuela. Oh, sí, lo veo tan claro. Es la verdadera institución de este país. Entrar en ella borrará todos tus pecados y aniquilará el efecto de esa maldita columna.

—No te entiendo, habla más despacio.

—Quiero decir... Tienes que formar parte del jurado del certamen de este año. O involucrarte de alguna manera en él. Te lo explico. Este país vive de tres cosas: el petróleo, las lágrimas que provocan los culebrones y la belleza absurda, ficticia del Miss Venezuela.

—Pero no soy cirujano, ni dentista, ni tampoco bello. No puedo participar como miss Cojedes —dijo, riéndose.

—Tonto. Puedes..., puedes diseñar un traje para una de las candidatas.

—Oh, Dios mío, pero qué mente tan brillante tienes. Una columna dórica a lo Adrián para una de esas sirvientas que escogen como Miss Venezuela.

—O una fantasía inspirada en nuestro folclore.

—Una diablesa a lo Ninón Sevilla. Dios mío... ¡Puedo verlo, puedo verlo!

—Amanda hablará con la organización, ella conseguirá que te ofrezcan una de las misses. Tendrá que ser un traje que los deje estupefactos. Una auténtica fantasía, la última locura, el principio de una nueva carrera para ti.

—Pero, hay un único detalle: ¡No sé coser!

¿A quién le importaba? Amanda estuvo de acuerdo de inmediato y una sola llamada suya a Osmel Sousa, el gran fáctum factótum del certamen, logró convencerle del talento de Reinaldo como diseñador. Irónicamente, la candidata que debía vestir no era otra que miss Cojedes.

—Ese estado tan agrio, donde no sucede nada. Tan sólo el arroz, que crece y crece sin parar. La vida es una extraña coincidencia, Julio. Allí nací hace cincuenta años. Y será ese sitio, del que huí con ansias de París, de Europa en general, el que me devuelva mi corona perdida.

El Miss Venezuela es un evento que al menos una vez en nuestras vidas debemos presenciar en directo. Se trata de celebrar algo tan absurdo como la belleza venezolana, que supuestamente es fruto de la mezcla de razas que han hecho a América. El concurso se le ocurrió a un inmigrante portugués, Osmel Sousa. Y se trata de crear un canon de belleza que tiene mucho de Folies Bergère, con toques de Carmen Miranda, el cabaret Tropicana de La Habana en los años cuarenta, el *glamour* de Esther Williams y las coreografías de Busby Berkeley. El cóctel o batiburrillo ha creado una identidad nacional. Que Venezuela, entre toda su violencia, sus muertes, el negro eternamente derramado de su petróleo, también disponga de espacio para un espectáculo tan grandilocuente y sin ninguna vergüenza hacia su propio *camp* puede dejar boquiabierto a más de un experto que desee analizarnos. Encima, somos la primera potencia en la exportación de bellezas. Y buena parte de esa celebrada «Historia de las Bellas» es obra de cirujanos dispuestos a repetir el mismo molde de naricita, cinturita y bocaza que convirtió en heroína nacional a Maritza Sayalero, la primera miss Universo, coronada en 1979 y reconocida en el mundo de las misses por haber inventado el moño alto (para ocultar una precoz calvicie) y la postura de jarrón con la que desafío al jurado de ese certamen en Australia. Reinaldo, siempre tan culto, explicaría que la pose estaba robada a la gran Esther Williams. «Siempre se paraba así, con las manos a horcajadas, bien sujetas a la cintura, cuando terminaba una hazaña acuática.» Y tras Maritza, vino la más grande y querida por el pueblo venezolano: Irene Sáez, miss Universo 1981, el año en que murió Betancourt. Después, en 1986, el miss Universo volvió a tener cuerpo, rostro y nombre venezolano con Bárbara Palacios, hija de actores, que supo coronarse en Panamá al pronunciar delante de cientos de espectadores la famosa frase: «Si tuviera que promocionar este hermoso país, no dudaría en afirmar que ¡Panamá soy yo!»

En este certamen de 1992, tras la revuelta que costó la columna social a Reinaldo, y esos largos tres años de recuperación, el país entero necesitaba darse un revolcón de falso *glamour* y denodado artificio. Entre Osmel, el gran coreógrafo Joaquín Rivera y el propio Reinaldo, coincidiendo con los cuarenta años del certamen, decidieron hacer un recorrido por los mismos años de historia de la moda. «A pesar de la guerra, recordaremos al gran Jacques Fath y su maravilloso uso del malva. Después de todo, Mimí Herrera y una casi adolescente Amanda Bustamante vistieron Jacques Fath en esta ciudad. Luego Dior, Dior, Dior y Balenciaga y hasta Paco Rabane (que Dolores acusaba de francés). Y Bohan y Saint Laurent que estuvo un poco, un poco enamorado de Amanda Bustamante. Es que la historia íntima de Venezuela está... íntimamente ligada a la historia de la moda.»

Poco a poco, el agobio de esta magna celebración afectó a los nervios de todos los involucrados. Incluida, Amanda Bustamante.

—No estoy dispuesta a que hurguen en mi armario para vestir a todas esas anoréxicas sin cerebro —me dijo.

—Recuerda que Reinaldo se está jugando su futuro.

—El futuro no existe —dijo, observando una rama de sus orquídeas—. El drama de nuestro país es que sólo sabemos ser frívolos. Peor aún, es como si la frivolidad, como gran ente, nos hubiera escogido como hogar. En medio de toda esta crisis, las revueltas, mi nombre volverá a verse asociado a una leyenda. La amiga venezolana de los grandes *couturiers*, la mujer mejor vestida de los años cincuenta y sesenta. ¿Y en los setenta, qué fui, una sombra?

—Señora Amanda, tiene una visita —informó Clara.

Era Guy Melliet, el eterno alumno de Balenciaga y Givenchy que había construido un estilo y una férrea casa de costura en base a una sabiduría ganada en esas míticas firmas. Su secreto era ofrecerle exuberancia a la rigidez del *haute couture* y aprovecharse de la locura de un país donde un traje era equivalente a una declaración de paz o de guerra. Melliet tenía un gran sentido del humor y del halago. «Ah, esta casa tan llena de luz, siempre, Amanda. ¿Cómo lo haces?» Amanda besaba y acariciaba la calva del diseñador. «Querido Guy, las veces que has venido a esta casa y siempre es como si fuera la primera vez.» El diseñador me miraba, siempre fue muy simpático conmigo. «A esta mujer todos le debemos algo en este país. Mi primer traje importante lo vistió Amanda Bustamante. Seguro que ella no lo recuerda.» «¿Cómo puedes decir algo así. Era blanco, *chemise*, de piqué enteramente, y los ruedos en gro. Está colgado en el armario. Lo he vestido para un cóctel hace nada y todo el mundo me preguntaba y yo decía Melliet, 1960.» «Sesenta y uno», corregía sonriente el diseñador.

—Amanda, creo que tenemos que hablar de nuestro amigo Reinaldo —dijo al fin Melliet.

—Ah, me lo temía, Guy —advirtió Amanda.

—Una cosa es escribir una maravillosa columna social, que no hay nadie que lo haga como él, Amanda. Y otra, muy distinta, me permito decir, es diseñar un traje para una miss.

—Indudablemente, Guy. Pero Reinaldo cuenta con mi apoyo y juro que si esta aventura de la miss sale bien seré la primera en vestir un traje suyo —afirmó Amanda. Me sentía como si estuviera delante de un hecho histórico.

—Humildemente pienso, Amanda, que un apoyo como el tuyo es demasiado para Reinaldo Naranjo. Una situación así, en la que un cronista social se puede volver diseñador de la noche a la mañana, no puede significar nada bueno para este país.

—Creo exactamente lo contrario, Guy. Lo mejor que le puede suceder a este país es que todos los maricones se peleen entre sí para vestir a nuestras misses.

Fui, desde luego, disparado a casa de Reinaldo. Era un piso muy sencillo, en pleno centro de la ciudad. Todos los muebles *art déco*, exquisitamente mantenidos. Grandes ramos de flores blancas, malabares por doquier, alfombras persas, una anciana señora retirando el polvo de las superficies. «La fiel Luisa, que es como mi Clara, sólo que ésta ve y se fija en todo.» Al fondo, el dormitorio, en permanente desarreglo, con una percha donde siempre colgaba un esmoquin. El resto era una estantería de pared a pared repleta de cintas de vídeo. «Incluido el porno, Julio. Tengo, hasta unos personales que me dejó Ernestino Vogás de sus modelos tocándose.» No tenía tiempo para disfrutarlos, dije. Debía ponerle al tanto de la visita de Melliet al universo Bustamante.

—Si Amanda me defiende, no tendré ningún problema. Pero a la *franchuta* le tengo miedo. Ha ordenado ya sus telas y se ha quedado con el shantung rosado. La muy perra, no hay mejor tela para una miss que el shantung rosado. ¡Se lo ha llevado todo! Y ha reservado el resto, una seda en azul Francia y todo eso. ¿Cómo vamos a vestir a nuestra miss Cojedes?

Sugerí recurrir al cine, que siempre ha sido nuestra salvación. Reinaldo dijo que lo primero que tuvo claro en su recién escogida carrera como diseñador era no imitar nada de Scarlett O´Hara ni de Greta Garbo. Tonto, le dije, siempre te quedará Marilyn y sus Scaasis.

—Dios mío, allí está. El traje ceñido, el del *Happy Birthday, Mr. President*.

—Pero, ¿no será demasiado evidente? —sugerí, asustado de estar creando un monstruo.

—Tenemos que huir del blanco, porque la Melliet me acusará de teatral y de copiar el estilo Marylin. Un color, Dios mío, mi vida por un color.

—*Yellow* —dije.

—Jamás, ni toreros, ni actrices ni misses en ese color.

—Rojo ya es totalmente *Diamonds are a girl best friend*.

—Marrón es demasiado Amanda Bustamante. Lo tengo, lo tengo. Púrpura. Y, Dios mío, con una capa.

—¿Con una capa, Reinaldo? No dejarán de lloverte críticas.

—Naranja, la capa naranja que Melliet le copió a Balenciaga y que convirtió a Mimí Herrera en la mejor vestida. Naranja y púrpura, Lacroix y Caracas.

—Exagerado, Reinaldo, lo encuentro exagerado.

—Imbécil, es el miss Venezuela. Si no aprendes a exagerar te perderás lo mejor de la vida.

Ana María, miss Cojedes, tenía diecinueve años y medía el exigido metro ochenta, con unos pies enormes y manos de motociclista. Cuando se levantaba y avanzaba en el piso de Reinaldo, no había nada de feminidad en ella. «Una yegua entrando al establo», sentenció Reinaldo. Volvimos a recurrir al cine. «Pero, ¿por dónde vamos a empezar, Julio? ¿Margaret O´Brian? ¿Vivian Leigh? Esta niña ha pasado demasiada hambre para entender a una heroína.» Seguramente, pero un buen mix de Lana Turner y Ava Gardner le conseguiría alguna personalidad.

Así empezaron unas sesiones videográficas para construir en miss Cojedes un ego y una mirada y una sonrisa y un andar. Al mismo tiempo descubrí *La Calle del delfín verde*, con una Lana Turner espléndida, una muestra de un talento que la historia se ha negado a reconocer. Dos hermanas se enamoran del mismo hombre, sólo que él ofrece su corazón a la hermana que no es Lana Turner. Por un error de cartas y de la caprichosa mano del destino, le toca a Lana casarse con un hombre que en realidad no la ama. Ana María lloraba cuando la otra hermana (¿Es Joan Fontaine?, no puedo recordarlo) se adentra en el convento al otro lado de la isla de San Michael, en pleno Canal de la Mancha, sacrificando su amor, mientras en Nueva Zelanda Lana y su marido luchan contra la naturaleza. «El amor es un engaño, Julio. Es lo único que tengo claro», me decía miss Cojedes sosteniendo un trozo de tela púrpura sobrante de su vestido.

Tantos fantasmas vinieron a mí en ese instante. El amor es un engaño y al mismo tiempo es la frase la que miente. El amor está aquí, Ana María, mientras te convertimos en ficción para nuestro regocijo. El amor está en la casa de Amanda Bustamante, en la triste habitación de Reinaldo. En el propio Reinaldo está el amor que nos une delante de esta película, que crea tu traje, que me obliga a quererle...

Llega el gran día. Cada diseñador tiene autorización para llevar al certamen a su equipo de peluqueros, maquilladores y asistentes. Reinaldo quería contratar a Elías y Horacio, la pareja de maquilladores más conocida de la ciudad. Ambos tuvieron que declinar la invitación. «Melliet nos mataría, Reinaldo. Llevamos veinte años ayudándole en el miss Venezuela.» Amanda, una vez más, ofreció la solución: ella misma maquillaría a la niña.

Entramos al Poliedro de Caracas a las siete de la mañana. «Porque hay que rifarse los camerinos y guardar en secreto el traje, que, si no, te lo cortan o lo mojan con tomate y mayonesa», dijo Ana María. Ya estaban varias madres y otras candidatas reunidas en torno a las puertas con grandes maletas donde se escondían los trajes y zapatos. A medida que avanzábamos se apilaban, creando barricadas. El certamen empezaría a las nueve de la noche, menudo día nos quedaba por delante.

Justo antes de integrarnos al grupito de madres y misses sin maquillar, un guardia jurado sujetó a Reinaldo. «Por favor, síganme», nos dijo. Lo que nos faltaba, una detención delante del resto de las competidoras. «Todos», subrayó el guardia. Le seguimos y de pronto Reinaldo me miró. «Es loca, mira cómo lleva de ceñidos los pantalones.» El guardia avanzaba hacia una de las grandes escaleras del Poliedro que salen desde sus entrañas como ten-táculos. Recordé esa escalera en la finca colonial de *La senda de los elefantes* y pensé que era un filme que Ana María tenía que haber visto. No hay mejor escalera en la historia del cine que ésa, cuando Liz Taylor se sujeta a los pasamanos mientras los elefantes irrumpen en la propiedad. El guardia jurado empezó a subir y, en efecto, sus nalgas se movían con gran cadencia, una, dos, una, dos, niña, qué ganas tienes de que te follen. De pronto estábamos en una puerta, con otro guardia, mariquísima esta vez. «Señor Naranjo, somos grandes admiradores suyos. Mi novio y yo no nos perdemos ni uno solo de sus reportajes. Y hemos querido devolverle las horas de alegría, acompañándole hasta el camerino que le hemos reservado.» Primer *round* a favor.

Reinaldo comenzó a dictar órdenes.

—Lo más importante, Julio, es que no entre ningún fotógrafo y que no te separes ni un segundo del traje de gala. El regional y los bañadores los traerán una hora antes con otros guardias de seguridad para que no los roben o alteren.

El traje regional, mi fantasía hecha realidad. Toda mi vida quise ser miss nada más que para vestir el traje regional. ¿Cómo era el de miss Cojedes?

—¿Quién sabe? Será algo en blanco, con muchos vuelos... Como lo único que hay es arroz, llevará una espiga en la mano.

Horas de espera. La vida de una miss, al igual que la de una actriz consagrada, se reduce a esperar. De pronto las llaman: «Niñas, al escenario, a ensayar.» Y suben todas, organizadísimas, sin hablarse entre ellas, autómatas y repiten los pasos de la coreografía perfectamente. Se equivocan los de las luces, hay que ajustar alguna cámara y repiten y otra vez perfectas. «Se pasan un año ensayando ese baile y es siempre el mismo», dijo una madre que intentaba camelarme para poder fisgonear el traje de gala de mi miss. Nada que hacer, señora, he echado cuatro llaves a la puerta del camerino. Y Reinaldo colocó unas velas y una foto de María Lionza para protegernos. «Yo he traído a mi José Gregorio Hernández», dijo miss Cojedes. Hacia el mediodía, la madre de miss Cojedes colocó un busto del Negro Primero, que murió para salvar a su comandante en una de las batallas de independencia, y una prima y una tía de la miss trajeron también sus imágenes de la Virgen de Chiquinquira y otra de Santa Bárbara y unas medallitas de la Virgen del Carmen. De pronto, apareció un grabado de Simón Bolívar, en absoluto tecnicolor, y entonces me decidí a agregar una fotografía de Lana Turner a todo el conjunto.

Amanda Bustamante hizo gran entrada a las cuatro de la tarde, vestida con el *chemise* de piqué diseño de Melliet. Sujetaba con gran elegancia un inmenso neceser beige (vainilla, vainilla) con un vivo azul marino y con sus iniciales bailando del asa, A. B. Entró al camerino, seguida de cerca por la pareja de guardias jurados. Contempló el improvisado altar y extrajo del neceser una fotografía suya, sin fecha, desde luego, pero con un traje y zapatazos que decían a gritos 1949. «Yo también doy suerte», afirmó al verme entrar, mientras ubicaba la foto entre Lana y el Negro Primero.

—Antes que nada, iré a saludar a Guy —dijo y cruzó, conmigo de fiel mascota, el círculo de aluminio y acero que es el Poliedro. En ese trayecto me pareció como uno de esos Vasarelys que coleccionaba su padre, sólo que convertido en coso teatral, con cabida para catorce mil personas. Y al mismo tiempo, tenía un aspecto de centro espacial, rodeado de verde, como si toda esta zona del oeste caraqueño fuera una reproducción de un Marte forestado.

Amanda llegó hasta el camerino de una de las misses de Guy. Él se asombró mucho al verla y con su propio traje. «*Madame* Bustamante, es usted la gloria», exclamó el modista. «No, *monsieur* Guy, soy el ahora.»

Reinaldo vino corriendo al encuentro. Y, de pronto, volvió a ser el cronista, ansioso por no tener cerca a sus fotógrafos a la espera de sus órdenes. Conseguí la cámara de una de las madres y tomé la instantánea. Melliet, Bustamante y Naranjo fundidos en un abrazo tan espontáneo como irreal.

A las seis y media, las chicas deberían estar maquilladas y vistiendo el uniforme de apertura, como se dio en llamar el *jumper* hiperajustado con el que desfilarían. Amanda Bustamante no permitió que nadie más que Reinaldo entrara al camerino mientras maquillaba a miss Cojedes. A las seis y cuarenta y cinco emergió Ana María. Flequillo «Sabrina» perfectamente acoplado a la frente. Pestañas largas, extendidas, casi conchas protegiendo perlas, los ojos subrayados por sombras púrpura, verde y naranja, ofreciéndole a las pupilas un tono ambarino. Pómulos muy marcados, una barbilla cuadrada, nazi, y los labios inmensos abrazados por un rojo desconocido.

Entraron al escenario. Cinco, cuatro, tres, dos, uno y la melodía del himno del Miss Venezuela: «En una noche tan linda como ésta, cualquiera de nosotras podría ganar y ser coronada miss Venezuela y al fin sus sueños poder realizar. En una noche tan linda como ésta, cualquiera de nosotras, compitiendo, anhelando, deseando ser coronada y al fin los sueños poder realizar.» Catorce mil personas, un jurado de millonarios y la presencia de Nati Abascal saludando como una suerte de Livia en pleno apogeo del Imperio Romano; silbaban y se entregaban al igual que Amanda, Reinaldo, Melliet y yo a esta celebración de lo cursi, la gloria barata y los sentimientos patrios tan sólo unos años después de que muchas de estas personas llevaran reses y otros cadáveres a sus espaldas. Vino el desfile en bañador y Ana María repitió el gesto jarrón de Maritza Sayalero y el público se vino abajo. El traje regional llevaba una sorpresa oculta, hábilmente ideada por Reinaldo y Amanda en el último minuto: ella lanzaba arroz al público. De nuevo, una ovación cerrada. Los puntos subían para miss Cojedes, y Amanda, en uno de los descansos de publicidad, encendió una nueva vela en nuestro improvisado altar. Volvió a salir para retocar a Ana María y yo estuve solo, hincado frente a María Lionza, Simón Bolívar, Lana y Amanda y recé por Lorenzo, a quien debía tanto. Lorenzo, espérame en el cielo, volveré a ti.

Gilberto Correa, el presentador de toda la vida, anunció el nombre de miss Cojedes: «La preciosa Ana María en una creación homenaje al Hollywood de los años cincuenta de Reinaldo Naranjo.» Y Ana María avanzó, con la capa naranja cerrada sobre sí misma, unos cuantos pasos, tímidos, asustados, a lo mejor resultaba demasiado moderno para el país. Y abrió la capa, maravillosa, descubriendo el portentoso púrpura. Amanda, sujeta a Reinaldo, lloró mientras él no pudo contenerse más y cayó desplomado. Melliet, muy cerca, inauguró, como lo había hecho Amanda en aquella noche del City Hall y Gloria Gaynor, el aplauso de aprobación. Fuera, en el escenario, Ana María recorría la kilométrica pasarela una segunda vez bajo los gritos de su nombre. Todo empezó a desarrollarse a velocidad centrífuga. Recuerdo a Nati Abascal besando a Amanda y repitiendo el nombre de Reinaldo, mientras Melliet y yo nos esforzábamos por reanimarle; a los guardias jurados llorando de emoción mientras la madre de una miss untaba las fosas nasales de Reinaldo con jarabe de menta china. Fuera, Gilberto Correa anunciaba que miss Cojedes era elegida miss Elegancia y todo era aún más veloz. «Ganará, ganará», escuché decir a alguien. Amanda se arrodilló delante del altarcito. Nati Abascal decidió hacer lo mismo y Melliet tomó una fotografía. Los minutos menguaban y las finalistas eran anunciadas. Tercera, segunda, finalistas..., primera y la voz de Gilberto Correa: «Entre estas dos mujeres se encuentra el futuro de un país célebre en el mundo por sus bellezas. Una de ellas nos representará en el Miss Mundo y la otra... muy probablemente sea la miss Universo más elegante de la historia. En efecto, miss Barinas es la elegida para el Miss Mundo y la maravillosa Ana María, miss Cojedes y miss Elegancia, es la nueva miss Venezuela 1992.» Reinaldo entonces abrió los ojos y me tomó fuertemente.

—He vuelto a nacer, Dios mío, he vuelto a nacer.

Sólo que en ese instante, descubrí que sus ojos empezaban a teñirse del verde que el amor escupía antes de morir.

XI

EL TELÓN ROJO

Reinaldo Naranjo se convirtió en una celebridad nacional de la noche a la mañana. Eglantina Ibarra, Luisa López Rodríguez, todos aquellos nombres que le dieron la espalda, llamaban al piso con frenesí inusitado para vestir sus diseños. Amanda se entregó a los preparativos para una fiesta homenaje a Reinaldo. Se trataría de una bella fiesta. En el marco incomparable del Teatro Nacional. Una cena espectáculo nunca antes vista en la ciudad.

—Un poco como la historia de la Scala de Milán —diría Reinaldo a una de sus millonarias, atenta a cada palabra suya sobre el acontecimiento—, que como todo el mundo sabe se construyó para que la sociedad milanesa pudiera verse las caras mientras escuchaban *La sonámbuia* o algo por el estilo. Entre aria y aria, la fiesta iba progresando y las grandes familias recibían en los palcos y todo eso.

—Sin embargo, tengo miedo —confesé, delante de la invitada. Reinaldo me fulminó con la mirada.

—Siempre tan cobarde. Sé lo que temes, que se repita algo tan insensato como lo de aquella columna. ¡Maldita sea! —exclamó de pronto—. Tú eres el que recuerdas continuamente ese incidente. Y estoy harto que sea así. Lo he superado y la prueba salta a la vista.

Guardé silencio. Reinaldo estaba de verdad nervioso. No era sólo que el éxito le cambiara, sino que desde el Miss Venezuela tomamos la decisión de vivir juntos. Demasiado próximos. Las trampas del amor me acercaron a este monstruo, cada día más feo y cada día más fascinante. Esa memoria cinematográfica, ese descarado placer por la vulgaridad que trastorna lo sofisticado, este piso decorado como un gran casino monegasco en pleno centro de una Caracas asolada por la inseguridad, el vaivén político, fueron elementos que me encerraban en este hogar. Y su rostro, salpicado por viruela, los ojos saltones, los labios rodeados por infinitas arrugas. Era como el ser que, imagino, se esconde bajo mi piel. Y esa diferencia, temible, fue construyendo una red para unirnos. Lo que amaba de Reinaldo Naranjo era el reflejo. Y el amor supo entender esa perversión y otorgarle un escenario. Una vez más, una atmósfera.

—Quiero mi libertad, Reinaldo —dije, cuando la millonaria salió de casa.

—Nunca la has perdido. No estoy enamorado de ti, Julio. He visto el peligro del amor demasiado cerca y me he entrenado para jamás caer ante sus tentaciones.

—No es cierto, porque me has dicho que me amas.

—Sé quién eres. Alguien bello, es cierto, pero que has atrapado lo mejor de Amanda Bustamante. Ella te ha hecho y tú no te has rebelado porque sabes que te destruirá. Eres tan inteligente y al mismo tiempo tan torpe. No te has dado cuenta de que Amanda es un vampiro. Todo lo que te ha dado, te lo ha chupado.

Entré al Teatro Nacional esa noche del 26 de noviembre de 1992 acompañado de un nuevo Lorenzo. Se llamaba Esteban, en realidad, y llevaba uno de mis esmóquines cosidos por Vicente, mi sastre, que no lo era tanto puesto que lo conocí a través de Reinaldo. Esteban, como otros Lorenzos antes que él, era un hombre muy guapo, el pelo castaño, los ojos verdes, por supuesto, labios carnosos y una nariz irlandesa, como de boxeador pero menos machacada. Grandes manos. Más de uno de los invitados e invitadas me lanzó una mirada de envidia. Una vez más me sorprendió que nadie recordara al antecesor inmediato de esta prenda, que estuvo incluso en casa de Amanda Bustamante y que ya descansaba, con seis cuchilladas en el rostro y otras dos en el pecho, en mi cementerio de la casa de juegos.

Esteban había aceptado mi invitación tras dos meses de cortejo. Lo encontré en una de las *soirées intimes* que Reinaldo organizaba, antes y después del triunfo del Miss Venezuela. La idea era convertir a los mensajeros, motoristas, gandules varios, en semidioses. Sin duda un *leit motiv* frecuente en lo *gay* y que Reinaldo decía haber aprendido de los diarios secretos de Jean Cocteau —que nunca supe si existían o se los había inventado con la anuencia de Amanda, que sí conoció a Cocteau—. Los jóvenes eran reclutados por Reinaldo y los llamaba «avecillas del ateneo y la cinemateca».

Las avecillas del Ateneo acudían a las fiestas de Reinaldo con el deseo de volverse alguien y, nosotros, buitres sobrevolando la putrefacción, podíamos abrirles ese camino. Reinaldo, el sabio director, escogía casi a la perfección la presa y su victimario, sólo que él no los llamaba así. Creía o prefería creer que se trataba de establecer contactos entre alguien «con mucho talento» y esa otra persona que «puede ayudarte».

A pesar de la convivencia, de lo que sucedía entre nosotros, Reinaldo gustaba de presentarme estos jóvenes. Y yo aceptaba, sin celos, sin angustias. Era un ingrediente más del amor que vivía junto a Reinaldo. Mi ruta empezaba, pues, en ese hábil juego de presentaciones. Reinaldo decía: «Es un gran amigo de Amanda Bustamante, trabaja en la cinemateca. Esas películas maravillosas las escoge todas él. Amanda le adora.»

Pasarían unos cuantos meses, los suficientes para que el propio Reinaldo se olvidara de habernos presentado o hiciera como que había olvidado, de la misma manera como hizo con el primer Lorenzo. La relación con la avecilla continuaría, llamándole desde casa de Reinaldo, invitándole a buscarme allí. Y él vendría, más fresco, más lozano, más educado, interesado en hablar con Reinaldo sobre la boda de alguien, la inauguración de tal artista. Sí, le decía, tenemos invitaciones, puedes venir con nosotros si lo deseas. Y, desde luego, lo deseaba. Pasarían también unas cuantas películas disfrutadas en la cinemateca. *Jezabel, La mujer leopardo, Carnet de baile, La dama sin camelia, Macunaima, Al este del Edén, El hombre orquesta*, títulos que usualmente no significaban nada para la avecilla y que muchas veces, casi todas, le aburrían. Tampoco eran mis películas favoritas, aunque *Jezabel* ha ido subiendo escaños en mi memoria sentimental. Tras las proyecciones, rondaba en mi cabeza la casa de juegos, pero no podía matarles siendo tan próximos a Reinaldo. Y al mismo tiempo, a medida que un Ramón se volvía Carlos y el Carlos, Edgar y el Edgar, Esteban, miraba las facciones de cada uno, los labios, la piel, los músculos y me decía: Hazlo, mátalos, delante de Reinaldo, delante de Amanda. Diles quién eres, muéstrales al fin una verdad.

Pero no, las fiestas continuaban. Por alguna razón, nadie se resistía y el nuevo Lorenzo y yo nos convertíamos en foco de atención, bellos, jóvenes, maricones o ambiguos, víctima y victimario, deambulando entre los verdaderos invitados, comiendo poco, bebiendo mucho, escapando al lavabo para administrarnos las ocasionales rayas. Entonces, el joven empezaba a flaquear. «Llevas una vida maravillosa, conoces a todo el mundo, todos te quieren.» Sí, chico, todos menos tú. «No, no me malinterpretes, yo también te quiero a mi manera.» ¿Y cuál es tu manera? «El aprecio, me gusta tu compañía, que no eres como los demás.» Sí, en eso tienes razón. Conmigo te sucederán cosas muy distintas. «Yo, es que estoy enamorado de otra persona.» Siempre igual. No te preocupes, yo también. «¿Y cómo es? ¿Cómo se llama? ¿Es Reinaldo?» No, no es Reinaldo. Es alguien, a veces un recuerdo. Y callaba. Al verme así, atrapado en mis recuerdos, se acercaban y venía el primer beso. En ese segundo de intercambio, descubrían algo de mí. No sé si mis labios, o algo que esconde mi lengua, pero el hechizo era casi inmediato. Retrocedían, un instante, mientras mis pupilas se dilataban hipnóticas y volvían a besarme. Pronto sentían mis hombros, palpaban la fuerza de mi espalda, abrían la camisa y florecían mis tetas, lisas, planas, extensas. A la mañana siguiente revisaba sus objetos mientras el Lorenzo dormía, en otros casos mientras moría. Algunos roncaban, otros recibían la caricia de la mañana. La mayoría vivía, o dormía, rodeados de tantos recuerdos: las más recientes vacaciones de verano, con los amigos estivales, un probable novio, una amiga desesperada en busca de uno, juntos bajo una sonriente felicidad, fotos, libros, una bolsa de alguna tienda cara, queriendo decir que el joven era empleado de la misma o un cliente distinguido. A veces, ambos significados eran la misma persona. Recogía estos trozos de escenografía, como si fuera una larva seleccionando la mejor madera. Quería llevarme de ellos, de todos ellos, el trozo más fidedigno de sus atmósferas. Creyendo así que en el futuro sabría atraparlas mejor, iluso de mí. Aquellos que murieron debieron desear castigarme en el purgatorio de los injustos. Porque al dejarles, sin ni siquiera las huellas de sus recuerdos, sabían que nunca jamás regresaría esas huellas a sus ámbitos. Las llevaba conmigo para un largo camino.

Me duchaba en casa. Reinaldo me miraba entre sueños y con sólo cruzarnos, en silencio, yo sabía que él sabía que yo sabía. Y al mismo tiempo, ese silencio, nuevo cruce de miradas, me estrechaba en su red. Teníamos más de un secreto, cuando éramos el tipo de persona que no soportaría compartir ni tan sólo uno.

En el Teatro Nacional, la noche de la gran fiesta, Reinaldo vino hacia mí con un aspecto feroz.

—Nueva presa y el mismo esmoquin. ¿Cómo hago para saber si los gemelos que le has dado no son míos?

—No lo son y punto. Amanda también me ha regalado gemelos.

La función empezó. Era una especie de prolongado divertimento compuesto de varias obras, varias canciones y una sinfonía que según Amanda «ejemplificaban el espíritu de Reinaldo Naranjo, las cosas que le emocionan, las frases que alimentan su creación, las melodías que le impulsan a trascender nuestra realidad y ofrecernos sus hermosas creaciones». Reconozco que la prosa era mía y que acepté, vigilado por las orquídeas, que Amanda firmara. Rosana Alfonso interpretó dos monólogos de Blanche Dubouis y la desgarradora escena final cuando confiesa que «siempre ha dependido de la bondad de los extraños». Elena Marqués leyó unos poemas de T. S. Elliot y también el primer párrafo de *Doña Bárbara*: «Una barca cruza.» Eglantina Ibarra, en un sobrio traje negro con gran lazo verde oscuro de Reinaldo, presentó a la Orquesta Simón Bolívar que interpretaría trozos escogidos del *Réquiem* de Faure, *L´après-midi d´un faune* de Debussy y dos valses de Teresa Carreño. El universo cultural de Reinaldo quedaba plasmado para la posteridad y salvaguardado en los parámetros nacionales de lo correcto.

Durante todo el proceso, el pesado telón de terciopelo rojo del Teatro Nacional fue desempolvando imágenes en mi cerebro. Las imágenes que han construido este libro.

Y me revolcaba en mi butaca sintiendo que todo ese mundo era mío y que, sin darme cuenta, Reinaldo y Amanda lo habían robado. Que el homenaje no llevaba mi nombre, que seguía siendo esa persona agraciada por la naturaleza sin nada importante que legar cuando esa belleza huyera de mí. El Lorenzo de turno me preguntó si me sentía mal y dije que sí, que deseaba irme. Vi terror en sus ojos: ¡Perderse la cena donde media ciudad se abalanzaría sobre Reinaldo y tantas oportunidades de destacar estarían servidas igual que los manjares del buffet!

—¿Quieres... quieres que te acompañe? —preguntó sin ninguna sinceridad.

—No hace falta. Conozco el camino de salida —respondí muy Bette Davis.

Me levanté entre el aplauso atronador. Reinaldo Naranjo salió al escenario a recoger un impresionante ramo de flores blancas. Amanda, María Teresa, Eglantina, Luisa, sus santas vestales, le aplaudían y besaban. La puerta del teatro se mantuvo cerrada. No podía huir como deseaba. Y la ovación, tempestuosa, tributada a Reinaldo, me pilló entre las columnas del teatro y vigilado por las avecillas. Empecé a aplaudir como si de verdad tuviera ortigas en mis manos y toda mi sangre fuera aspirada por la inmensidad del telón de terciopelo. Una y otra vez el telón caía ocultando el cuadro compuesto por Reinaldo, sus flores y sus hadas reales. Reinaldo aparecía de nuevo, sosteniendo el ramo como si fuera la Fonteyn y Nureyev unidos en una sola persona. Y volvía a caer el telón. Y volvía a saludar. Y volvía a caer. Hasta que el esmoquin y sus gemelos de zafiro y los botones de rubíes de su pechera tomaron todos el colorido escarlata de mi confusión, celos y odio.

El vestíbulo del teatro era un hervidero de emociones. ¡Pero no es un actor, no es un bailarín, no es un autor! ¡No es nada, tan sólo un cronista social devenido en diseñador!, quería decir. Necesitaba aullar que tocábamos fondo, que estábamos celebrando la gran farsa en la que nos habíamos convertido. Si Alfredo me hubiera visto, mi mirada cargada de odio entre la gente por la que tanto luché para conocer, me habría incitado a tomar la mejor decisión de mi vida: asumir mi condición de mensajero de la violencia, de la destrucción y asesinarlos a todos con una ráfaga de pólvora y razón. El mármol del suelo me reflejaba disfrazado en un esmoquin que no era mío a pesar de sentarme perfectamente. Mi pelo, que fue ensortijado, ahora era un casco colocado de una manera cursi. Mis gestos, esa belleza que sedujo a Lorenzo a los veinte años, había tomado una rigidez, un cúmulo de mecanismos que se accionaban siempre en la misma dirección: la de la falsa gratitud, la incómoda sonrisa que pretende ser agradable.

Esteban, el nuevo Lorenzo, vino hacia mí. Quería saber cómo me sentía. No le dije nada. Amanda se acercaba, sosteniendo de un brazo a la señora Ibarra, que apenas podía moverse. Creí que en realidad las dos mujeres tendrían la misma edad, casi ciento veinte años, y sin embargo Amanda parecía la eterna heredera. Me pareció al fin verlo claro: la señora Ibarra era una mortal, condenada a envejecer en su caserón rodeado de ranchitos, Amanda no era real, era, en efecto, un vampiro.

Salí a la calle. El Teatro Nacional se ha quedado perdido en Caracas. La ciudad, que es la gran vampira, ha crecido en su entorno y lo ha aislado. Lo que antes era un maravilloso *foyer* al aire libre, es ahora como una balaustrada por encima del caos, los autobuses sin pintar, las fritangas que venden los limosneros, las muñecas de cartón junto a las estampitas milagrosas, el vendedor de raspados (esos divinos cucuruchos de hielo bañados por jarabes de colores) solitario delante del cubo de hielo que espera ser picado. Y un grupo de avecillas, mal vestidas, jóvenes, sonrientes, esperando a alguien que, de cualquier forma, a cualquier precio, les ayudara a acercarse al interior de esa nave de cúpula dorada, sillones de terciopelo, donde un país se jactaba de celebrar un paria.

—¿Quieres entrar? —le dije a un chico, moreno, de ojos verdes, muy Mengele, un pantalón negro de camarero, zapatos gastados, calcetines blancos, chaqueta azul marino.

—Me encantaría —dijo. Volví a mirarlo, recordé que pronto, en enero, cumpliría treinta y cinco años y que siempre sospeché que ésa sería la fecha en que mis dones me abandonarían y en la que yo también debería desaparecer. Este joven empezó a sonreírme, los dientes impecables, grandes, blanquísimos. Otro de los secretos de Latinoamérica: podemos morirnos de hambre, pero siempre conservaremos una dentadura impecable.

—¿Cuántos años tienes? —pregunté.

—Veintitrés años. Me llamo... —dijo. No le escuché bien. Esteban había salido a la balaustrada y quería hablarme. Tomé mi invitación a la cena, en la planta alta del teatro, y se la entregué al joven.

—¿Sabes qué es, no?

El chico meneó la cabeza.

—Una fiesta. Un evento. Diles que vas de mi parte. Mi nombre es Julio. Julio González.

El joven sonrío.

—Yo quiero entrar contigo y después... —empezó a decir.

—No. No hay después. Esta noche tengo que perdonar una vida —dije grandilocuente.

El chico estuvo un rato mirándome. Esteban empezó a bajar la escalera.

—Anda, entra de una vez. Comerás *roast beef* —ordené al chico.

Y entró. Esteban intentó abrazarme por la cintura, me separé molesto.

—¿No vamos a subir a la cena? —preguntó, acentuando su preocupación.

—Me apetece drogarme. Me apetece pasar un momento por casa y esnifarme unas cuantas rayas.

—Julio, yo...

—No, si no quieres venir, no vengas. Regresaré en un cuarto de hora. Iré a casa de Reinaldo, es aquí cerca —empecé a andar mientras que él, pobre, con su esmoquin prestado, su rostro de avecilla con nariz de boxeador, se mantuvo al pie de la escalera.

—Quiero ir contigo —exclamó. Cursi, cursi, las avecillas son siempre cursis.

—Bien —hice con un gesto, delante de una tienda de bragas y calzoncillos—. Ven si así lo quieres.

El edificio le impresionó un poco.

—¡¿Ésta es la casa de Reinaldo Naranjo?!

—Sí, cariño, estos maravillosos edificios de Villanueva, construidos como viviendas populares y que alteraron todo el mapa de Caracas. Para levantarlos, esa triste barriada de El Silencio, hogar de prostitutas y vagabundos, cayó entera ante el peso de las aplanadoras y Villanueva construyó su ciudad ideal, compuesta de estos bloques con grandes patios internos y pisos, como el de Reinaldo, de cuatrocientos metros cuadrados. El tiempo que es cruel (pequeña avecilla, estuve tentado a decir) se encargó de que esos fantásticos pisos fueran habitados por las mismas prostitutas y vagabundos que huyeron ante el desarrollo. La ciudad, en su perenne movilización hacia el este, abandonó el sitio a su suerte y pronto los jardines de inspiración andaluza se convirtieron en territorios salvajes, harén de cucarachas, hasta que después del Caracazo Reinaldo inició una movilización para el rescate de su bloque y consiguió, al menos, que su edificio contara con bromelias, nardos e incluso una orquídea regalo de Amanda y, esta noche precisamente, un sembradío parecido a la vainilla.

Hojas de vainilla, silbidos de la muerte.

Entramos al viejo ascensor. Esteban se arregló en el espejo.

—Bonito homenaje, ¿verdad? —le dije.

—Sí, sí y además muy merecido. En Venezuela necesitamos más personas como Reinaldo.

Asentí con una falsa sonrisa.

—¿Vas a meterte mucha? —preguntó.

—Sí. Me apetece un gramo —le respondí.

Ya en el piso, dejé que el lenguaje secreto de las atmósferas empezara a seducirle. En la oscuridad, el cristal de las ventanas brillaba y mostraba un trozo del parque de El Calvario y del Arco de la Federación, permanentemente iluminados por la luna del Caribe. Una manga de la montaña, la más Balenciaga, como decía Reinaldo, también disfrutaba del baño lunar. A medida que sus ojos se acostumbraban a vislumbrar, los objetos colocados en el borde de esas ventanas mostraban su belleza. Esteban iba descubriendo la fastuosa colección de objetos de cristal, grandes ceniceros, fuentes, figuras, jarrones, bolas venecianas, inglesas, con firmas, sin firmas. Estuve tentado a decirle un comentario de Amanda: «Nunca permitas que tu alma femenina se deje tentar por el universo del cristal, porque será tu perdición. Cuando adquieras uno, ya no podrás parar y te verás rodeado de la mayor cantidad de bibelots cristalizados que Dios pueda imaginar.» Reinaldo había caído en la trampa y la noche del homenaje sus objetos, armonizados por la oscuridad, le rendían plena alabanza.

—Es precioso —dijo la avecilla.

Sí, imbécil. Y mucho más que hermoso, es una trampa. Tu trampa.

Me gusta repetir exactamente cada uno de mis crímenes. ¿Lo he dicho antes? Tengo la certeza que si los cumplo exactamente como un ritual, y como cada ritual, respetando cada uno de sus pasos y reglas, nadie nunca podrá descubrirme. Aunque descubrirme no es la palabra exacta. No mato para establecer un récord, ni tampoco para conseguir notoriedad. Mato por absurdo, por creer que cualquier cosa de la que vaya a enamorarme estará destinada a perecer. Pero también, en realidad, sólo he matado una sola vez por amor. Los chicos que pueblan la casa de juegos, los que descansan bajo el ciervo, han sido excusas para seguir viviendo. Son, si se quiere, las pruebas de mi talento. Esteban, esta última presa, desnudándose lentamente en el sofá de Reinaldo, mientras administro raya tras raya de cocaína, no es un amor. Cuando termine de quitarse la camisa, su ancha espalda y esos músculos de gimnasio serán acariciados por la oscuridad igual que el cristal. Y la mezcla de ideas, el gimnasio, el cristal, la oscuridad, me provocan cierta náusea. El asco por todos estos valores maricones que han empezado a rodearme... por todos estos hombres, las avecillas, con su obsesión por los abdominales y los pectorales y al mismo tiempo entregados a este escalar socialmente, este encontrarse de cerca a Amanda, la Ibarra, la otra y la otra y tener que pagar el precio de besar a Reinaldo, saludarle, mimarle, cuando ellos, con sus bellezas, son un poder. Será porque no tienen cerebro, me pregunto. No, lo tienen. Leen, o hacen como que leen. Discuten sobre diseñadores y tendencias y perfumes. En el fondo, siempre confunden la década de los cincuenta con la de los cuarenta. Creen sencillamente que Ava Gardner hizo una película con Marilyn, y salir de su ignominia les da completamente igual.

La belleza es un crimen en sí misma. ¡Qué bien lo había entendido en el estudio de Ernestino Vogás! ¡Cuánto la necesitaba ese grotesco personaje de infinito talento y traumática vida! Y de usarla, de forjarla, terminó por hacerse adicto y requería de Alejandro esos favores que terminó pagando con su propia vida, olvidado en medio de su pestilencia, tan sólo acompañado por su silla de ruedas.

¿No dije, en aquel entonces, que tendría que matar la belleza para hacerla todavía más mía? Ángel de destrucción, peligro envuelto en vainilla. Ahora es tu turno, Esteban, Carlos, Arturo, como te llames. Sólo importa que seas hombre, que seas bello y que persigas la nada desde tus ojos verdes. Y me adentro en este pensamiento, mientras veo cómo dobla la camisa en el brazo del sofá de terciopelo, y desliza el cinturón por su pantalón. Le acerco otra raya y me pregunta si no será demasiado. Le digo que no, que podemos jugar un rato y luego volver a la fiesta. Me pregunta si notarán nuestra ausencia. A ti, monada, seguro que sí. Yo, soy otro caso. Se acerca a mí para aspirar y deslizo mi mano por su espalda. Buen gimnasio, comento. «Sí, es el Gym Center», dice él, como si estuviera descubriéndome una cosecha irrepetible. Volvemos a hablar de los años cincuenta y me escucho a mí mismo explicándole cómo era la tienda de Dior en Caracas y quiénes fueron los primeros clientes. ¿Es posible que esto le interese? ¿Es posible que yo mismo esté hablando como si fuera Reinaldo? Esteban asiente, se aproxima a mí, esta vez dejando caer el pantalón. Bonitas piernas, largas, con los fémures bien formados, una buena tabla de *surf* que se mueve al andar. ¿Lo decía Lorenzo? Sí, era una frase suya. Una maravillosa frase suya, joder. Lorenzo, te he matado en falso. Me he equivocado, lo hice por codicia, por hacer un gesto, por creer que era algo que me garantizaría una explicación en la vida. Me equivoqué, es tarde ahora, pero es la verdad. Podríamos haber continuado juntos. Estar ahora en esta casa, viéndonos las arrugas, riéndonos en la mañana sobre el disparate de país que vivimos. Planeando un viaje, disfrutando de Amanda. Y no esto, este esperar a que unas piernas fuertes se acerquen a mí entre la niebla del Caribe, bajo la oscuridad del cristal.

—Has dicho Lorenzo —me dijo Esteban, completamente desnudo, su polla morcillona, los largos dedos de sus pies devolviéndome a la realidad—. ¿Quién es Lorenzo? —preguntó.

—Tú, tú eres Lorenzo.

Lo atraje hacia mí. Él se dejó. Abría los labios como esperando el beso. Yo me quité la camisa, sosteniéndola en una mano. Lo apreté contra mí. Eran tetas de gimnasio, a diferencia de las mías que son trabajadas desde hace casi veinte años y tienen ahora ese toque de madurez, de auténtica virilidad. Esto lo hizo estremecer. Le acerqué otra raya con mi mano libre.

—Coño, Julio, nunca pensé que fueras tan...

—¿Tan qué?

—Tan macho. Tocarte... es como tocar a un hombre.

Sonreí. Y deslicé la camisa por su espalda, acariciando su cintura. Pasé una mano por sus nalgas. Sí, el Gym Center era famoso por tener buenos aparatos para glúteos. Empezó a quitarme los pantalones. Con mis ojos cerrados, vi otra vez el telón rojo del Teatro Nacional descendiendo sobre Reinaldo y sus hadas y sus flores. Los abrí y él ya me había desnudado, lanzando mis calcetines hacia el fondo del salón.

—Deslízate, lentamente, sobre mí —le pedí.

Él lo hizo. Poseía unos labios hermosos, los sentí sobre mis pechos, en la mitad del estómago, en el ombligo. Y era perra y sabia, pues tomó mis testículos entre sus dedos antes de abalanzarse y tragarse mi polla.

Cogí su camisa. Suavemente, sin sobresaltarle, me incliné y empecé a anudar sus manos con ella. Él levantó los ojos y encontró mi sonrisa y algo totalmente franco en mi mirada. Como esa anécdota del rodaje de *La Reina Cristina* cuando Milestone, el director, le dijo a la Garbo: «Sólo piensa en nada.» Eso decían mis ojos, nada, no sucede nada, no pasa nada. Tomé su rostro en mis manos, lo separé de mi miembro y lo bese. Sabía a mí, un aliento espeso, brumoso. Le excitó aún mas, puta, ya me lo imaginaba. Ofrecí una nueva raya y silenciando sus labios con mis dedos conseguí que me dejara hacer sin más explicaciones. Até sus piernas con mi camisa. Luego, lamerle el cuerpo, pies, tobillos, talones, gemelos, rodillas, esas fuertes piernas de futbolista, el culo, regodeándome en no entrar en él aún. La espalda, los dorsales, la nuca y el cuello y de nuevo otro beso prolongado. Él me preguntó si me dejaría atar. No, amor mío, no podría tocarte. Una raya más, para silenciar futuras preguntas.

—Quiero que me hagas de todo —me dijo, mirándome como si fuera un animal mutante, sin manos, sin piernas. Sólo una boca, un culo, un miembro, los ojos esperando a dejar de mirar.

Lo penetré. De un golpe. Directo al estómago. Al poco de interior que tuviera. Al centro mismo del alma. Fuera. Y otra vez dentro. Hasta que aullara. Aúllo y su cuerpo se estremeció. Todo atado era un imbécil. Reducido. Empecé a bombearle. Poco a poco recorrieron la habitación todos esos fantasmas, los que descansan con sus ojos abiertos en mi casa de juegos. «Eres la violencia. Tú eres la guerrilla.» El gesto de Amanda aplaudiendo a Gloria Gaynor en la noche del City Hall. Y cae el telón, rojo, encendido, Reinaldo detrás sosteniendo un ramo de flores que no le pertenece. Cae el telón, lento, como el mercurio dentro del termómetro, el terciopelo balanceándose sobre nuestras cabezas, aplastante, demoledor, final.

Regreso al salón de Reinaldo, a esta oscuridad y a los gritos desgarrados de Esteban. Siento su carne rota, harta de luchar contra mi miembro y continúo oradándole. Sigo y sigo como si él ya estuviera muerto, pero su grito me demuestra lo contrario. Deslizo mis manos sobre su espalda, cada vértebra moviéndose en rebeldía. Asciendo entre ellas, con el deseo de quebrarlas. Llego a la nuca. Lorenzo, siento tu aliento, la suavidad de tus cabellos, tu mirada tan dulce. Y estoy en la nuca, Esteban, y la beso, como si fuera tierra bendita. Débilmente me pides que te deje ir. «Déjame ir, déjame ir.» No, no puedes irte. Eso es lo último que se pide en el amor.

Aprieto mis manos, entierro mi miembro, su cuello se levanta y sus ojos intentan buscarme. En un instante parto su cuello.

El cuerpo se sostiene como hojas movidas por el viento y muerde mi miembro y su violencia. Como un apretón de manos, una puerta que se cierra sobre mis centímetros de carne. Las rodillas se vencen.

Cada objeto, ceniceros, jarrones, estatuas, bolas de cristal recuperan su luz en la oscuridad y el silencio. La atmósfera que viene a rescatarme. Extraigo mi miembro. Y descubro a Reinaldo, horrorizado, en el umbral.

Cualquier gesto, dentro de esos instantes inmediatos al crimen, es peligroso. Recorro, entonces, mi cuerpo una vez más y cada gota de sudor desea aprisionarse en mi piel, bajo mis músculos. El gesto seducirá a Reinaldo al mismo tiempo que incrementará su horror. Voy hacia la cocaína, me hago una raya y de pronto, muy rápidamente, decido hacer tres. Aspiro, miro el cadáver y enfrento a Reinaldo.

—No te acerques. ¿Qué has hecho? ¿Quién es él? —pregunta Reinaldo aterrorizado. Las palabras se confunden en sus labios abiertos.

Me gustaría avanzar hacia él con un monólogo, lento, como gran actor. Hamlet tropical.

—En el crimen, cuando asesinas, Reinaldo, lo único que respetas son los objetos. Testigos silenciosos, acompañantes fieles. Ya lo sabes, lo has oído tantas veces. El amor no existe, lo que perdura es el espacio, el sitio donde lo has encontrado.

Estoy a su lado. No hay rastro de sangre en mi cuerpo desnudo, cubro mi miembro, lo toco. Reinaldo aparta la mirada, aterrado, asqueado.

—He llegado muy lejos —continúo— porque he empezado a odiarte. He estado demasiado cerca de ti, me he dejado llevar por tus palabras, tu cultura, tus objetos, tus historias. He dejado que me ames, he caído en tus redes, hemos convertido esta casa en un teatro de emociones. Y en el ínterin, te has vuelto alguien y yo me he convertido en marioneta.

Algo se enciende en sus ojos. Miedo, una idea. Estrello el grueso cenicero en su frente. Cae al suelo. Es cuestión de segundos. El horror ha sido explicado, las razones están claras. Ya sabes por qué mato, Reinaldo. Ya sabes por qué eres tú el siguiente. La herida es perfecta, en pleno cráneo, la sangre brota. Voy hacia mi habitación. Oscuridad, mi cuerpo de nuevo acariciado por las sombras. En mi mochila descansa el cuchillo. Limpio. En su escondite. Regreso al salón y Reinaldo se mueve como una serpiente en el suelo, buscando algo, un arma, una defensa. Le queda poco tiempo. Me mira, implora.

—A mí no, Julio, a mí no me mates.

Pero entierro el cuchillo en una pierna, chorro de sangre, dolor agudo, un grito. Le doy una patada en la boca, se la destrozo, atravieso una mejilla con el cuchillo. Se lleva las manos a la nueva herida y éstas también reciben una cuchillada. Corto una vena en sus muñecas. Hundo el cuchillo entre la unión del brazo con el antebrazo, como si fuera un muslo de pollo que requiere ser cercenado. Dolor, los gritos son imposibles, nueva patada en la boca. Lo desnudo, quiero reducirlo a un cadáver espantoso. Y reconozco, que de cualquier manera lo será, pues ya era espantoso en vida.

—Julio, soy Reinaldo. Soy Reinaldo Naranjo —dice mientras escupe sangre. Otra pierna acuchillada, y entonces la espalda, las nalgas, dentro de ellas. Dolor, dolor, como si estuviera volviéndome loco y me esforzara en destruirlo todo. Te desprecio, te has apoderado de mis ideas, me has dejado tirado, te han dado un homenaje y no me has nombrado, hijo de puta. No me has nombrado. Y lo digo, en voz alta, como el grito que explica la locura y me hace atravesarte el cuello. Tus ojos de mierda se inyectan de sangre, y llevo la hoja, el cuchillo hacia ellos y allí lo entierro, izquierdo, derecho, hasta convertirlos en una fosa vacía. No me mirarás, no serás igual que mis otros cadáveres, no tendrás nada que decirme.

—¡Reinaldo! —escucho.

Amanda se inclina de inmediato sobre el cuerpo de Reinaldo. Esteban se desploma y yo retrocedo unos pasos, hacia una esquina. Los miro y atrapo la atmósfera que recordaré.

—No digas nada, Amanda. No toques nada —Ella se separa totalmente del cadáver de Reinaldo—. Ahora mírame. Estoy en tus manos. Ayúdame, Amanda. Ayúdame.

El amanecer rompió a través de los cristales. Luz azul, helada, como aliento de los muertos. Está aquí, Amanda. Una vez más, los muertos nos acercan.

—Lo siento, Amanda, Reinaldo me había atrapado.

—Límpiate, vístete, estás conmigo —dijo ella.

Desaté a Esteban y recogí mi ropa. Tomé el arma y lo guardé todo en la mochila. Amanda observaba y, de pronto, en sus ojos brotaron las lágrimas.

—Dímelo, ¿qué estoy haciendo? —preguntó.

—Continuar... continuar la rueda del amor.

—¿Significa que es mi turno? ¿Significa que ahora me matarás?

—¿Por qué estás aquí?

De pronto, no tenía palabras. La lógica avanzaba en la escena, lentamente, como el insomnio, dejándote a oscuras con la mente clara. Estaba ocurriendo lo peor. Amanda era el testigo, podía denunciarme. Y no tenía ya fuerzas para matarla. Ni tampoco deseo. ¡Dime de una vez que eres mi madre! ¡Dime quién es mi padre! Pero no fueron estas las palabras que salieron de mi boca.

—Ahora tengo frío. Ahora, sólo te tengo a ti, Amanda.

Me arrodillé ante ella y empecé a llorar. Estaba en su poder.

—¿Merecía Reinaldo esta muerte, Julio? —preguntó Amanda.

—Yo lo hice, no te das cuenta. Yo le di la idea del Miss Venezuela. Yo le devolví la vida.

Amanda se inclinó y me levantó. El día se abrió paso en la habitación y entre los cuerpos.

—Antes de entregarme, Amanda, llévame a pasear. Quiero ver Caracas bajo esta luz.

—No te entregaré, Julio. No tengo fuerzas para hacerlo. No sabría qué hacer sin ti.

Cruzamos el jardín interior en silencio. Amanda delante, con su traje de noche, creación de Reinaldo, en *chiffon* negro y con una amplia estola púrpura. Benedictina del crimen. Yo detrás, el pecho desnudo, los pantalones mojados por el rocío. Las uñas dantas recibiendo las gotas tempraneras y afilando, en nuestra presencia, sus indómitas púas. El sonido de la gravilla, reteniendo nuestras presencias. Y de nuevo, el pequeño sembradío, bajo un enorme árbol de caucho, la flor y la esencia de la vainilla abriéndose al día.

En la calle, la sorpresa es mayúscula. Si antes, en la noche, todo era miedo y oscuridad, ahora un gigantesco tanque militar asciende por la avenida seguido de otro y de otro. Retiro a Amanda hacia las columnas que forman el bulevar de El Silencio y ella se queda allí, mirando hacia las milicias que surgen desde todas las esquinas. Escuchamos una ráfaga y hombres que se echan al suelo. Un militar empieza a disparar a mansalva, mientras protejo a Amanda con mis manos. «¡Muerte a los corruptos! ¡Muerte a Carlos Andrés!», grita volviendo a disparar. Otro militar apunta y lo fulmina. Alguien sale de una tienda y entra en el fuego cruzado. También cae.

—¿Quiénes sois vosotros? —pregunta un encapuchado. Amanda lo mira furiosa.

—Estáis matando a gente inocente.

—Cállese, señora, porque puede ser la próxima.

—Hazlo, mequetrefe, dispárame ahora si eres capaz.

Y el hombre la mira y apunte con su rifle. Amanda mantiene fija su mirada. —Déjalos. Vamos hacia el Palacio Presidencial —exclama otro.

El hombre se aleja, mirándonos con odio. Más arriba, se escuchan gritos.

—Es una mujer, están violándola —dice Amanda.

—Amanda, tenemos que huir. Es un golpe de Estado.

En su mirada leo la palabra cobarde. Quiero que el telón rojo caiga desde el cielo para enviarnos a otra parte.

Desde la altura de Cota Mil, a las faldas del Ávila, observo los tanques subiendo por otra avenida, las personas asomándose a las ventana tanto de los ranchitos como de los edificios. Siento el olor de la pólvora y quiero llevármelo a cualquier sitio donde el destino me arroje.

—Amanda, necesito mostrarte algo. Llévame a la cinemateca.

Una bomba estalla en el valle de Caracas. Una gran columna de humo negro se yergue detrás. Sigo mirándola, suplicándole y Amanda gira en dirección a la cinemateca. No nos detiene nadie, la autopista a las orillas del río Guaire permanece vacía. La radio sólo emite música clásica. *Cascanueces*, por supuesto, «El vals de las flores», mi favorito. Siempre lo he considerado tan moderno, como si fuera un *single* de su época.

En la puerta de la cinemateca un enorme tanque nos detiene. Nos ordenan identificarnos.

—Soy Amanda Bustamante y voy hacia el museo, quiero estar presente y saber qué pasa.

—Señora Bustamante, es preferible que no se acerque a la zona. Uno de los primeros comandos rebeldes ha tomado el Parque de los Caobos como centro de operaciones.

—Y la cinemateca, ¿está protegida?

—No podemos proteger nada en este momento, señora. Ni siquiera nuestras vidas.

Amanda deja el coche encendido. Lo apago y salgo tras ella. Veo otra columna de humo surgiendo desde el centro mismo de mi mundo de gravilla, desde mi casa de juegos. Amanda se cubre la boca con las manos protegiéndose de los gases.

—Las serpientes, Julio, míralas. Muertas.

En efecto, las serpientes misteriosas que cohabitaban junto a mí yacían sobre una mezcla insólita de hojas, gravilla, cascos de metralla, celuloide quemado y cuerpos humanos. Mis cuerpos humanos, mis víctimas, expuestas por fin a la luz del sol y confundiendo su putrefacción con la sangre todavía fresca de otros hombres y los reptiles.

Amanda intenta avanzar. Un oficial la detiene.

—Soy miembro de la cinemateca —digo, delante del oficial de la ley que nunca podría alcanzarme—. Queremos saber qué ha sucedido con las películas.

—Las películas, en su mayoría, se han quemado durante el combate —dice el hombre—. No hay mayores daños en el museo, señora Bustamante, pero las fuerzas rebeldes aún no están controladas y este sitio es uno de los más peligrosos de la ciudad. Y no hay protección para ofrecerles. Deberían desalojar este área inmediatamente —recomienda con esa frialdad técnica de la policía.

Desalojar el escenario de mis crímenes, ahora convertido en polvorín de una guerra civil. El golpe de Estado, milagrosamente, aniquila el olor de la carne podrida.

Entre esos cuerpos veo al oso polar, el héroe de mi infancia, disecado, inmaculadamente blanco, arrojado a este enjambre de carne y peligrosa fauna.

—Vamos de aquí, Julio. ¿O acaso te queda algo por mostrarme?

—No, Amanda. Ya nada de esto me pertenece.

SEGUNDA PARTE

MADRID

XII

La metralla sobrevolando

Clara abrió la puerta de mi habitación. Miré el reloj, eran las seis de la tarde y tuve la sensación de que había dormido una semana entera. Ella avanzó hacia mi cama sujetando con gran pericia la bandeja de la comida. La ceguera de Clara le aporta una elegancia que no puede traducirse. Es algo secreto, íntimo. Como una gran dignataria africana. Dejó lo que traía y permaneció un rato delante de mí.

—¿Y Amanda?

—La señora pensó que debía despertarle. Lleva durmiendo desde esta mañana y estamos en un golpe de Estado.

—¿Todavía?

—¿No escucha los aviones? —dijo con molestia—. Llevan volando toda la mañana. Han intentado asesinar al presidente y éste se ha escondido en un búnker. En la televisión han anunciado un combate aéreo. ¡Cómo si estuviéramos celebrando el cumpleaños a las Fuerzas Armadas!

Miré la habitación. Era otra, no la del padre. ¿O la habían cambiado en mi ausencia? Verde menta, la cama muy amplia, blanca, coronada por un cuadro de Ernestino Vogás, otro, en vez de un canaima glorificado, una especie de fiesta pastoral con sus modelos negros de grandes músculos y miembros gigantescos. La moqueta siempre blanca. Una *chaise longue* de terciopelo marrón cubierta de *kielhs* y cojines de barroco colorido, delante de las puertas que daban al jardín. Clara las abrió.

Me di cuenta que iba desnudo. Clara alcanzó un albornoz y me pregunté si pertenecería a Papá Bustamante. El ensordecedor ruido de los aviones me hizo parpadear y volví a pensar en esa perenne belleza que surge cuando la tragedia se desencadena.

—¿Qué día es hoy? —pregunté, creyendo aún que había dormido una semana entera.

—Es 27 de noviembre, señor González, igual que esta mañana cuando usted y la señora Amanda entraron a casa.

Un golpe de Estado. De pronto recordé la huida de casa de Reinaldo. Todo un día bajo el manto de la violencia. Como en otras de mis muertes, sobrevenían grandes catástrofes o celebraciones.

—Es el final, señor González. Se lo digo yo que he visto y dejado de ver. Esto es el final.

Un ruido aún más fuerte estalló sobre nosotros. Dos aviones chocaron entre ellos creando una violenta bola de fuego. Trozos de metal caían cerca de la piscina. Cientos de gritos surgieron desde todas las esquinas del barrio. Clara se echó al suelo y empezó a orar. Amanda salió al jardín, perfectamente vestida de negro. Viuda delante de la guerra.

—¡Señora Amanda, este país se lo llevó el demonio! —gritó Clara.

—Cálmate ahora, Clara. Regresa a la cocina y ponte a salvo.

—Son como cohetes, señora Amanda. Yo le tengo mucho miedo a los cohetes, señora Amanda.

—Entra a la cocina, Clara. Yo hablaré con Julio.

—Ya me lo había dicho el señor Bustamante, anteanoche, en sueños... Vino a este jardín y estuvo mirando hacia el cielo. Y yo salí, a buscarle, a darle un poco de café. Y él me dijo: «Primero vendrá la metralla, Clara. Y el fuego traerá la oscuridad, la oscuridad... objetos que se quiebran y nadie puede recoger. Ni siquiera tú, que ves entre las sombras. Y se abrirán nuevas heridas y al final sólo habrá silencio.»

Amanda miraba el césped. El traje negro era de un corte impecable. Nuevos aviones aparecieron en el cielo y paracaidistas, de rojo, empezaron a saltar desde ellos. Lo que era naranja y aluminio fue como un hechizo de sangre descendiendo hacia nosotros.

—Clara, por Dios, ve a descansar. Yo me ocuparé de Julio.

—Si este país se acaba, yo no tengo dónde ir, señora Amanda. No tengo dónde regresar. Mis familiares no me reconocerían.

Clara volvió a la cocina.

—He ido al entierro de Reinaldo —dijo escuetamente Amanda.

—Pero... ¿Hoy? ¿Tan pronto? —pregunté, desprevenido.

—El golpe de Estado lleva ya cuatrocientas víctimas no oficiales. Fue muy difícil conseguir una parcela en el cementerio.

—¿Has tenido tiempo y sangre fría para organizar un funeral? —pregunté.

—El ruido del ataque al palacio presidencial, tan cerca de casa de Reinaldo, despertó a los vecinos y alguien, al no recibir respuesta, rompió una de las ventanas y encontró la escena.

—¿Hablarás con la policía? —pregunté.

—Ya lo he hecho. Han venido aquí. Dije que acompañé personalmente a Reinaldo hasta su casa hacia las tres y cuarto de la mañana. Que no iba solo, sino que le dejé junto a un joven.

—No servirá de nada. El joven también estaba asesinado. Lo verán y empezarán a buscar al homicida.

Amanda me miró profundamente. Jugó con sus perlas un segundo. Volvió a mirarme. El ruido aéreo era insoportable hasta que de pronto hubo un espeluznante silencio. Como si todos los paracaídas hubieran descendido y todos los aviones se hubieran escondido entre las nubes.

—El entierro de Reinaldo ha sido esta tarde, a las cuatro. El cuerpo estaba tan destrozado que no podíamos esperar un día más. He llamado a Eglantina y a tantas otras como ella. Las mismas que ayer le festejaban y aplaudían han declinado ir al entierro. Sólo he estado yo. Y nadie más. Una lágrima que derramé, de coraje. Sé por qué no fueron: el golpe de Estado les viene muy bien como excusa. No estuvieron allí, igual que en el entierro de mi padre, por cobardes. Toda la capilla abarrotada de sus hipócritas flores y sólo yo, delante de su urna, cerrada. Como la de mi padre.

—Lo... lo siento, Amanda —dije sin pensar en segundas consecuencias.

—¿Quiero saber por qué lo mataste? —Hubo un silencio—. ¿Por qué lo mataste, Julio? —repitió con firmeza y tranquilidad. El frío de la clase. De la gran dama.

—Porque iba a olvidarme. Porque me había enamorado de él y le tengo miedo al amor. No quiero que me atrape nunca y por eso ajusto cuentas cuando creo que ha llegado el momento.

Amanda miró hacia su jardín. La noche iba cercándonos.

—Es mentira. Dijiste que te había robado tus ideas. Has matado muchas veces. Y nadie te ha apresado. Ahora lo entiendo. Te has aprovechado de la vergüenza y de la hipocresía.

No dije nada.

—Algunos de esos muertos me acercaron a ti, Amanda.

Ella seguía jugando con sus perlas.

—Lo he organizado todo para que te marches pasado mañana. Tiemblo de pensar que descubran algo en casa de Reinaldo y te detengan.

—¿Por qué te preocupas por mí? ¿Porque si me caigo puedo arrastrarte?

—No. Aunque lamente que me hayas privado de un gran amigo, entiendo lo que has hecho.

De nuevo estallaron sonidos en el espacio.

—Fue Reinaldo quien escribió el artículo sobre el Dalí. El propio Betancourt lo llamó y relató toda la cruel historia del curador y el suicidio de mi padre. Reinaldo accedió a publicar ese comentario confiando en las promesas de Betancourt de hacerle director del Instituto Nacional de Cultura.

—¿Hablaste de esto alguna vez con Reinaldo? —pregunté.

—Jamás. En esas largas horas que estuve delante del Dalí, decidiendo mi vida y construyendo mi leyenda, juré que eliminaría a todos los culpables de esta confabulación. Empezando por el mismo Betancourt. El curador murió a causa de una sobredosis en Estambul. Sólo faltaba Reinaldo.

—Pero, yo no sabía nada.

—Betancourt y su larga enfermedad. Los otros dos a causa de ellos mismos, de sus asquerosas debilidades.

—Reinaldo era tu amigo. Y entonces... sabías que yo lo mataría.

—Era alguien que me necesitaba. Por eso vivió cerca de mí. Hasta que llegaste tú y ajustaste cuentas con el amor.

—¿Y Ernestino y Alfredo? ¿Fueron amantes tuyos? ¿Cuál de ellos es mi padre, Amanda?

El sonido de un misil volvió a quebrar el aire y se escucharon los llantos de alguna vecina. Amanda me tomó de las manos.

—En todo caso tengo la confianza de que nadie sospechará de ti, siempre y cuando te muestres lo suficientemente compungido. No mucho. Con el golpe será muy difícil salir del país, porque impondrán toque de queda esta misma tarde a las ocho. Sin embargo, el avión de unos amigos mantiene su vuelo a Madrid sin alteraciones. Viajarás en representación de la cinemateca a una reunión ficticia de críticos.

—¿Madrid? —pregunté.

—Será tu exilio. Nadie querrá investigar la cruel muerte de Reinaldo y un pobre maricón, violado y estrangulado. Dirán, como mis amigas, que los maricones tienen esas muertes por ser homosexuales. El resto será olvidarte.

—Olvidarme. Me estás condenando a lo peor —dije.

Ella me miró fulminante.

—Te estoy ayudando, asesino. Porque creo en ti, porque siempre pensé que serías mi mejor obra. Y lo eres, continúas siéndolo. Pero ahora, sólo quiero pedirte un favor. A cambio de todo esto, has de encontrar a mi hijo. Yo te ayudaré: me iré contigo.

Entramos a su habitación. Amanda acarició el retrato —escondido entre el de Jaquelinne Kennedy y el de Fidel Castro— del joven con sandalias de pobre y rostro de huérfano. Clara apareció en el umbral, silente.

—Amanda te mintió. Ése no es su hijo, es el mío. Es Alfredo.

Las lágrimas la dominaron y se tiró en su cama, apretando fuertemente la colcha, emitiendo sonidos como un animal herido. El ruido del golpe de Estado aplastaba el de su llanto. Intenté ir hacia ella y el brazo de Clara me detuvo.

—Déjala llorar. Son muchos años guardando un secreto.
Amanda se giró hacia ella.

—Si hubieras estado allí, Clara, tú lo habrías cogido, lo
habrías hecho pasar por hijo tuyo y papá, al menos, te
habría creído.

Clara parpadeó con fuerza, como si de pronto hubiera
recuperado la visión.

—Usted me pidió que no la acompañara, señora
Amanda. Y yo no la acompañé.

—Quería llamarlo Mateo, Guillermo, Hugo. Cualquiera de los tres nombres estuvieron haciéndome compañía mientras caminaba delante del Edificio España y
de Torre Madrid, dos grandes inquisidoras, figuras de
poder que me instaban a retroceder y evitar mi destino.
Fui hasta el pie del monumento, un par de turistas ita-
lianos se agrupaban, posando para su foto. Me miraron
y sonrieron, como si yo fuera una imagen beatífica, sosteniendo mi moisés. El niño empezó a llorar y yo le acaricié el pelo, lo senté en mi regazo y le pedí perdón. Sólo
esa palabra. Perdón, Guillermo. Perdón, Hugo. Perdón,
Mateo. Y entonces dije ese nombre dos veces más,
Mateo, Mateo, lo escribí en un papel que metí entre las
ropas del crío y coloqué el moisés bajo Cervantes. Miré
hacia el Edificio España y vi la sombra de mi castigo
final.

Amanda estiró sus dedos en la manta blanca. Manchas
marrones, pecas de la edad incierta se manifestaban por
primera vez. El peinado se descomponía, el traje se arru-
gaba, el mentón orgulloso parecía desprenderse. Pero todo
resultaba perfecto, esta decadencia, la revelación de
Amanda Bustamante como un ser viejo cargado de mise-
rias. Un retrato tan emocionante y completo como los que
adornaban su mesa de noche.

—¿Quién... quién era el padre, Amanda? —pregunté
tras la larga pausa.

—Calla, Amanda, no respondas. No digas más —dijo Clara, eliminando por vez primera el señora.

Amanda detuvo su llanto.

—¿Por qué más tiempo, Clara? ¿De qué sirve seguir soportando órdenes? Papá se mató, Clara, y creyó que se llevaba consigo mis secretos, mis desgracias. Pero no fue así.

La casa retumbó fuertemente, por causa del derribo de un nuevo avión.

—No digas más, Amanda. Escucha ese ruido... Es el señor Bustamante, la casa se va a abrir, caerán las vigas. No hables más —rogó Clara.

Amanda fue hacia el ventanal que daba al jardín, abrió y pudimos escuchar el impresionante estruendo, otro grito de la misma vecina, el polvo de la metralla sobrevolándolo todo.

—Hablaré, Clara. Hablaré. Nunca dejé de ver ese amor que conocí en la playa de Macuto cuando era niña. Volví muchas veces, muchas noches, muchos años después, a buscarlo más allá del límite que marcaban las boyas del mar. Nadé profundamente, mucho más lejos de lo que hubiera creído en el espacio devastador del amor. Fui suya en esa playa y sentí cómo sus manos se parecían a las mías, cómo su piel me recordaba a mí misma, sólo que en otro color, más morena, la única diferencia entre nosotros. Su lengua sabía y se sentía igual a la mía. Sus ojos eran distintos, pero su mirada era la misma. ¿Lo entiendes? He amado a mi hermano, el hijo de mi padre y tu hijo, Clara. De mi misma carne engendré otra, nueva, nacida en mis entrañas.

—Calla, Amanda, por favor, calla —suplicaba Clara.

—No —gritó Amanda—. No quiero seguir cumpliendo órdenes, guardando un secreto... Todavía lo recuerdo. Fui hacia nuestra playa, a la hora convenida. Él llegó, desde el mar, nadando. Me desnudó e hicimos el amor. Me pidió que nadáramos de nuevo, como todas esas noches, para celebrar nuestro encuentro. Y entonces...

—No digas una palabra más, Amanda, por respeto a tu padre —rogó Clara.

—Entendí que no podría separarme de él. Protegidos por el mar. Aplastando nuestros cuerpos en la arena mansa.

—No sigas, Amanda.

—Tuve a mi hijo en esa playa, en Caraballeda. Lo expulsé con rabia, bajo la lluvia. Y lo acaricié, lo tuve cerca de mis labios. Y entre la espuma y el mar no hubiera costado nada empujarlo un poco más y dejar que el mar se lo llevara consigo.

—No, Amanda, para ya.

—Pero lo sostuve. Porque era tu nieto, Clara.

—Tu padre le llamó Alfredo, por *La Traviata*. Era nuestro hijo, Amanda. Tu padre fue el amor de mi vida. El señor, el amo, y para mí sencillamente Bustamante, como lo llamaba cada vez que estábamos juntos, bajo los chaguaramos y frente a ese mar donde tú jugabas, Amanda Bustamante. Y cuando te vi con ese chico, Alfredo, el fruto de mis secretos, mi hijo e hijo de tu padre, entendí que el destino disfruta en atraparnos, en anudarnos hasta el punto que al final nos vuelve uno.

Cientos de sirenas atravesaron la urbanización. Dos nuevos aviones sobrevolaron a cruel velocidad, el cristal del comedor se hizo añicos y dos porrones de orquídeas cayeron al suelo. La noche se extendió en el jardín y los conectores automáticos dispararon sus chorros de agua. Clara se aferró a su propio cuerpo, temblando a causa de los llantos. Amanda fue hacia ella y la cubrió. Sinfónicamente los aviones se incrementaron, las sirenas se triplicaron, los gritos dejaron huellas de aflicción en el césped y sobre nosotros se abatió el silencio que dejan las lágrimas.

—Una vez escuché a Reinaldo hablar contigo sobre un hijo de Amanda —le dije a Clara.

Amanda prosiguió.

—Alfredo me dejó. Fue a la guerrilla. Caminos separados. Nada en ese momento podía hacerme pensar que volveríamos a encontrarnos. Mi padre me envió a España con la promesa de abandonar a ese hijo. Un avión privado, quizás un favor del propio Pérez Jiménez. Subí, sedada, sin preguntas. Envuelta, una vez más, entre mis verdades y mis mentiras. Llegué a Madrid. Zurbano, 23. Miré el invierno, las señoras vestidas de gris ratón, las canciones de Sara Montiel. El enorme silencio de la noche. Hasta que tomé la decisión. Lo envolví en el moisés, recuerdo la etiqueta «Colchonerías Caracas».

Volvió a desgarrarse sobre la cama.

—¿Y yo quién soy, Amanda? —pregunté.

—Su otro error. El hijo de Ernestino Vogás —sentenció Clara.

Silencio. El combate se había detenido.

—La verdad es peor que la mentira —afirmó Amanda—. Ernestino era una creación de mi padre. Pasaban horas encerrados en el taller que mi padre le construyó en esta misma casa. Eran amantes.

—No, Amanda. No continúes. Tú lo has dicho: la verdad es peor que la mentira.

—Eran dos hombres hermosos. Eran el mismo hombre. Mi padre dotó a Ernestino de todos sus encantos. Yo estaba enamorada de mi padre. Y entre la verdad y la mentira, escogí la mentira y me entregué a Ernestino. El espejo de mi padre, pero no el fuego verdadero. Y aunque Ernestino se alimentaba de mi belleza, día a día esquivaba mis besos. Y una mañana, al regresar de Europa entré en la habitación de papá y Ernestino estaba encima de él, haciéndole gritar de placer.

Ella dejó de hablar. El silencio que cruzaba la habitación era más poderoso que los aviones del golpe de Estado.

—No era cierto, Amanda —susurró Clara avergonzada y furiosa.

—Cerré la puerta y fui hasta mi habitación. Por la noche, papá había invitado a Pérez Jiménez y su madre, para que disfrutaran una exhibición privada de las obras de Ernestino. Al verme, todos celebraron mi belleza, como si Europa me hubiera hecho mujer. Ninguno hubiera imaginado que venía de abandonar un hijo en ese continente. Fui hasta Ernestino, directamente. Llevaba uno de sus fuertes perfumes. Recuerdo las primeras palabras que cruzamos: «Tengo miedo de ti, me dijo él.» ¿Por qué?, le pregunté. «Porque si alguno de mis caciques deseara conocer una venus serías tú la elegida.» Cursi. Totalmente Ernestino. Totalmente la dictadura. Esas palabras fueron los cimientos de mi venganza. Aunque ya me he entregado a ti, ahora voy a tener un hijo tuyo. Utilicé mi belleza, mi voz, el movimiento de mi cuerpo. Tonta de mí. Yo tenía que ser mi padre para conquistarle. Y entendí que los hombres, cuando se aman entre ellos, no son sólo genitales. Son lobos que se muerden dentro de los silencios, por encima de las sombras, más allá de las atmósferas del amor. Y ésa fue mi trampa: me vi amando a mi enemigo. Y me convencí de que el amor y la traición son la misma cosa, aunque siempre parezcan dos.

—Él la amó mucho, señora Amanda —intervino Clara.

—El día que quedé embarazada de nuevo, no había playa. Ni lluvia. Ernestino debía marchar a Venecia, como invitado a la Bienale, representando a Venezuela. Pérez Jiménez nos envió en el avión presidencial. Durante el vuelo servían caviar en bandejas de plata. En Venecia, le esperaba mi padre. Dejé de existir. Sabía lo que hacían, los veía entre los canales. Acercándose a gondoleros. Desdibujándose en el Adriático.

Seis aviones formaban un triángulo aterrador sobre nuestras cabezas. Un tanque avanzaba por la calle. Y una suave brisa, como si viniera desde el mismo mar Caribe, entró en la habitación y movió el grupo de prestigiosos retratos. Las blancas orquídeas, los nardos y malabares resplandecían bajo la luna. Como mi ciervo dorado, ahora ruina, recuerdo de mi casa de juegos.

—En 1958, aferrada a un triste ramo de vainilla, el 23 de enero te di a luz, en esta misma habitación, mientras mi padre aullaba como un animal. Un mundo entero se acababa para él. La dictadura que le enriqueció se escapaba por las alcantarillas. Y yo estaba pariendo al hijo de su amor, al hijo de su hombre, al hijo de su obra.

—Pero, ¿qué hizo Ernestino? ¿Por qué tardé tanto en conocerlo?

—Ernestino huyó de esta casa. Cruzó las masas que se agolpaban a las puertas. Querían desvalijarnos. Éramos la familia insignia de la dictadura. Ernestino atravesó el muro de gentes blandiendo uno de mis retratos. Y luego entraron a saquear, dispuestos a romper pinturas, a quemarlo todo. Decidida, bajé contigo en brazos y se inmovilizaron. Retrocedieron a mi paso. Tú salvaste esta casa. Pero yo te entregué a uno de esos hombres, de ojos verdes.

—No lo creo. ¿Quién era ese hombre?

—Un empleado de mi padre que luego se vinculó a la guerrilla y conoció a Alfredo. Y Alfredo supo que eras mi hijo y te crió.

—Pero, ¿iba a aceptarme tan sólo porque tú lo decretabas?

—Tú eras un secreto y un sustituto del hijo que tuvo conmigo. Tus ojos le recordarían mi mirada. Tu voz, mi desgarro.

Las piezas del rompecabezas eran demasiado impresionantes. Y sin embargo, todas encajaban. Clara, la criada enamorada del amo, madre de un hijo bastardo. Ese hijo crece en silencio para enamorar a su hermanastra, la bella heredera descansando bajo el sol y desafiando las olas del Caribe. El amo disfraza su verdadera sexualidad y la disfruta con el artista, que es a su vez creación suya. La belleza, peligrosa e incierta, guiando los pasos de quienes están bajo su influjo, para que se mordisqueen y odien entre sí. Así viene mi nacimiento. El hijo de la venganza. El imán del odio. Naciendo en el albor de la democracia desde el vientre de una mujer cuyo apellido, cuyo rostro, pertenece a la dictadura. Mi fecha de nacimiento celebra una república que hoy se hunde en corrupción, crímenes como los míos e hipocresías como las que sepultaron a Ernestino o al padre de Amanda. Como si Amanda hubiera escogido esa fecha, y todas las demás, para construirse una vida cruzada por cada vicisitud del país. La gran maestra de ceremonias: Amanda Bustamante.

Clara se levantó del suelo y fue hacia un cajón en la mesa de noche de Amanda.

—Déjalo, Clara. Lo buscaré yo.

Y Amanda extrajo una foto y otro ramo, seco, como el que una vez Alfredo me entregara.

—Él te dijo que habías nacido en Barbados y que tu madre, antes de morir, se aferró a una rama de vainilla. No he muerto, sólo el aroma de esa flor —dijo al acercarme la prueba de su verdad—. Y esta foto, extrañamente, nos

BORIS IZAGUIRRE

muestra a todos en una fiesta en el estudio de Ernestino Vogás.

Y allí estaban, algunos sonriendo a la cámara. El padre de Amanda, elegante en su traje cruzado mirando hacia Alfredo, como alarmado de verlo allí. Reinaldo Naranjo, con unas inmensas alas doradas detrás, blandiendo sus dientes perfectos en su rostro golpeado por la fealdad. Amanda, con un vestido pálido, estudiando bocetos en un sofá. Ernestino, junto a ella, delgado y hermoso, comentándole algo. Y mirando a la cámara, Clara, con un digno traje de calle, sujetando su bolso.

—¿Quién tomó la foto? —atiné a preguntar.

—Pérez Jiménez, desde luego. Siempre iba con nosotros al estudio de Vogás. Alfredo estaba allí porque Clara consiguió que pasara un fin de semana en la ciudad. Y tras esa foto, nunca más volvió a verlo.

—Ay, señora Amanda, ¿qué será de nosotras ahora? —dijo Clara.

¿Cuánto tiempo llevábamos hablando? ¿Habría aún gobierno? ¿Cuántos aviones habrían cruzado nuestras cabezas? ¿Cuántos muertos se amontonarían en las calles, despidiendo su olor? ¿Y qué importaba todo eso? Descubríamos nuestras verdades y al mismo tiempo entendía la pregunta de Clara.

—Si han sido estos secretos los que nos mantuvieron unidas, ahora que todo ha salido a la luz, ¿qué hará conmigo? —concluyó la fiel criada.

—Me iré con Julio a España. Quiero encontrar a mi otro hijo. Julio ha vuelto a mí gracias al azar. Pero, Mateo, o como ahora se llame, requiere un esfuerzo. Ahora estoy lista. Entre esta metralla, entre estas muertes, no me queda nada más en la vida que rectificar mis errores. Quiero conocerlo.

—No se vaya, señora. No me deje sola —suspiró Clara.

Amanda vino hacia mí, sujetando el ramo de vainillas

236

secas y lo depositó en mi mano. Los aviones empezaron, de nuevo, a disparar sus misiles como si ignoraran nuestro acercamiento.

—Vas a buscar lo que nunca me atreví a encontrar —confesó Amanda.

—Si lo encuentro, ¿tengo algo que prometerte?

—No te enamores de él. No lo mates.

XIII

El Corte Inglés

ntes de España hubo una despedida. El fin de una época. Amanda me hizo recorrer Caracas por última vez. Todo rodeado de tanques militares. Bajamos hacia la costa, hacia el aeropuerto y nos detuvimos en Macuto, esa playa donde Amanda y Alfredo se encontraron y amaron. Allí estaba también el Instituto Mental Constanza Aguilera con Alfredo como un viejo superviviente. Amanda accedió a subir al piso donde se alojaban los residentes más veteranos. Temblorosa, vestida en lino negro. Junto a Amanda, Clara iba ascendiendo peldaño a peldaño, en su traje sastre de toda la vida, ciega, sin querer recibir mi brazo como ayuda.

—Veré a mi hijo, aunque esté ciega.

—Está loco —le dije—. Vive aquí desde hace más de veinte años. Nadie ha venido a verle. Ni siquiera yo.

—Yo he venido, yo he venido todos estos años —dijo Clara. Comprendí que cada una de las cosas que habían sucedido en este tiempo tenían un trazado perfecto. Todos ocultábamos algo, todos sabíamos lo que hacíamos todos. Todos éramos marionetas de un gran espectáculo. La vida de Amanda Bustamante.

Clara abrió la puerta de la habitación. Una cama estrecha, una mesa de noche, un gran ventanal, una rama de un árbol y el olor profundo del mar mezclándose con el calor. Alfredo apareció desde una esquina. Sus ojos muy abiertos, la boca también. Delgado, con una camisa nueva, blanca, pantalones oscuros. Descalzo, el pelo recién cortado, las uñas limpias. Fue tan chocante verlo así, que temí que estuviera cuerdo y que hablara al verme y que dijera a Amanda y a Clara que yo le había llevado a la locura.

Clara se aproximó a él y acarició su rostro.

—Alfredo, hijo mío, estoy con Amanda. Sí, Amanda que ha venido a verte, después de todos estos años.

Alfredo levantó los ojos lentamente del suelo. La luz, esa eterna presencia de Caracas, iluminaba sus ojos de tal manera que los vi verdes. Alfredo tomó la mano de Clara y miró profundamente a Amanda.

—Amanda —dijo Alfredo, para mi sorpresa y mayor consternación. Hablaba, recordaba—. Nunca esperé que llegaras a encontrarme. Durante todos estos años conservé mi palabra. Jamás revelé a Julio quién eras en realidad. Siempre hablé de Barbados.

—¿No has dejado de amarme, Alfredo? —preguntó Amanda con la voz rota.

—Desde esta habitación puedo ver esa playa todos los días, Amanda. Hasta en eso has logrado castigarme. Nunca logré separarte de mí.

—Tú no eres mi padre —le dije—. Soy hijo de Ernestino y por eso me llevó a vivir con él.

Alfredo levantó un brazo bruscamente, como si le irritara escucharme. Amanda se aferró a su collar de perlas.

—Tu hijo quedó en España. Yo lo abandoné allí.

Alfredo levantó el otro brazo. Nuestra presencia le molestaba.

—Lo sé todo. Lo sé todo. Ya basta.

—Hijo mío, perdónanos —dijo Clara.

—No, madre. No creo en el perdón. Cada uno ha encontrado su sitio. Éste es el mío, desde mi silencio, en mi locura, me imagino la revolución que nunca logramos. Y soy feliz así.

—Iremos a España a buscar a mi otro hijo, Alfredo.

—Cuando se acaba este país, huyes a otro con la excusa perfecta —le dijo.

Amanda guardó silencio.

—Se hace tarde —dije.

—Yo me quedaré con él —propuso Clara.

—Soy alcohólico, madre. Por eso me mantienen aquí. No me han echado a la calle, porque volvería aquí, a rumiar y a llorar.

—Yo te dejaré beber. Yo te acompañaré. Es lo único que pido, estar al fin al lado de mi hijo.

Amanda bajó las escaleras primero. Una visión cinética de Amanda. Fragmentada, como toda esta historia de amor imposible. Me giré para observar por última vez a Clara y Alfredo. Amanda me llamó desde el interior de su coche. Un militar revisaba el salvoconducto que mostraba el chófer. Amanda estaba llorando y a medida que íbamos acercándonos al aeropuerto, cruzando la pista protegidos por un ejército, el llanto se intensificaba. Sobre el Atlántico, se convirtió en alaridos.

—Lo amo, maldita sea. No he dejado de quererlo un solo día de mi vida.

He amado la Gran Vía porque fue lo primero que vi de esta ciudad y creo en los primeros encuentros. Alguien, quizás el propio Reinaldo, había explicado la gloria de la luz en Madrid.

A Amanda la esperaba un coche con chófer y matrícula diplomática. Se había cambiado de traje en el avión. Gran estampado. Moda fiel a su estilo.

—Hay que escandalizar un poco a los europeos. Esperan verte como una guacamaya y no es mala idea cumplir con sus expectativas.

—¿Dónde vamos a vivir?

—Mi padre compró un piso en la calle Zurbano. Allí estuve con mi hijo durante un tiempo, antes de abandonarlo. Zurbano, 23 —dijo, mirándome y sabiendo que era mi número, el día en que nací—. Te gustará.

Cruzando la Castellana, por primera vez, sentí Madrid como algo mío que desconocía. Me sentí a gusto sobre ella, su extensión, la velocidad de sus coches, los palacetes abandonados que de pronto surgen a sus orillas, recordando al conductor que antes de esta luz la Castellana fue un largo kilómetro de lujo y dinero.

El conductor tomó Zurbano desde Nuevos Ministerios. ¡Cómo me impresionó ese edificio! Y aún hoy. Creo que es la única muestra viva del franquismo arquitectónico. Algo debí soltar a propósito por la reacción del conductor.

—De Franco no se puede hablar tan alegremente.

Nada más. Amanda hundió su mirada de águila en la capital, como si estuviera buscando desde ya a ese hijo abandonado.

—Madrid y Manhattan son la misma persona. Y diferenciadas por un capricho abismal. Aquí es seco, llanura. Manhattan es toda agua, y eso la hace surreal. Sientes que vas flotando.

El conductor rió. Las pupilas del águila se clavaron en él.

—Lo siento, señora. Me he dejado asombrar por su manera de hablar.

Adentrados en Zurbano, apareció el número 65, achaflanado y de rotunda piedra; y un portal que parece una enorme lengua ofreciéndote un saludo. Mi primer encuentro con la cultura de los portales, esos sitios donde deambulan tranquilamente las atmósferas y los fantasmas del amor y la muerte. Estaba en Madrid y todo olía a Dolores y a sus viejas revistas *Hola*. Las señoras avanzaban en la acera con abrigos marrones y grises y sostienen las asas de sus bolsos con perfecto equilibrio sobre sus codos. Así lo harías tú, Dolores. Adoro esos abrigos. Dios, estoy enamorado de ellas, de esa seguridad que les ha otorgado la edad. Y me doy cuenta, mientras el coche continúa por Zurbano, de que la gran diferencia entre Europa y América son estas mujeres: Amanda Bustamante luchando fuertemente contra la edad, rodeando su vida de mentiras y versiones, y esas señoras cubriendo sus gorduras en decorosas lanas, perfectamente conscientes que cada año adquirido les permitirá sostener esos bolsos con precisión y serenidad.

Zurbano, 23, es nuestro punto de destino. El conductor se adelanta con nuestro equipaje. Dos baúles de Amanda. Una maleta mía. Un viejo, delgadísimo, se aproxima a Amanda.

—Señora Amanda, no ha cambiado usted nada.

—Gracias, Benjamín. Es la humedad del Caribe —responde Amanda, cruel, ante el hombre encorvado, su rostro surcado por cien años de inclemencias.

—Bienvenida a su casa, señora Amanda. Ha estado la criada y ha limpiado todo el polvo.

Amanda sonríe y me mira. Estoy contemplando el inmenso portal, el ascensor dorado, de rebuscados adornos. El suelo de piedra, adoquines, como me explicaría el portero.

—Esto es lo que antes se llamaba cochería, para que los coches de caballos entraran hasta las casas. Sólo que ésta no es de verdad. La mandó hacer el indiano que construyó el edificio.

Salgo hacia la calle para analizar mi nuevo hogar. Número 23, enorme fachada, neogótica, atrapada entre dos edificios modernos. La piedra oscurecida por polvo ofrece un punto de misterio, de mortífera fascinación.

—Vamos, Julio —advierte Amanda desde el portal, junto al ascensor. Entro y Benjamín cierra la portezuela. Amanda y yo subimos en silencio. Veo las grandes puertas, de una madera desconocida, impecable, brillante. Piso a piso se intensifica la luz, el suelo es de mármol, la gran escalera lleva una balaustrada que me recuerda al Museo Británico. Llegamos. Amanda se detiene ante su casa y no dice nada. Yo tampoco. La puerta se abre y una criada con cofia, muy joven, no española, nos invita a entrar. Unas torres se distinguen en la distancia, el suelo es de madera. Cada mueble, cada sillón, sofá, chimenea, o mesa, hablan de otra gran pasión oculta del señor Bustamante: la restauración.

Amanda entra como siempre. Natural, inerte, cansada, dueña y señora. Se para un instante a corregir la ubicación de un jarrón sobre una de las mesas. Hay flores blancas, grandes campanulas.

—El agua de las flores debe ser cambiada cada mañana —dice Amanda a la criada que no responde. Amanda la mira— *Your name?*

—Nadiuska —responde, algo aterrada—. Polish.

Amanda respira hondo, como si se lo esperara. Lentamente, y con gestos, traduce las ordenes. Nadiuska asiente y Amanda esboza media sonrisa para indicarle que puede dejarnos solos.

—Éstas son tus llaves. Tu habitación será la de mi padre, aquí a la izquierda, con su propio baño. ¿Cuándo iniciaras la búsqueda?

—Imagino que dentro de cinco minutos.

—Dejé en esta casa una foto nuestra. Tendría el bebé unos días.

Amanda avanzó en el salón hacia las estanterías buscando un libro. Abrió uno y no había nada. Pausa. Abrió otro, una foto cayó al suelo. La cogí. En ella, aparecía Amanda con el rostro algo desencajado, sosteniendo algo muy peludo, los ojos muy cerrados.

—¿Cómo voy a reconocer a esta persona en una ciudad que apenas conozco, Amanda?

—Se parecerá a ti. Tendrá tu pelo, tendrá tu cuerpo, tendrá tus ojos.

—¿Y si no es así?

—Espero que Dios nos ayude.

De nuevo en Zurbano, retrocedí en la misma dirección que nos trajo el coche. Hacia el edificio de Nuevos Ministerios. Sus arcos escondiendo un jardín de fuentes, coches perfectamente aparcados, oficinas cargadas de burocracia. Una vez allí, de pronto sentí que me seguían. Me giré hacia los arcos y en efecto, un joven, de no más de veinte años mantenía su mirada clavada en mí. Lo mire largamente, sin pestañear. Quietos, los dos, mientras la ciudad se movía alrededor. Él encendió un cigarrillo, se tocó la entrepierna y me resultó todo muy español. Mantuve mi mirada y dejé escapar ese maravilloso vaho del invierno que siempre creí muy seductor. Él hizo un gesto con sus dedos, una señal que imaginé significaba acercamiento. Fui hacia él y se alejó, hacia el jardín, hacia las fuentes flanqueadas por un impresionante anuncio de El Corte Inglés. Volvió a girarse y a clavar la mirada.

—Cinco mil la mamada. Diez mil si me penetras, ocho mil si quieres que te folle. Veinticinco mil todo.

—¿Tienes sitio? —pregunté.

—No. Conozco un buen hotel en Chueca.

—No sé dónde es Chueca.

—¿No eres de aquí?

—No. Soy de Venezuela

—Tú pagas el taxi.

—No puedo hacerlo.

—Puedes chupármela en un servicio de El Corte Inglés.

—No tengo cinco mil pesetas, chico.

—Joder, tío ¿y cruzas el Atlántico sin un duro encima?

—He venido a buscar a alguien.

—Vale, tres mil quinientas la mamada. Te va a gustar, son veinte centímetros de polla gorda.

Cruzó la calle y se deslizó bajo un puente con paso decidido. Pelo negro, largas piernas, bonita voz, algo atribulada, imaginé que debido a su profesión. Vello en sus antebrazos. Un suéter (todavía no sabía decir jersey) de cuello vuelto azul marino, raído en los codos. Vaqueros, zapatillas. Un chapero de ley, aprendería a discernir más adelante. Registré bien mis bolsillos. Tenía, en efecto, tres billetes de mil y dos monedas de quinientas. Regatearía en el lavabo.

Entramos en el templo del consumo. Mi prostituto se gira para encontrarse con mi cara atravesada por el asombro, la envidia, la sorpresa, cualquier cosa que pueda reflejar el impacto de esta magnitud. Por un momento, intentando aferrarme a mis referencias, creo que al menos puedo comparar este espacio con la planta de cosméticos de Bloomingdales, que es como la Metro Goldwyn Meyer de este tipo de establecimientos. Pero no, aquí, donde estoy, cabría tres veces esa planta mítica. Pienso en las Galerías Lafayatte y su célebre techo de frescos tipo Capilla Sixtina, y también sería pequeño. Delante de mí se alza una enorme escalera, al fondo de la cual se levanta una montaña de maletas. A los lados, maniquíes sin cabeza sostienen todo tipo de chaquetas, chaquetones, cazadoras, americanas de piel. Debajo se agrupan arbustos, pinos de Navidad y un maravilloso conglomerado de flores de tela. ¡Flores de tela!, expuestas sin ninguna vergüenza. Un grupo de empleados traen, en una especie de *jeep*, el gran pino de Navidad que adornará esta tienda. Gigantesco, y mi chapero allí fascinado por la llegada del espíritu de la Navidad. Escaleras van y vienen, miles, cientos de miles de señoras con sus abrigos y sus carteras descienden por ellas, o pasean delante de las flores de tela. Mi chapero vigila sus bolsos, mientras sigue esperando a que yo asimile. Pienso en Latinoamérica y sus guerrillas, en mis colores Prismacolor que podrían perfectamente estar esperándome en este espacio, en Betancourt y su insólita cruzada por convertir el Dalí de Amanda en causa de su lucha democrática, y todo se confunde en esta gran nave imperial que es El Corte Inglés.

—Bueno, andamos, ¿no? No tengo toda la tarde.

—Nunca, nunca había visto algo así.

—¿Vas a chupármela o no?

—Preferiría pasear.

—¿Cuánto dinero tienes, guiri?

—Dos mil y me muestras lo que más te guste de esta tienda.

Aprieta el billete de dos mil en su mano y de nuevo nos miramos profundamente. Recuerdo *Midnight Cowboy* y pienso que los parias tenemos maneras maravillosas de encontrarnos.

—Me llamo Miguel, para ti. En la calle, me llamo Luis.

—Julio González. ¿Por qué necesitas dos nombres?

—No lo sé. Es una de esas leyes no escritas del negocio. ¿Por dónde quieres empezar?

—La parte que te guste más.

Duda un momento y se dibuja una sonrisa en su rostro. La calle, la prostitución, le han arrebatado frescura, pero tiene dientes limpios, bien formados. Una nariz recta, con pelillos que necesitan un recorte. Los labios secos por el frío, ojeras, sí, pero pestañas maravillosas. Se ríe y me toma del brazo, imbuido de una agitación que parece deleitarle. Me lleva hacia las escaleras mecánicas, los bolsos de equipaje aproximándose. En la primera planta, alcanzo a distinguir todo un departamento de ferretería. Tornillos y planchas de madera con semblantes felices. Otra escalera más y una bocanada de mariconería sale a nuestro encuentro. Cristalería. Recuerdo la advertencia de Amanda: «Nunca te dejes tentar por el cristal porque será tu perdición.» Están allí, en esta caja de sorpresas, mil y un ceniceros de cualquier grosor, cualquier dibujo, perfectamente alineados, retando al consumidor a deslizarse entre ellos y provocar con un simple movimiento la mayor catástrofe de la historia del cristal. Miguel, o Luis, continúa un piso más. Planta Joven. Cierro los ojos deseando que no sea esta su zona favorita. Es obvio que Europa siente fascinación por América del Norte. Tantas camisas de cuadros, tantos tipos de vaqueros, tantos zapatos de escalador canadiense. Otra planta, Señoras, y de pronto Miguel se detiene delante de toda una hilera de maniquíes ataviados con batas de andar por casa. Calidad, me explica, jocoso. Como si alguien, otro cliente, le hubiera pedido el mismo tipo de tur y hubiera encontrado la revelación de su vida frente a estas batas domésticas, limpias, que hablan de una clase media en perfecto estado de salud. Subimos otra planta. Caballeros. Luis, o Miguel, vuelve a detenerse en la sección de calcetines. Pijamas, ropa interior, batas, batines, zapatillas o pantuflas, como las que Raúl Amundaray, ese insigne actor de telenovelas, viste en sus escenas románticas.

Miguel vuelve a tomar mi brazo. Lavadoras, perfectamente blancas, quietas, silentes. Neveras, microondas, lavavajillas (que yo aún menciono como lavaplatos), un armario entero cubierto de todo tipo de planchas. Y más allá, donde la vista ya no llega, cocinas, hornos, barbacoas, teléfonos de todo tipo, televisores encendidas, vídeos, equipos de sonido, altavoces. Doy una vuelta sobre mis pies para apreciar el espacio en su totalidad y descubro, al fondo, un nuevo cartel: Agencia de viajes El Corte Inglés. No puedo evitar reírme. Tras todo esto, ¿aún hay posibilidad de viajar más lejos dentro del mismo nombre?

—¿Satisfecho? —pregunta Miguel.

—No lo sé. ¿Y tú?

—De verdad, ¿cuánto dinero te queda?

—Mil pesetas.

—Tomemos este ascensor.

Sobrevolamos, como la metralla que aún llevaba incrustada en el recuerdo, las neveras y los equipos de sonido, los televisores con el mismo presentador abriendo la boca. Entramos a un pasillo extraño, vacío. Tres grandes ascensores nos esperan. Uno se abre. No hay nadie. Miguel entra de inmediato y vuelve a mirarme. La soledad del momento, el subidón provocado por la abundancia europea, el billete de mil pesetas escurriéndose en su bolsillo. Todo esto empuja a Miguel contra mí. Primer beso. Su boca sabe a cigarrillos y a chicle de frambuesa. Como en todos los prostitutos, hay un rastro de infancia perdida en su lengua.

El ascensor desciende, las puertas no se abren nunca. Él ya está excitado. Yo me contengo. Siento su cuerpo muy delgado para mi gusto. Empieza a apreciar la sólida madurez del mío. Escuchamos una voz dulzona: «El insigne escritor Antonio Gala estará firmando su último libro esta tarde.» Las puertas se abren y un grupo de señoras, con sus bolsos y abrigos a tono, esperan empujando los carros de la compra, que también me asombran. Son como grandes cajas, preferiblemente estampadas por un tejido de imitación escocesa, con ruedas capaces de soportar seis litros de aceite, doce cartones de leche, chorizos, garbanzos, mantequilla, seis paquetes de arroz, otros tantos de harina. Mandarinas, manzanas, huesos de jamón, filetes, conservas, pan y dos botellas de vino. Dieta española, pienso, al comprobar que las seis señoras que se adentran en el ascensor llevan prácticamente lo mismo.

Miguel las ha esquivado con su rapidez de ladrón. Sonríe, al final del pasillo, delante de un nuevo letrero, Supermercado. Al traspasarlo, me doy cuenta que los imperios nunca mueren. En el vasto espacio se agrupan los alimentos que hablan de la también vasta extensión de una conquista.

—¿No vas a comprarme nada? —pregunta Miguel.

—Vale —digo, ya imitando su hablar—. Aún tengo dinero, ¿qué quieres?

—Algo caro.

—¿Qué alimente?

—Que me recuerde a ti —dice, con una sonrisa profesional.

Deambulamos y de pronto veo un estante con malta Caracas, una bebida dulce, mezcla de cebada con azúcar, que durante mi infancia fue uno de los pocos puntos de encuentro entre Alfredo y yo. Sigo adelante y veo otro estante, esta vez adornado por los paquetes de harina precocida con la que se preparan las arepas y que Clara cocinaba como nadie. Éstas son las señales de mi cultura, la prueba de que también pertenezco a este zoológico de razas llamado El Corte Inglés.

Salimos de nuevo hacia los arcos de Nuevos Ministerios. Creo conveniente dejarlo en el mismo espacio donde lo encontré.

—¿Pero no quieres ver nada más? ¿No quieres que te muestre la ciudad?

—¿Cuánto me costará?

—Depende de lo que quieras ver.

—Tengo que encontrar a alguien.

—¿Cómo es?

—No lo sé. No habrás visto nunca *Barbarella*, pero es mi película favorita. En ella la protagonista tiene una misión semejante a la mía. Ha de ir en busca de un hombre llamado Duran-Duran, sí, como el grupo de música. Y con lo único con lo que cuenta es con una foto de Duran-Duran cubierto por una escafandra.

—¿Pero, lo encuentra?

—Sí, después de follarse a medio universo.

—Bien, ya sabes cómo hacerlo entonces.

XIV

BARBARELLA EN MADRID

Miguel vino conmigo a Zurbano. Quería dormir con él. Amanda había caído víctima del *jet lag*. En el momento en que Miguel se deslizó como una sombra en la magnífica oscuridad de esa casa, supe que los dos seríamos una nueva versión de *El Lazarillo de Tormes*. Entramos en mi habitación. Encendí la luz y se sobresaltó. La cama era una pirámide de madera, con un fresco en el centro. Ninfas jugueteando en un bosque rodeado por hombres escondidos. La manta era de un intenso dorado, seda natural. Los cuadros pertenecían a una escuela muy francesa y presentaban temas a medio camino entre lo pagano y lo bíblico. Un gran sofá rojo descansaba al otro extremo de la habitación, con algunas de mis prendas colocadas sobre él. Abrí el armario y el resto de mi equipaje ya estaba allí colgado, así como mi ropa interior cuidadosamente doblada en los cajones. En una mesa de noche reposaba una Agenda de Madrid, un mapa, dos billetes de metro, un juego de llaves y dinero.

Le pregunté si quería ducharse. Él asintió y fuimos hacia el baño.

Era verde, mármol verde con vetas blancas. Una bañera con ducha y un cristal duro, fuerte, con biselado también verde. Dos lavabos, con grifería dorada, dos grandes frascos de perfume, un juego de cepillos y una percha de caoba. Sobre la taza, a una altura correcta, dos estanterías con libros, revistas y catálogos de taxidermia y de subastas. Herencia de Papá Bustamante. Miguel seguía sin habla, como Lorenzo cuando entró en el City Hall. Volví a la habitación y me senté sobre la cama.

Me gustó verlo desde allí, perdido entre este anárquico lujo. Todo en él me hablaba de hambre más que de peligro. De errores encadenados, desamparo y frío. Sus vaqueros desgastados, ese jersey intentando ofrecerle una decencia imposible. Esos ojos heridos tantas veces que se habían vuelto invulnerables.

—Si me das uno de esos billetes de diez mil, me desnudo, haces conmigo lo que quieres y me quedo a dormir.

—No me gusta pagar.

—Joder, tío, es mi negocio.

—Quiero que me guíes en mi búsqueda. Puedes dormir, puedes desnudarte y te pagaré de otra manera.

—¿Por cuánto tiempo?

—No lo sé.

—¿Hasta que encuentres a Duran-Duran?

—Puede ser.

Se quitó el jersey. Tenía los pezones duros, unos pechos planos, delgados, una cintura muy fina, nada de vello. Seguro que aún no había cumplido los diecinueve. Desabrochó su cinturón. Fuera el vaquero.

—Espera, quítate las medias primero.

—Querrás decir los calcetines. Aquí sólo las chicas usan medias.

Asentí y sonreí ante la nueva lección. Me hizo caso. Los pies estaban sucios, pero eran delgados, de largos dedos, tobillos fuertes. Terminó de bajarse el pantalón. No llevaba ropa interior y ostentaba una hermosa mata de pelo sobre una enorme, enorme polla española. Sí, los veinte centímetros anunciados.

—Si me tocas, tendré que pedirte dinero.

—Vale —acepté—. Quiero que te duches.

Volvió al baño, yo le acompañé con una toalla. Tan delgado y sosteniendo aquel pedazo de carne entre sus piernas. El chorro de agua le impresionó. Entró y empezó a mirarme. Yo también me sabía desnudar. La camisa se deslizó sobre mis hombros y éstos fueron atrapados por su mirada. Luego los brazos, redondeados como columnas de iglesia. Me giré hacia él y desabroché mis pantalones. A pesar de mis treinta y tantos años, mis abdominales se mantenían fieles y unidos. Me detuve, igual que él, para despojarme de mis calcetines (que continué llamando medias en mi mente). Él miraba mis pies, limpios, de inmaculada pedicura. Cayó el pantalón y con un gesto de mis manos también el calzoncillo. Lo aparté todo y estuve tocándome los testículos delante de él, con naturalidad, como si necesitara acariciarlos tras el largo viaje.

Sus veinte centímetros se irguieron violentamente. Se apoyó contra el mármol, observándome a través del agua.

—Joder, tío, págame.

—No quiero. Voy a ducharme contigo y no te tocaré.

—Pero es que me gustaría follar contigo. Estás podrido en dinero, tío. ¿Qué son para ti diez putos talegos?

Entré en la ducha. Junto a él. Junto a sus veinte centímetros. Tomé el jabón, lo deslicé por mi piel. Sus piernas temblaron. Se cogió el miembro.

—Joder, tío, por favor, no me hagas una cosa así.

—Háblame de ti...

—¿De mí? —dijo con la voz entrecortada. Disfrutaba con su propio miembro—. No tengo mucho que contar.

—¿Estás seguro? —dije, dejando que mi propio miembro reaccionara ante él.

—No soy de aquí. Nací en un pueblo de Galicia. Mi padre es guardia civil y mi madre se ocupa de la casa. Yo empecé a follar con un viejo que vendía empanadas y era amigo de mis padres. Un día amenacé con contárselo a mis viejos y me dio dinero. A partir de entonces, me acostaba con él si me pagaba. Un día apareció muerto. No fui yo, lo juro. Pero alguien se lo contó a mi padre y tuve que irme de allí, si no mi propio padre me hubiera metido en chirona. ¿Entiendes? Fui a Santiago, luego a La Coruña. Me ganaba la vida en los parques. Con viejos babosos, tocándome la polla. Cogí un bus y vine aquí.

—¿Más viejos babosos?

—Unos cuantos. Estuve en Almirante con otros chicos. Nos protegíamos, vigilábamos las tarifas. Hasta que uno de ellos dijo que se había enamorado de mí. Yo, bueno, le quise, a mi manera. Me entregué, tío, y el cabrón se fue con todo mi dinero.

—Cada amor trae un engaño.

—Desde septiembre estoy en los arcos. Es más violento. ¿Entiendes? Suelen ser cuarentones que quieren un pajote, allí, en el *parking*, protegidos por las puertas de los coches. Joder, tío, no puedo más, págame y vamos a follar.

—No quiero pagar.

—¡Joder!

—Acércate a mí. Tócame.

—Al menos dos mil, otra vez, como en El Corte Inglés.

—Tócame gratis —respondí—. Vas a ganar más de lo que crees.

Vaciló un momento. El agua nos separaba. Entonces me abordó como un toro. Entreabrí mis piernas. Su boca, sus labios secos, cayeron sobre mis tetas y no quisieron separarse de mis pezones. Sus manos recorrían con avaricia y desorden el resto de mi cuerpo. Apoyé una pierna en la barandilla de la bañera para que pudiera recorrer mis muslos, mi culo, encontrarse con mis testículos, sujetar mi miembro.

—Tres mil y hacemos lo que quieras.

—¡Tendrás más dinero si aceptas hacerlo gratis esta vez!

—Es que no puedo hacerlo gratis.

—Entonces, sepárate.

—No quiero, me gusta tu olor, tu cuerpo, cómo me aprietas la polla. El agua.

—Cómeme, cómeme los pezones, muérdeme el cuello.

—Pero, págame, págame.

—Apriétate contra mí.

—Chúpamela, chúpamela, por favor.

Descendí y engullí. Completamente.

—Tío, eres un profesional.

Activado por la palabra, recorrí ese miembro con la experiencia de veinte largos años de sexo. Vigor, lentitud, amor, odio, venganza, miedo, vértigo y planicie le fueron inyectados a esos veinte centímetros. Él jugaba con mi cabello. Me hizo levantarme dos veces, para apreciarme, verme y masturbarse durante la contemplación. De nuevo descendía, de nuevo jugaba con mis cabellos. El agua corría.

—Joder, no. Para —ordenó.

Me levanté y cerré el grifo. Sus ojos empezaron a brillar. Sostuve su mirada. Agua resbalando en nuestros cuerpos. Apoyó sus manos contra la pared húmeda.

—Mira, tío, mira, sin manos.

Y de la polla gigantesca, erguida como un trampolín sobre la nada, surgió un chorro de esperma. Limpio, luminoso, susurrante. El único sonido que sacudió el silencio.

Amanda descorrió las cortinas ante su primera mañana madrileña. El jarrón con las campanulas ya tenía nueva agua.

—¿Vas a matarlo? —preguntó refiriéndose a Miguel.

—No mientras me sea útil.

—¿Crees que mi hijo, tu hermano, también pueda ser homosexual?

—No lo sé, pero hasta ahora todo está apuntando en una dirección. Todo parece formar parte de un círculo que va cerrándose. Sí, es como una certeza. Él me está esperando para enamorarse de mí.

—De ser así, ¿cuántos hombres tendré que ver desfilar antes de que uno de ellos acepte reconocerme como madre?

—Si al menos pudieras recordar algo más de ese niño. Un lunar, una cicatriz.

—Lo dejé desnudo, apenas cubierto por una manta en ese monumento. Había tomado una decisión. Al igual que contigo, no quería tener cerca la prueba de mi locura.

—¿Por qué viniste aquí?

—Obviamente porque Amanda Bustamante no podía aparecer embarazada en las fotografías de la época.

Miguel hizo acto de presencia vestido con mi ropa, como siempre mirando a todos lados, intentado cotizar lo imposible. Amanda lo observó.

—¿Cuántos años tiene? —preguntó Amanda.

—Miguel, por favor, dinos la verdad.

—Diecisiete —respondió sucintamente.

—¿Cuánto dinero necesitaréis? —volvió a preguntar Amanda.

Miguel no supo qué responder. Amanda paseó sus ojos sobre él. Me incliné hacia ella y susurré una cifra en su oído. Amanda rellenó un cheque, lo arrancó del talonario y lo entregó a Miguel.

—Hostia —dijo Miguel.

—El banco es al salir a la derecha, Miguel —comenté.

—Muy bien —dijo— ¿Cuándo empezamos?

Miguel iba siempre rápido. A su edad, no se puede entender la belleza de un portal. Cuando los señalaba y me veía asociándolos a películas de la cinemateca, él seguía, como un perro oliendo orinas.

—Ya tendrás tiempo para ver esos portales. Ahora hay que buscar —esgrimía.

—Podría estar en cualquier sitio. Incluso dentro de los portales.

Se detuvo un instante, delante de uno con grandes rejas negras, dibujos de dragones.

—¿Quieres besarme? —preguntó, con su característica espontaneidad.

—Con el dinero que tienes, ¿es posible?

—Sí. Pero a ti no te gusta pagar.

—Me gustaría hablar sobre lo que piensas hacer con el dinero.

—Gastarlo. Enviarle un poco a mi madre. Sé que le hace falta. Sé que llora por mí. A veces, cuando estoy con esos hombres del parque, los miro y tienen el rostro de mi padre. Entonces, me gusta verlos allí, reducidos a darme placer y pagarme. Otras veces, tienen el rostro de mi madre y deseo huir.

—¿Por qué no vas a un gimnasio? —le planteé, esquivando sus recuerdos. Me daba miedo cuando ofrecía explicaciones. No me las creía o sencillamente me resultaban bastante parecidas a las que yo daría para explicar mis crímenes.

—Voy a la barra de un parque. Hay varios chicos entrenando.

—¿Y cuando hace frío?

—Entonces no como y me mantengo delgado.

—Ya lo veo. Tienes que ofrecer un poco más de carne.

—¿Quieres ser mi chulo? —me preguntó con arrogancia.

—Algo parecido no me molestaría.

—Entonces, vamos a ver. Estás aquí en el centro del Madrid *gay*. Calle Infantas, esquina Barbieri. Hay una sauna, un bar de tapas, tres bares de copas, una vieja ruina de la noche, el Moon, otro más pijo, El Ras. Cero en portales: son feísimos aquí, te lo advierto. Escoge el sitio donde crees que yo debería ir.

Estábamos delante de un pequeño hotel. El Mónaco, con un hall detenido en el tiempo, como si fuera un hotel de prostitutas jubiladas en La Habana de los cincuenta.

—Alguien me dijo que fue un burdel de algún rey. Alfonso XIII o Enrique IV. ¿Pero qué más da? —informó Miguel.

Lo empujé dentro. Un hombre, amable, joven, escondiendo pluma, salió a recibirnos. No ofreció resistencia al hecho que dos hombres desearan alquilar una *suite*. Siete mil pesetas.

—Te gastas la pasta en algo absurdo y no quieres pagarme los polvos.

—Quiero algo que me sorprenda —dije, mientras ascendíamos por la escalera de caracol y color vainilla.

El señor nos llevó hasta la habitación 313. Buen número, susurró Miguel. Dentro nos esperaba una desafiante imitación del Partenón: dos grandes columnas dóricas, de falso mármol rosa, sugiriendo un círculo alrededor de una gran bañera de cuatro patas, también rosa. Todas las paredes estaban cubiertas de espejos. El techo tenía un corazón, rosadísimo, del cual pendían cuatro grandes alas de satén rosa. La cama era otro corazón, sobre una tarima de moqueta rosa, cubierta por otro gran trozo de satén rosa. Miguel ofreció cien pesetas de propina al señor.

—¿Quieres follarme aquí? —preguntó.

—Siempre te precipitas. ¿Qué te parece la habitación?

—Una pasada. Una guarrada. Cualquier cosa.

—Pues, no. Quiero que te parezca una sola cosa.

—Si te excita a ti, me excitará a mí.

—Es un horror, no te das cuenta. Pero es un horror que tienes que aprender a saborear. A reírte de él. En el fondo, en la vida no hay que tomarse nada en serio, Miguel. Por eso me gusta descubrir espacios como éste.

—¿Porque te dan risa? —dijo, tirándose en la cama y despojándose de los zapatos, los calcetines, los pantalones y lo demás. Desnudo, delgado, sobre el frío satén barato.

—Algo así.

—¿Sabes lo que más me gusta de esto? —me preguntó—. No saber nunca qué pueda suceder después de este momento. Cuando me quito la ropa y estoy así, desnudo, delante de alguien. Sería tan fácil... matarme. ¿Entiendes? Por eso miro tanto a mi cliente. Me excita pensar que en menos de un minuto puedan acabar con mi vida. Ese miedo, ese pensamiento y puedo cumplir con mi trabajo.

En efecto, se giró en el satén y de nuevo me asombró que de ese cuerpo de huesos dibujados pudiera levantarse una torre tan sólida.

—¿Puedo confesarte algo? —prosiguió Miguel.

Asentí.

—Contigo me siento como si estuviera en un juego.

—Y lo estás.

—Pero, como si toda esa historia de que tienes que buscar un hermano, del que no sabes nada, me sonara a un sueño mío. Que me encantaría, vamos, que un tío apareciera desde Venezuela y me dijera que es mi hermano, mientras estamos follando.

—¿Seguirías cobrándole?

—Claro, más morbo.

Su palabra favorita. La repetía continuamente. Tocándome, caminando por la calle, introduciéndose en vaqueros muy ajustados, comprando paquetes de calzoncillos de lujo, devorando un helado de nata y whisky, observando el marisco fresco en El Corte Inglés, recogiendo las miradas de los señores en las calles («Todos quieren follar, si fuera gratis, tendría un culo de plástico»). Morbo.

Fuimos a bares de todo tipo y tamaño. En uno, una vieja loca cantando *Rien de rien*, con un vestido ajado ribeteado de pétalos marchitos, me dio miedo ver la enorme fosa de fenómenos y animales sin género que nos aguardaba. Otro, de sadomasoquistas, resultó más divertido. Miguel tuvo ganas de orinar y no se atrevía a ir solo al baño. En nuestro alrededor, tíos de cuarenta y tantos, ostentaban pesados escudos de cuero, cadenas y máscaras en las que abultaban sus gruesos bigotes. En el baño, dos vikingos. «Son siempre nórdicos los sadomasos.» Cada uno al lado del único urinario. Miguel se colocó entre ellos y sacó el centimetraje. Los vikingos reaccionaron. Miguel me miró y les dijo que yo era su chulo. Los vikingos no hablaban castellano. Se acercaban más y más. Uno extrajo un par de esposas y con ellas sujetó a Miguel al urinario. ¿Qué podía hacer para detenerlos? Una voz, agudísima, de loca gorda vestida de portera, los detuvo. «Here is not allowed», dijo. Miguel vino hacia mí, rozándose la muñeca.

—¿Cómo has podido permitirlo? Me habrían partido el culo. ¿Querías verlo?

—Me daba morbo —respondí.

Noche tras noche, Madrid era una inagotable cañería *gay*. Como los laberintos parisinos que escondieron al fantasma de la ópera y al tercer hombre, Miguel me adentraba en salones, grutas, como El Refugio, donde celebraban un aniversario estrenando una gran máquina escupe-espuma. La primera de las fiestas de la espuma. La máquina empezaba a escupir y en cinco minutos todo el suelo era una gran bañera. La espuma subía más y más y llegaba hasta los codos. Las manos se movían libres bajo el manto blanco y podías sujetar espontáneos miembros expuestos al escozor.

—Si te pierdes, entra al baño cada cinco minutos —advirtió Miguel.

—No pienso ir a ninguna parte sin ti.

—Entiende que puedo ganarme algo. El dinero de la abuela no va a durar toda la vida.

—Pero, ¿si me pasara algo?

Miguel extendió su mejor sonrisa. Y fue perdiéndose. No me quedó otro remedio que moverme, como los demás, mirando la mercancía. Alguien me sugirió que me quitará la camiseta. Fuera habría seis grados, dentro era un sauna. Bien, lo hice. Un tío gigante, con pezones como dos uvas sólidas, se acercó. Teníamos el mismo tipo de cuerpo. Iba completamente desnudo, con una erección. Nos rozamos, él sujetó mi cintura, yo la suya. Pero no me apeteció. Cualquiera de estos hombres podían ser víctimas. Y al mismo tiempo, descubrí que en España no tenía razón para matar. Porque no existía mi conflicto, mi vocación de ser portavoz, o mejor, corriente de la desgracia. Estos jóvenes tenían dinero para divertirse, a pesar de las tragedias del Bundesbank y el sistema económico europeo. Su aglomeramiento, la desnudez, el morbo de la espuma, hablaban de una liberación que Caracas jamás alcanzaría. Sus bellezas eran otras, más sosegadas, más viriles. Conquistadores. ¿Y si eso me diera fuerzas, vengar mis antepasados y matar a todos estos españoles que jamás se reproducirían? No le veía peso al argumento.

Estaba perdiendo facultades. Miguel y Amanda me robaban fuerzas para continuar mi auténtica vocación. El crimen. Claro, lo vi clarísimo, ésa era la estrategia de Amanda. No sólo me había traído a España a buscar a un hijo desconocido. Me había traído para evitar más sangre. Pero de todas mis posibles víctimas, ¿no era ella misma la más accesible?

—Qué ensimismado vas —dijo una voz. Uno de esos ejemplares treintones, como yo, con bigote y cerveza en la mano. De nuevo la afición de España por conquistar el *look* americano. Me ofreció beber y acepté. Era normal, nada de grandes músculos, brazos algo blandos.

—Soy recién llegado —dije, como a Miguel.

—Pues ésta es la primera fiesta de la espuma. Será una fecha con historia —agregó. Hubo un silencio, la música machacando percusión. Otros le empujaron al pasar y sus piernas desnudas me rozaron. Otra erección bajo el detergente.

—¿No te da miedo que escueza?

—Vamos a bailar —propuso.

Fuimos avanzando. Él se colocó unas gafas, montura dorada. Cursi. Llegamos cerca de una tarima. Bailamos. Me molestaba que se acercara tanto. De pronto empezó a subir la espuma. Detrás estaba la gran boca expulsando. Di una vuelta para que él quedara delante. La espuma siguió creciendo y él sonría mientras se acercaba y metía su miembro entre mis piernas. Tonto del culo, pensé, no sabes lo que estás haciendo. La máquina no dejaba de funcionar, mientras yo orientaba al imbécil hacia la salida de la espuma. Le di un beso. La espuma rozó nuestros labios. Me separé y una ola entera entró en su boca. Cerró los ojos y trató de toser, pero su cuello, oculto por la masa blanca, sintió el yugo de mi mano. Sus ojos se abrieron también en el instante en que otra ola de espuma los cruzaba. Apreté bien mis manos y lo fui enterrando. Se movía impotente y desesperado. Me golpeaba. Sus piernas temblaban. De pronto, toda su fuerza la inyectó en su puño para apretar mis testículos fuertemente. No grité, de cualquier manera la música lo habría ahogado todo. Solté su cuello un preciso segundo: tragó más espuma. Y volví a apretar. El hijo de puta casi me capa, pero tras un dolor intenso la mano bajó a uno de mis gemelos y allí se quedó aferrada. Avanzando hacia el baño, tropecé con el cuerpo. Esperé a que alguien hiciera lo mismo y diera la voz de alarma. Todos siguieron bailando. ¿Cuántas veces habrían golpeado el cadáver? Entré al baño cubierto de espuma.

Miguel estaba allí, recibiendo dinero de un gordito.

—¿Qué más puedo enseñarte, Julio? —reclamó Miguel al cabo de cinco meses, su cuerpo ahora más musculado, el rostro más atractivo, los ojos menos valientes. Seguía siendo un chapero, pero ahora tenía aspecto de buena clientela—. Lo hemos visto todo. Es Viernes Santo y nunca me pierdo la procesión del Cristo de Medinacelli. Sale por la mañana. ¿Has oído hablar de él?

—Mi padre no me permitió saber nada de ningún Cristo.

—Los míos son muy religiosos. Yo no he leído la *Biblia* jamás, pero me encanta el Jesús de Medinacelli, porque dicen que es muy milagroso. Y tal vez sea cierto. Una vez pedí algo y me lo concedió. Quería dinero sin tener que follar y encontré un billete de diez mil pesetas en el suelo.

—Ladrón que roba a ladrón tiene mil años de perdón.

—Tú puedes pedir que aparezca tu hermano.

Miguel me tomó de la mano entre la multitud que se agolpaba en la Puerta del Sol. Hacía calor, ese calor que va tostando tu cuerpo y sin embargo no te hace transpirar. Empecé a ver gente vestida de nazareno. Personas mayores, sus rostros cubiertos de una tensión, como si temieran no poder ver a su virgen. Sentí ese auténtico miedo y me sorprendió que jamás viera cosa igual en las procesiones que viví junto a Laura y Aníbal, la familia de Lorenzo. Había en la Puerta del Sol olor a incienso, señoras acompañadas de sus maridos, hombres solos, jóvenes con rostros de inutilidad, extranjeros disparando fotos, parias como Miguel y como yo. Todos esperando el redoble de tambores, todos pensando que la auténtica Semana Santa se vivía lejos de Madrid, mientras que yo me daba cuenta de que en realidad ésta era la primera vez que sentía todo el peso religioso del ritual.

—Vendrá bajando por Gerónimos. No te muevas de tu sitio —advirtió Miguel.

—Entre toda esta gente, podría estar él —le dije. Hizo como si no escuchara.

—Cuando veas el Cristo, Julio, por favor piensa en mí —me dijo.

—Vale, ya pensaba hacerlo. ¿Por qué me lo pides con esa voz?

—Porque quiero dejar de verte.

—Pero aún no hemos encontrado nada.

—No me quiero enamorar de ti. Soy un prostituto. No habrá nada que me haga cambiar de vida, Julio. Yo lo he escogido así. Y contigo podría empezar a soñar, creerme cosas y luego no sabría cómo regresar a mis propios pantanos.

Se inició el redoble de tambores, las personas se emocionaron. Los nazarenos se agolpaban. El cielo, entonces nublado, se despejó al ritmo de la música, ofreciendo el intenso azul atlántico de la ciudad sin mar. Una figura, alta, cubierta por un manto azul se movía en la distancia. Delante de nosotros aparecieron dos filas de hombres descalzos, con grilletes en los pies. Morbo, pensé, la palabra mágica de Miguel. Morbo y dolor, desnudez y religión, claves, quise creer, de este nuevo y viejo país.

—Pídele al Cristo que te devuelva a tu hermano. Aquí tienes el dinero que sobra —dijo Miguel, colocando sobre mi mano un fajo de billetes de cinco mil.

—Son tuyos.

—No puedo tomarlos. Piensa que es el precio de mi libertad. Recuerda que sólo me voy porque no quiero enamorarme de ti.

La gente volvió a moverse y sus cuerpos, una vez más, unieron los nuestros. Estreché su cara contra la mía y lo besé largamente mientras las cadenas continuaban arrastrándose. Él se separó, justo en el momento en que el alcalde avanzaba junto a los portadores de una insignia. No me detuve a verla mucho, pues ya me habían fascinado el ejército de señoras, desfilando al compás de la música y adornadas por altísimas peinetas y mantillas negras. El verdadero ejército de la noche, madres, viudas, solteronas, vírgenes, ex ninfómanas, unidas delante del Cristo, ofreciendo sus mantillas como señales indómitas de raza, posición económica, dignidad ante la vida y la muerte. Podrían ser las madres de mayo, en Argentina, o las madres de mis víctimas dirigiendo sus pasos y manos hacia mí. Podían ser animales mostrando su fiereza ante el matadero. Matriarcado y religión. Mentira y verdad.

Tras ellas apareció el Cristo de Medinacelli y el cielo se abrió por completo, las gentes se arremolinaron, el silencio fue absoluto, sólo interrumpido por el andar de las cadenas. El Cristo avanzaba sobre ese silencio y miraba dulcemente. Miguel apretó mi brazo.

—Ahora, que está delante, pídele por tu hermano y olvídate de mí.

—No quiero hacerlo —le dije—. No quiero olvidarte.

—Una cosa traerá la otra. Tienes que pedir tres cosas. Ya sabes dos, invéntate la tercera.

El Cristo vino hacia mí. Miguel elevó sus manos hacia el Cristo y empezó a desvanecerse en la multitud.

—No puedes irte, Miguel. Será maravilloso aquí, delante de toda esta gente. Acércate, acompáñame a verlo.

—Pero déjame luego. No me quiero enamorar.

—Si ya lo estás.

El Cristo se detuvo delante. El aire también se detuvo. Apreté en mis manos frías la navaja. La llevaba conmigo, la de la mochila, la que nunca me abandona. Miguel giró para observar la figura.

—Mira, mira, sin manos —le susurré, recordando su frase aquella noche mientras nos duchábamos. Él me miró, sonriente mientras el brillo del cuchillo se ocultaba arropado por la sangre. Y de nuevo, el movimiento. Miguel se había sujetado en mi hombro, así que fui arrastrándolo conmigo. Cerré los ojos y me entregué al estruendo de las cadenas al tiempo que pedía al Cristo: Guíame hacia mi hermano, Señor, aunque no crea en ti. Condéname, otra vez, a matar por amor. Recordé que Miguel había dicho que debían ser tres los deseos. Deja que Miguel muera suavemente en este momento.

El Cristo volvió a detenerse y nuestros ojos se clavaron. Me abrí paso entre la multitud y alcancé la acera de enfrente. Sobre un banco senté a Miguel, cerré bien su chaqueta de pana y observé que le abandonaba en una estación de autobuses vacía a causa de la procesión. El Cristo ascendía por Alcalá. Nadie nos miraba. De tres, una se me había concedido. Aquí me recordarás siempre, Miguel.

Regresé a casa a explicar a Amanda la decisión de Miguel. No la encontré bien, sufría las alergias típicas de la primavera, con la diferencia que esta gran dama jamás había estado tan expuesta a las inclemencias de las estaciones. Amanda pertenecía a Caracas más de lo que ella estaba dispuesta a admitir. Una reina caribeña jamás teme el polen, sencillamente porque la brisa del mar impide tal hecho.

—¿Has matado a ese chico? —preguntó.

—Todo amor, y todo recuerdo, deja tras de sí una atmósfera.

—Dios mío, Julio. Si es cierta tu intuición sobre la homosexualidad de mi hijo, Miguel era nuestra única esperanza.

—Un hijo tuyo no iría con chaperos. Ha sido un error. Ese hijo no existe, Amanda. Nunca vamos a encontrarlo.

No tiene rostro, no tiene piernas, no sabe andar. Necesitas buscarlo para estar ocupada, viva, activa, antes de que yo empiece a alimentarme de ti y vaya socavándote, robándote la vida.

—No puedes matarme, no me amas lo suficiente.

—Odio cuando hablas así. Cuando decretas. Recuerda tus lágrimas en el avión, creías que habías sustituido a mi padre por el recuerdo, por tus malditas atmósferas, y allí estabas, cruzando el Atlántico cubierta de llantos. No habías olvidado. Nada sustituye el amor.

—¡Julio!

—No, es mi oportunidad, mi momento de escupir la verdad. Para eso estamos aquí ¿no?, para que esta ciudad, libre de nuestro pasado, nos permita desvelar lo que llevamos dentro. ¿Sabes lo que es crecer creyendo que no existías, que eras un triste ramito? Te das cuenta que tú escogiste esa mentira por mí. Tus atmósferas nos han cubierto de mentiras, nos han enseñado a cruzar la vida como un equilibrio entre lo que inventamos y lo que sentimos.

—Yo no te enseñé a matar, si es eso lo que quieres achacarme.

—Quiero que te des cuenta de que no puedes seguir decidiendo la vida de los demás, Amanda.

—Para eso soy tu madre. Para eso he ido creando a Amanda Bustamante. Yo soy la verdad y la mentira, Julio. Es lo que siempre has admirado de mí.

—Entonces, ¿cómo puedo saber que estamos buscando algo cierto? ¿Cómo puedo estar seguro que existe ese hijo?

—Por la misma razón que existes tú.

Me quedé callado. Tenía razón.

—Al final —dijo—, me empujas a tomar una decisión que deseaba dejar para más adelante. He llamado a la casa de Pérez Jiménez.

—¡El dictador de las costillitas!

—Espero que no lo llames así en su propia casa. Ofrece una misa y una comida esta tarde. He dicho que vendrías conmigo. He dicho que iría acompañada de mi hijo.

Las secretas calles que separan Zurbano del paseo de la Castellana están pobladas de grandes casas que hablan de un principio de siglo esplendoroso, tristemente desconocedor de los eventos que poco a poco convertirían a España en mártir internacional y, a la vez, en su propio verdugo. Monte Esquinza, Fernando el Santo, Zurbarán. Árboles cuidadosamente podados, aceras inmaculadas, dos o tres señoras paseando lentamente. Lentamente, lentamente todos los círculos empiezan a cerrarse.

Pérez Jiménez reposaba su exilio en una imponente mansión de La Moraleja. Sólo había abandonado este palacio de sospechas y hormigón para acudir a Venezuela a presentar una tímida candidatura presidencial en los comicios de 1968, diez años después de su triunfal escapada a bordo de la *Vaca Dorada*, como popularmente se le llamó a su avión. De vez en cuando, algún periodista venezolano conseguía acercarse a las rejas de la mansión y enviar a los nacidos en la democracia imágenes que hacían pensar que toda dictadura obtiene siempre un final feliz.

A medida que el coche avanzaba por la autopista y Madrid se veía separada por las vías ferroviarias de la estación de Chamartín, pensaba en aquel maleficio de Amanda sobre los responsables de la muerte de su padre. Betancourt, el curador, Reinaldo... todos habían caído víctimas de sus circunstancias. Pero el gran culpable, este dictador longevo, seguía allí, tan superviviente como la misma Amanda. Sí, Pérez Jiménez había vivido lo suficiente para ver morir a todos los otros dictadores de su época, protegido por su propio mito.

—Amanda, ¿no estás cruzando una ciudad entera para hablar con tu enemigo?

—No, Julio. Voy a encontrarme conmigo misma. Toda la vida he llevado la condena de ser un símbolo inmarchitable de la época que este hombre representó. Mi padre murió a causa de ese sello. Toda mi vida y toda mi leyenda están cimentadas en este extraño odio.

—¿Y por qué has aceptado venir? —pregunté.

—Por ese hijo, porque Pérez Jiménez puede conocer personas que nos ayuden a buscarlo.

—¿Vas a decirle que es el hijo de tu propio hermano?

—No es necesario que sepa esos detalles.

—¿Vas a decirle que me hiciste creer, durante treinta largos años, que mi nacimiento coincidió con el de su caída?

—Eso es cierto, tu naciste un 23 de enero, Julio. Y te llamé Julio porque te vi como un emperador, porque cuando te oí gritar supe que era el fin de una era.

El conductor giró en una pequeña calle. Desde la esquina, tupidos setos creaban una muralla. Metros y metros, cien, doscientos, hasta que una enorme nave espacial, de siete, ocho metros de altura, estuvo delante. La primera impresión es el Lincoln Center, ese tipo de edificio cuadrado, con grandes ventanales cayendo en línea recta hacia el suelo, como puertas de alguna catedral. Hormigón y cristal y el verde oscuro, verde grama, enmarcando el silente gigante.

Una voz, una cámara, la descripción del conductor y las pesadas rejas negras que se abrieron con un golpe seco. Amanda se recompuso dignamente en su asiento. Yo me entregué a la contemplación. Una criada con delantal negro y cofia blanca nos esperaba al otro lado. Dos guardias con perros gigantescos, inmóviles, completaban el cuadro. El coche avanzaba en la gravilla. Como aquella gravilla alrededor del ciervo dorado en mi casa de juegos. Iba a encontrarme con lo más parecido a un criminal que pueda conocer el hijo de una democracia.

Amanda descendió. Aquella casa era una gran catedral sideral. Las pesadas puertas se abrieron y no vimos nada, sólo la oscuridad de un largo pasillo. De pronto, avanzando hacia nosotros, una silla de ruedas de pesado metal, unos pantalones de franela gris, unos zapatos negros de otra época, cuadrados, duros, un cuero inmarchitable. Una guayabera de impecable corte, un pañuelo de seda alterando el aspecto filipino de la prenda. Guantes negros aferrados al reposamanos. Un gran silencio, mientras el hombre se incorporaba y con lentos pasos avanzaba hacia Amanda.

—Amanda Bustamante, al fin tengo el privilegio de conocerla.

XV

UNA COMIDA EN EL EXILIO

¿**E**ra mentira la historia de las costillitas de cerdo? ¿El dictador sufría de Alzheimer? ¿No fue él quien tomó la foto donde todos los protagonistas de mi historia disfrutan una cómoda inmortalidad? No había tiempo para respuestas. Desde las paredes de la mansión, los negros mitológicos de Ernestino Vogás vigilaban nuestros pasos. El gran indio Tamanaco, flanqueado por una blanquísima doncella criolla, señalaba con su dedo glorioso a otro Vogás donde un grupo de cazadores fornidos hasta lo indecible, cruzaban un Orinoco de intenso verde. Esculturas de bronce, Mercurio, Afrodita, etc., enloquecían mis ojos bajo los cuadros. Un gran tapiz de guerreros y dragones dominaba la gran pared del fondo. A través de los cristales observabas el jardín despertando a una primavera aún fría. Una enorme piscina, rodeada de parterres de mármol, iguales a los que disfruté junto a Dolores en Los Próceres, aparecía vacía del todo, cubierta por moho. Grandes sillones de *petit point* descansaban a lo largo de las paredes. Marquetería francesa, relojes ribeteados en oro y madera negra, sofás tapizados en sedas arejentadas y extensas alfombras persas cubrían el mármol del infinito espacio. La silla de ruedas avanzaba mientras el dictador rozaba un brazo de Amanda y hablaba con un tono de voz agudo, como un pájaro disertando en su jaula.

—La vida ha hecho que Ernestino y yo terminemos nuestra andadura en sillas de ruedas, Amanda. ¡Cuánta tristeza enterarme de su muerte, tan solo! Le he rezado en mi capilla. Y me ha visitado en sueños, Amanda. Como tu padre, al que yo respetaba. La muerte, en realidad, nos acerca a todos, Amanda.

Amanda avanzaba silente.

—A veces me siento como Julio Iglesias —agregó el dictador, riendo— cuando dice que lee todos los periódicos de España y bucea cualquier noticia que tenga que ver con su país. Yo hago lo mismo. El chófer trae cada miércoles los diarios que llegan a la embajada. Y me siento los jueves, todos los jueves, a repasarlos, incluida la prensa local.

—¿Y qué tipo de noticias prefiere leer? —preguntó Amanda.

—No lo imaginarás nunca —dijo con otra sonrisa y un guiño en los ojos—. La prensa social. Siempre he sido un secreto admirador de la columna de Reinaldo Naranjo. Ya, ya sé que ha muerto. Te reconfortará saber que veo su pérdida como la de un héroe. Luchando en la batalla.

Mencionar a Reinaldo era la primera de las muchas sorpresas que aguardaban, suspendidas, durante ese largo almuerzo. Pérez Jiménez continuaba hablando.

—He visto a tantas familias crecer a través de sus comentarios. Bodas, comuniones, graduaciones. Año tras año, jueves tras jueves, descubriendo cómo los apellidos que ayudé a formarse dejaban de existir o se acoplaban a las exigencias de esa bendita democracia —hizo una pausa y todos nos detuvimos como si fuéramos parte de una banda marcial—. Menos tú, Amanda. Siempre la misma, siempre solitaria en la foto, como una gran reina, pasando a través de todos.

Entramos al comedor. Un mayordomo, alto, muy delgado, de nariz perfilada y larga, se inclinó levemente ante el dictador.

—Éste es Hugo, ha estado con nosotros desde 1960. Nos lo recomendó doña Carmen y mi esposa y yo jamás le estaremos lo suficientemente agradecidos a Franco y a su señora esposa.

Hugo volvió a inclinarse levemente frente a Amanda.

—El vino tinto lo prefiere algo fresco, ¿verdad, señora Bustamante?

Amanda se quedó sorprendida.

—En efecto. ¿Cómo lo sabe?

—Ah, Amanda, hija mía —respondió Pérez Jiménez—, no se ha sido dictador en vano.

Delante de nosotros se extendía la gran mesa de cristal. Era cierto que debía ser de cualquier tipo de madera noble, pero Pérez Jiménez era un dictador de los cincuenta y esta mesa obedecía con rigor y desmedida belleza a esa estética. Un vidrio mil veces templado, grueso, con las esquinas y bordes perfilados en ese biselado verde agua que me maravillaba. Las sillas, de madera danesa, estaban tapizadas de cuero blanco. Dos enormes gallos de plata, toledanos sin duda, adornaban la cómoda del fondo, sobre la cual dos criadas, maduras, uniformes perfectamente planchados, colocaban bandejas. La silla de ruedas quedó aparcada junto a la puerta. Pérez Jiménez avanzó débilmente con Amanda hasta el extremo de la mesa. La sentó a su derecha. Dejó un espacio vacío a su izquierda y me invitó con un gesto de mando, sin sonrisa alguna, a ocupar la siguiente silla en ese lado.

—Hugo, empecemos con los entrantes.

Su ejército de criados respondieron a la orden. Una coreografía que jamás había visto, ni siquiera en casa de Amanda. Destapaban las fuentes, cortaban las viandas, acercaban los platos, los retiraban, abrían nuevas bandejas, volvían a cortar, retiraban, acercaban. Amanda vigilaba mis movimientos. Recordé lo mucho que Lorenzo hubiera disfrutado este baile de lujo y disciplina. El dictador decidió dirigirme la palabra.

—Tengo entendido que has nacido el 23 de enero de 1958 —clavó sus ojos carroñeros en mí—. ¡Vaya fecha curiosa para nacer!

Sorbió su sopa tras el sarcasmo.

—Caldo de res. Reconstituyente. Lo mejor del rancho, en mis tiempos, claro —señaló.

—Antes pensaba que, en efecto, era curioso nacer en ese día, señor. Creía que mi vida iba a estar subvencionada por la democracia.

—Qué buena idea. ¿Y no ha sido así?

—No. Mis padres me hicieron creer que había nacido en Barbados mientras sucedía la revuelta popular.

—No la llame usted así, joven. Al menos no delante de mí —pidió el general, entre sorbo y sorbo—. Sin embargo, asumo que lo de Barbados es una gran mentira. ¿Quién puede querer nacer allí?

—Julio vino al mundo en Caracas. A las cinco de la tarde —aclaró Amanda—. Su padre y yo creímos que sería mejor ocultarle mi existencia.

—Un hijo de la democracia huérfano. No está mal. A fin de cuentas, eso es lo que proponían Betancourt y sus secuaces. Nacer de la nada, con todo nuevo, aunque con mis autopistas bien asfaltadas.

—¿Usted cree que ha sido una ridiculez cambiarle por un régimen democrático? —De pronto comenzó a divertirme hablar de mi nacimiento y la democracia como si fuéramos la misma cosa.

—Claro que sí —afirmó el dictador—. Yo hubiera necesitado diez años para convertir a Venezuela en algo digno de su extenso nombre. Habríamos sido tan grandes que incluso, fíjese lo que le digo, hubiéramos podido anexionar Colombia a nuestras provincias.

—¿En pleno siglo XX? —pregunte atónito.

—Como usted lo ha dicho. Y voy a decirle otra cosa, joven del 23 de enero, cada militar venezolano es educado bajo la creencia de que Bolívar fue algo más que un grande, un militar insigne. Su sueño de la Gran Colombia es el sueño de un gran general. Y yo puedo mantener que al menos en mi generación no hubo un solo recluta que no se fuera a dormir pensando que algún día le tocaría llevar a cabo el sueño de Bolívar.

—¿Cree usted que desde la democracia ningún militar se va a dormir con el mismo pensamiento? —preguntó Amanda.

—Ninguno. La democracia sirve para acrecentar la flojera de los ciudadanos. Súbditos, como dicen aquí —respondió Pérez Jiménez.

—¿Se ha hecho usted monárquico, general?

—Ah, la gran pregunta —dijo, mirándome con los ojos escondidos tras gruesas gafas de carey auténtico, el que la democracia precisamente había prohibido exportar. En su prolongada vejez, el dictador había tomado los rasgos de una gran tortuga. Con el carey enmarcando su rostro, la metamorfosis era absoluta—. El sueño de todo militar es tener un rey al que servir; más incluso si provenimos de las colonias —continuó con una risita socarrona—. Ya le he dicho que en nuestro país hemos sustituido la figura del monarca por Bolívar. El mismo Bolívar, quizá, liberó esos países para sentirse un poco rey, sin tener que pasar por los peligros de coronarse como uno. Aquí en España hay una gran oportunidad para ser monárquico, desde luego. Pero yo aquí... —guardó silencio súbitamente.

—Usted aquí... —remarqué para devolverlo a su propio discurso.

—El exilio es muy doloroso, joven. Muy doloroso. Dejas de ser tú mismo. Crees que puedes convertirte en algo nuevo y cada mañana que pasa te das cuenta de que no serás nunca más joven. Los huesos no te acompañan, la moral se desinfla.

—¿Quiere decir que se arrepiente de haberse escapado de Venezuela? —pregunté.

—Julio —dijo Amanda—. No aturdas al general con tus preguntas.

—Piense —dijo Pérez Jiménez, colocando sus manos al borde de la mesa— que al igual que Amanda, yo he tenido que tomar una gran decisión. Sé que en una ocasión, Betancourt quiso convertir ese maravilloso retrato de Amanda pintado por Dalí en un símbolo de la era que lleva mi nombre. Y el intento fracasó, porque Amanda decidió mantener el cuadro colgado en su casa. Yo, si hubiera actuado así, quizá hubiera sido presidente. Ha sido mi gran error. El tiempo es maleable, siempre termina haciendo lo que nosotros queremos. Sólo bastaban unos años para que la gente dejara de verme como un dictador. Me habría puesto traje civil, como ahora, y hubiera gobernado. Pero yo soy víctima de mi propia leyenda. Y, quizá, eso sea lo que preferí escoger. Piense en todas esas historias que se dicen de mí. Cuando nos convertimos en un adjetivo, como lo soy yo, que incluso se escribe en minúsculas, no podemos afirmar o negar la leyenda. Cuando tienes que escoger entre la verdad y la mentira, aprendes a navegar entre ambas hasta que un día tu embarcación zozobre y te hundas en silencio.

—Como le ocurrió a Ernestino —agregué.

El ejército doméstico regresó con nuevos platos. Bacalao en escabeche, el típico alimento de Viernes Santo en Venezuela.

—Espero que os guste el escabeche. Lo como siempre a la manera oriental, con los pepinillos y ese *picadilly* de mostaza que en Caracas hacen tan bien. Su padre también lo preparaba de un modo exquisito, Amanda.

—No era mi padre, sino Clara, general. La madre del padre de mi hijo —confesó Amanda.

—Ese país tan loco, el nuestro —exclamó el general—. Todos tenemos una telenovela en nuestro interior. Incluso los Bustamante.

—Es la razón por la que he vuelto a esta ciudad, general. Tuve dos hijos, uno ha venido a mí y el otro sé que vive aquí en alguna parte.

Pérez Jiménez masticó suavemente el bacalao. Recordé a mi propio padre, Ernestino, disfrutando de este plato en estas mismas fechas religiosas. El pintor homosexual, promiscuo, que en su propio exilio había construido un universo, masticaba cada trozo del bacalao con igual deleite que el dictador. Son tantas las cosas que unen las orillas, el bien con el mal, el fascista con el artista. Por eso, Ernestino había vendido su talento al servicio de este hombre. Por el deleite.

—Disculpe que la interrumpa, Amanda, pero este bacalao es siempre insuperable, ¿no le parece? La receta era de un gallego que tuvimos en el palacio de Miraflores justo antes de la insurrección. ¡Maldita sea esa gente que me dejó solo! 1958 iba a ser mi mejor año. Con Los Próceres completamente construido. El palacio remodelado, el Hotel Humboldt recién estrenado y el petróleo subiendo hasta los veinte dólares por barril. Hijos de puta —dijo, golpeando los brazos de su silla—. Esas malditas insurrecciones suceden cuando tienes todo listo para alcanzar la gloria.

Amanda guardó silencio.

—¿No iba usted a hablar de ese hijo suyo? —dijo el general como si una cosa estuviera vinculada a la otra—. ¿En qué puedo ayudarla?

—No sabemos por dónde empezar. En realidad, yo abandoné ese hijo en la Plaza de España. Pero, ahora quiero recuperarlo.

—Que extrañas pueden ser las mujeres, Amanda. ¿Y cómo puede reconocer a un hijo que prefirió dejar? De todos modos, le diré que conozco la historia. Fue un favor que su padre personalmente me pidió.

Amanda estaba sorprendida.

—Usted recuerda cuando quiere —le dije. Él siguió desmenuzando su pescado.

—El poder agiganta y disminuye la memoria, joven. Sé perfectamente, Amanda, lo que hiciste esa noche. Incluso lo que llevabas puesto. ¿Un abrigo de Balenciaga, no es cierto?

Amanda seguía callada. El detalle Balenciaga me encantó en Pérez Jiménez. Que supiera decir el nombre, que lo recordara. En efecto, el poder debe ser fascinante.

—Sí. Me lo había regalado Ernestino.

—Como te darás cuenta, yo podría haber hecho mucho para encontrar ese hijo. Bien es cierto que todo ocurrió un año antes de mi caída y que Franco no me invitó a vivir aquí hasta un año después de mi exilio. Pero una llamada tuya, una palabra de tu padre y toda la Guardia Civil estaría tras los pasos de ese huérfano.

—Quise olvidar mi error —dijo Amanda.

—Ahora es demasiado tarde, Amanda. Su hijo tendrá casi cuarenta años. Es preferible abandonar la búsqueda.

—Pero, ¿cómo puede hablar con esa crueldad? —dijo Amanda.

—Porque en el fondo toda persona que desaparece lo hace para saborear en la distancia el efecto que crea su recuerdo.

Me encantó su manera de pensar. La voz de un dictador, acostumbrado a ordenar asesinatos y al mismo tiempo recibir en su despacho o en su propia casa a la madre, a la tía, a la abuela del ejecutado.

—Pero mi hijo no desapareció. Yo escogí abandonarlo.

—Entonces sigue viviendo con esa condena, Amanda, pero no intente cambiar el destino.

—Yo sé que usted puede hacer algo, puede hacer mucho. Sé que junto a usted trabajan viejos esbirros de su régimen que conocen esta ciudad perfectamente, conocen personas que pueden ayudarme. Puede incluso llamar a alguien en la Guardia Civil.

—No está bien que les llame esbirros en mi presencia, Amanda. Claro que puedo ponerla en contacto con ellos. Pero lo único que ellos harán será revisar... la mierda, buscar debajo de las casas.

—Estoy dispuesta a pagar lo que sea.

—Es terrible cómo el poder no quiere nunca abandonarnos, Amanda. Cuando fui el líder de mi país, sabía todo de todo el mundo. Un simple movimiento de manos, de cejas, de dedos y servía para ordenar libertad o muerte. Ahora, en este eterno exilio, controlo lo que la tierra prefiere tragarse y mantiene flotando bajo las cañerías.

La comida finalizó y Pérez Jiménez se excusó para ir a sus habitaciones. Dentro de poco sería la misa de Viernes Santo. Hugo nos dirigió hacia la biblioteca. Adornada por grandes mapas de Venezuela, el mar Caribe y sus islas, Sudamérica y Europa, no tenía muchos libros y sí un gran escritorio dorado con el escudo de Venezuela. Mapas en vez de libros: desde luego era como el camarote de un general en guerra.

Amanda dijo que iría a pasear por el jardín.

—Sabes que pueden pasar años hasta que esos hombres del dictador encuentren una huella de tu hijo.

—Puedo esperar. Si enfermara, lo único que me mantendría viva es saber que encontraré ese hijo.

—Eres tan egoísta, Amanda. Le estás pidiendo un favor a un dictador en el exilio, que ya casi no puede andar. Le has detestado, te has pasado la vida contando que iba a tu casa a comer costillitas y que te horrorizaba verlo con sus manos manchadas de grasa y vienes aquí, hasta su casa, a pedirle que te devuelva un hijo.

—Quiero quemar todos los cartuchos. ¡Y basta ya de acusarme, de criticarme! Yo también estoy ayudándote. Te protejo. Sé perfectamente quién eres y guardo silencio. Déjame seguir adelante, si quieres dejarme, hazlo. Hazlo ahora.

Y arrancó a llorar.

Estuvimos allí, en la larga sombra de la tarde primaveral, atrapados en la inutilidad del exilio.

—Lo siento, Amanda.

—Es inútil, lo sé. Pero quiero que sea mi última cruzada, ¿lo entiendes?

El general regresó una hora después, listo para asistir a la misa de Viernes Santo en su propia capilla, que ostentaba un maravilloso Cristo de Vogás; un Cristo caraqueño, totalmente criollo. La piel pegada a unos huesos turgentes, nada santos. Vogás, qué delirio al servicio de los gustos del dictador. El general entregó un papel a Amanda.

—Son las datos de esos hombres. Ellos harán lo posible, Amanda. Pero de antemano le digo que será mucho más desilusionante de lo que pueda imaginar.

Amanda tomó la tarjeta y la rompió con violencia.

—Siempre le he detestado, general —dijo Amanda.

—Ya, ya lo suponía —dijo el dictador, retirando las gafas de carey de su rostro—. Pero ya ve usted misma las cosas que hace el exilio. Hablamos con nuestros enemigos en la comodidad de estas habitaciones cargadas de tristeza.

Amanda salió hacia el coche. Giró para observar de nuevo el genial Cristo de Vogás, por siempre condenado a suspender en la privacidad de esta capilla cuando debería estar colgado en el Museo de Bellas Artes.

Pérez Jiménez la observó salir.

—La gran Amanda Bustamante, ¡cuántas cosas tenemos en común! La supervivencia, hijo mío, nos ha obligado a parecernos. Ella tiene suerte, no gobernó nunca un país, no construyó nunca una autopista. Sólo ha sido una figura intocable. La vida confunde nuestros caminos. Daría todo mi oro para cambiarme por ella.

—¿Puedo preguntarle una última cosa? —dije. Él asintió, los ojos tras el carey sonriendo mejor que sus propios labios—. ¿Mató usted a Delgado Chalbaud para quedarse con el poder?

—Mis manos jamás han estado manchadas de sangre. Pero si la voz pudiera hacerse manos, sería otra cosa. Es muy probable que no nos volvamos a ver, joven. Como le pido a los muertos que me visitan en esta soledad, no me guarde rencor ante lo que voy a decirle. Amanda traicionó muchos amores. El de su propio padre. El de Ernestino. Ahora que estamos solos y yo pronto moriré, quiero que sepa que yo también formé parte de esa lista.

XVI

FORTUNY

¿**P**or qué has huido, azul petróleo?, me pregunto dentro del cuarto oscuro. He vuelto sin saberlo. Borracho, drogado, fuera de mí. Tarareo una canción de Raphael, *No vuelvas*. La encuentro totalmente cierta. «No vuelvas, amor. No regreses jamás.» Y sin embargo, entre los cuerpos que jadean, los hombres que en la oscuridad desfilan su anónima desnudez, sé que estoy aquí para encontrarte, mirarte, desafiarte. Sé quién eres, sé por qué te has acercado a mí. Tú también me has estado siguiendo. Has estado a mi lado desde el principio, arrastrado hacia mí por la corriente subterránea del amor. Me has visto matar en la fiesta de la espuma, me has visto despedirme de Miguel en la procesión. Me has acompañado en esta ciudad desde ese 1992 y me has espiado mientras asistía, glorioso, al ocaso de un régimen que veía plasmado en cada titular de los periódicos. Felipe González es acusado prácticamente de asesino y una democracia adolescente se hace tan madura que puede volverse insoportable. Cada mañana, los rostros en el metro se vuelven más agresivos, la gente va descuidada, una señora arroja enfurecida un periódico al suelo y grita improperios, exclama estar harta de tantas tensiones, tantos bamboleos y nadie dice nada, el tren mastica sus propios sonidos junto a las amarguras de sus ocupantes. Cae Mario Conde, surgen amenazas, aparece una bailarina de labios sobrehumanos que afirma ser la madre de una hija de Miguel Boyer. La miro en la televisión y percibo el tufo del ridículo apoderándose de todo. Tras estos vulgares minutos de fama, ¿adónde irá esta señora? ¿Adónde irá quien la ha inventado, adónde irá a parar esa hija falsa ajustándose unas gafas sin corrección para parecerse más a su supuesto padre? En el mismo canal, en la noche, aparece el programa que maravilla a Amanda. *¿Quién sabe dónde?:* cientos de españoles se reencuentran con sus familias en América. Un país despedazado, pero siempre protegido por las distancias desconocidas del mar. Una madre busca a su hijo, un hijo busca a su padre, un padre busca el amor de su vida, el amor de una vida busca un hijo perdido. Como nosotros, Amanda. Buscando huellas sin nombre, lágrimas sin sal. Dejo que el centellear de mecheros ilumine mi rostro, que las manos ansiosas recorran mi cuerpo, y sigo caminando con mis ojos cerrados, oscuridad dentro de la oscuridad, esperando que surjas de entre las paredes, que vuelvas a tomarme, a besarme y yo te diga sé quién eres. Eres mi hermano. Eres mi último amor.

Amanda regresó a Zurbano completamente agobiada. El resto de la semana estuvo encerrada, revisando libros, al principio, luego contemplando la televisión todo el tiempo. Sin comer. Hasta que al domingo siguiente me percaté de que no se había bañado, llevaba el pelo encanecido, las uñas sin hacer.

—No puedo verte así, Amanda.

—¿No querías ver la verdad? Aquí la tienes.

—Quieres hundirte, porque sabes que otras veces has vuelto a emerger. Pero, ¿y si esta vez falla el mecanismo?

—Alfredo ha muerto. Clara lo encontró en el suelo de la cocina, aferrado a una botella de anís.

Amanda hablaba con la voz fría. Era el 23 de enero de 1996. Treinta y ocho años, tres de ellos vividos en España.

—Clara desea un funeral digno —continúa Amanda.

—¿Irás a organizarlo?

—Tengo miedo de dejarte solo. En tres años no has conseguido nada.

—He conseguido algo. Descubrirte. Sé que es mentira que el amor deje solo atmósferas. Todos estamos destrozados de alguna manera. Tú, por un hijo que preferiste perder. Pérez Jiménez, por un país que ama y sin embargo le rechaza. Y ése, el que buscamos, Hugo, Guillermo o Mateo, por no saber que existes.

—¿Y tú?

—Por mi condena. Sé que todo sería distinto si no hubiera tenido miedo a amar. A envejecer amando, a dejarme arrastrar por una corriente de engaños y traiciones. He tenido miedo de todo eso y ahora me arrepiento.

—Entonces regresa conmigo.

—¿Pero, a qué?

—A Belladona. A la cinemateca o al museo. Todo será igual, tu oficina te esperará. Podrás programar un ciclo de Lana Turner. Otro de Mankievicz, lo que has descubierto en esta ciudad.

—Quiero continuar buscando.

—Entonces hazlo solo, Julio. Yo he dado todo lo que he podido.

—Ha sido tu idea, ¿cómo puedes abandonar?

—Porque he pensado que ese hijo no podrá conocerme. Contigo fue distinto. Yo te rescaté, te llevé a mi casa. Te vi crecer.

—Y compartes un secreto. Si alguien te pregunta por mí en Caracas, por Reinaldo, por lo que pasó, ¿qué dirás a los que pregunten?

—Nada. No hay nadie que pregunte por ti. Se habrán olvidado, Julio. Nadie quiere saber quién mató a Reinaldo.

—Hay más muertos, Amanda.

—No lo quiero saber.

Amanda fue hacia el jarrón de campanulas. Las acarició un segundo y empezó a contener sus lágrimas.

—No quiero volverme loca. Llevo tres años olvidándome de mis orquídeas. Clara escribe y cuando llama dice que en mi ausencia florecen cada vez más apagadas. Es lógico, nadie les hablará y retará como lo hago yo. Clara las tratará con excesivo mimo y eso les molesta. Las orquídeas son seres caprichosos y malos como todos los que venimos al mundo acompañados de belleza. Por eso renuncio. Fue un capricho torcer el destino que había escogido. Y es otro capricho decidir hoy que regresamos.

—No, yo me quedaré. Quiero cumplir con mi deber. Buscaré ese hijo y te lo llevaré.

—En todos estos años, tan cerca, tan juntos, ¿por qué no me has matado, Julio?

—Tú lo sabes... porque no te amo lo suficiente.

—Enamórate de esta ciudad, hazla tuya. Olvídame —fueron sus últimas palabras. La vi desaparecer en el pasillo que llevaba a su habitación. Como si estuviera caminando a través de los inmensos pilares de Belladona, flanqueada por sus orquídeas.

Deambulé por Madrid, me entregué a la Gran Vía y a sus edificios. El abandonado hotel del número 32, el ángel caprichoso del 27, las dos cafeterías Nebraska con sus estrechos banquetes de *vinyl* y el techo que simula una colmena a punto de disparar miel y avispas al unísono.

Delante de mí, en mi soledad, está España. España y sus mentiras, España y sus lenguas, España y sus cielos.

Me aventuro más allá de Madrid. Si Amanda escogió volver a lo que conocíamos, yo desafío la oscuridad y el día, robando en las cajas de las estaciones de autobús, como me enseñó en su momento Miguel, para vagar por España, buscando, buscando al hijo que no existe, el fantasma de un incesto que me explica y me desarma.

Necesitaba dinero, tenía que robar, decía antes, como me enseñó Miguel. En cada estación de autobuses. Hay que ir a las pequeñas, no a las principales. Y en la hora que coincide con el reporte meteorológico, todas las cajas de todas estas estaciones quedan vacías. Con un destornillador golpeas en la ranura de la registradora, así sea digitalizada o de los años setenta (lo más frecuente). La pestaña sale, ofreciendo siempre un saldo que llega para pagar un tique de ida. Y yo lo compro y pongo en mi *walkman* la única pertenencia seria que tengo, mi cinta de Raphael.

Con él, declamando sus verdades, las únicas que me parecen ciertas de todo este país, voy recorriendo tierras secas que al paso de una ciudad se transforman en verdes desconocidos. «Es posible que estés como yo, recordando mi amor, sin poderme olvidar, sin poderme olvidar, desde aquel día», dice Raphael. «Ninguno de los dos hacemos nada por volver. Ninguno de los dos recordaremos el ayer. Y nos queremos, desde aquel día.» Y surge ante mí Orense, por ejemplo, con su puente romano y sus edificios que me recuerdan un trozo de mi Chacao. Sigo aún más arriba, Raphael continúa. «Si algo ya murió, lloralo y déjalo, lloralo, pero vuelve a empezar», y me planto en la desembocadura del Miño en La Guardia, delante de un islote donde se yergue la cárcel en la que me gustaría terminar. Veo cómo las olas del Atlántico engullen al Miño en mil remolinos. Allí, si hubiera sido valiente, se habría dirigido Amanda.

Sé que se aproxima un final. En Noia, una playa perdida y sin embargo poblada de jóvenes estudiantes de Santiago, veo las flores crecer antes del verano. Y, durmiendo en casas, junto a hombres aturdidos por el alcohol, pescadores silentes, espero la llegada del verano. Y aparece cerca de un mar que es ría y no tiene brisa marina, sino el olor de las flores que crecen en la montaña, en el césped siempre húmedo. El olor del pelo de Lorenzo y el verde de sus ojos. «Estuve enamorado de ti, pero ya no siento nada, ni me inquieta tu mirada como ayer», repite Raphael y vuelvo a robar seis mil pesetas en la estación de Villagarcía y voy hacia el norte, subiendo por Lugo y Rivadeo, con la playa de las Catedrales donde me adentro y nado intentando atrapar el devastador espacio del que una vez habló Amanda. Un nadador, alto, su cuerpo tan sólido como las rocas que dan nombre a este trozo de mar, me mira y me dejo arrastrar aún más lejos, deseando un beso. Cerca, su belleza, sus grandes ojos, las pestañas mojadas, el pecho amplio y liso por vez primera me asustan. Es el ángel de la muerte, nadando hacia mí, para atraparme al fin en las aguas que transforman mi vida. Déjame, déjame ir, suplico, como si fuera una de mis víctimas.

«Amo tu risa, también tu llanto, a nadie quise tanto como yo te quiero a ti.» Y el norte es espacio y un mar plagado de fantasmas. Un concejal es asesinado delante de mis propios ojos en San Sebastián y vuelvo a sentir tan cerca el olor de la sangre que me doy cuenta de que debo volver a mí mismo. A mi condena. A lo que le pedí al Cristo de Medinacelli. Condéname a matar.

Desciendo a través de Zaragoza por un reino de hombres rubios con corazón moreno. En la Plaza Mayor, un chico vestido con el deseo de parecer original, clava sus ojos en mí. Aún están allí los magníficos pechos, una vez más gracias a los consejos de Miguel. «Entrena en los parques, en las barras. Sacan mejores hombros que cualquier otro ejercicio.» Preferiría que no me miraras, joven. No quiero otro sacrificio. Pero él insiste y me sigue, de nuevo a través de arcos. ¿Es acaso una obsesión renacentista la de implantar arcos cada vez que se quiere decorar un espacio con dignidad? En realidad, los arcos son como invitaciones a la muerte. Me detengo en uno de ellos, hay un jardín con orín de gato. Y él viene, jadeando. Sí, chico, no es culpa mía caminar rápido. ¿Cómo me llamo? Miguel, me llamo Miguel. Son cinco mil la mamada, diez mil si quieres follarme, ocho mil si quieres que te folle. ¿Sólo tienes tres mil? Un pajote. Te llamas Francisco y nunca has pagado por un hombre. Lo siento, chico. Aceptas la mamada por cinco mil y me guías en las calles de Zaragoza. Veo los muros, las pequeñas plazas, y todo me parece como una Barcelona pequeña. La débil iluminación me hace sentir como en un trozo del *Dr. Jekill y Mr. Hyde* de Spencer Tracy y Lana Turner y la Bergman. Ah, la Metro Goldwyn Meyer que siempre viene en mi ayuda. Entramos en un parque, apenas iluminado, y te sientas en el respaldar de un banco, con las piernas abiertas, miras a los lados y extraes tu miembro. El dinero, el dinero primero. Muestras el billete, pero me pides que lo acepté después. Es más, me acariciarás el cuello con él mientras hago mi trabajo. Acepto, imbécil, pero ya no hay cuenta atrás. Hijo de puta, crees que vas a engañarme. Te muerdo como si fuera un tigre escapado. Gritas y no hay nadie. Te tomo con todas las fuerzas que puedo contener y voy aplastándote contra el banco. Dos veces, sangre, tres veces, hijo de puta. Si quedas vivo no me importa. Otro golpe. «Cada día he soñado contigo, con los brazos abiertos, yo te espero, yo te quiero. Yo te veo que llegas a traerme la dicha», dice Raphael, siempre fiel, guiando mis pasos en la oscuridad aragonesa hacia la siguiente estación de autobús.

Entonces deseo ir hacia el sur. Hacia Cádiz, detenerme en ese paseo marítimo del que hablaba Aníbal, o quizá

Lorenzo, o quizá el mismo Pérez Jiménez. Y subo en el primer bus hacia Madrid, durmiendo mientras la noche de Castilla dibuja nuevas estrellas. Creo que nunca he visto tanto espacio desierto en mi vida. De nuevo, la vegetación va describiendo los cambios del país que es mi origen y al mismo tiempo, mi final. Verde, marrón, oliva. Nunca el azul petróleo.

Es 1997, ha pasado un año desde la ausencia de Amanda. La casa de Zurbano, 23, ha sido vendida. Amanda, me tuviste para cumplir un sueño y al no lograrlo me has devuelto a la ignominia. Veo los trasvestís ubicándose en sus puestos a lo largo de Fortuny, agitando sus brazos, sus piernas cubiertas por altas botas de brillante patente. «Ojos de tinieblas, llegan de madrugada, la luna lunera, un cuchillo en copla que empieza a cantar. Gitanos por la carretera, qué salida tienen, qué pena me dan, errantes, no saben de dónde vienen ni adónde van», dice Raphael delante del ejército de la noche.

Una mano, enguantada con ridículas perlas falsas sobre la muñeca, me toma por el hombro. Giro nervioso.

—Calma, sé que estás solo —dice el joven, sus grandes labios abriéndose al paso de dientes blancos y sanos.

Se llamaba Sergio pero siempre la conocí como Fabiola. Todo bondad, todo hechizo. Las sombras, cuando se hartan de serlo, dejan correr la luz. Eso fue vivir junto a Sergio y su corte de trasvestís y prostitutas en un piso abandonado en Lavapiés. Plumas, tacones, porros, maquillajes de segunda categoría, billetes de dos mil, a veces dos de cinco mil. Esmalte de uñas, discos de la Carrá, un póster de Alaska, la favorita de Fabiola.

—En esta historia todos sabemos que durarás poco. Generalmente no tienes a donde ir cuando se te acaba la calle.

Fabiola, mi Fabiola, mi ser, tiene algo distinto, sabe moverse, tiene sentido del humor. Y es buena, a pesar de todo el daño alrededor. Ella sigue siendo buena. Mi labor era acompañarla en su deambular por Fortuny. Llevaba siempre las mejores botas, los trajes más atrevidos, diseñados por el propio Sergio, su *alter ego*. Los peinados más complicados. El mejor maquillaje.

—Esta noche tengo que ganar más de veinte mil para comprarme unas buenas cremas, Julio.

—Harás treinta.

—Cuida bien mi maletín. Con tanto jaleo me dejarán el pelo y la cara fatales.

—Llevas tres cambios. Yo te retocaré.

Fabiola iniciaba su andar por la acera. Pantera delante de su jaula, camello deshebrando los surcos del desierto. Reina de la oscuridad. Entraba y salía de coches a lo largo de la noche. Yo esperaba junto a la maleta. Cualquiera de esos clientes podía ser el hombre que buscaba. Eran jóvenes, rubios, con buena piel o devastados por el acné. Andaluces, de Cuenca, de Zamora, de Extremadura. Un catalán. Otro aragonés. Fabiola regresaba con el pelo ladeado, la pintura corrida, el traje roto. Cambio, retoque, peinado. De vuelta a abrir y cerrar portezuelas. De pronto, hacia las cuatro de la mañana, un descanso para comer un bocadillo.

—Sergio quiere que deje esto, Julio. Pero lo que me ofrece me parece tan poco. Bailar en una discoteca de Alcorcón.

—Hazlo, me parece una gran idea. Sergio, ya sabes, siempre tiene razón —le decía, siguiendo el juego de hacer de sí misma dos personas diferentes.

—Todo siempre te parece una buena idea —dijo— ¿Sigues sin encontrar a tu Duran-Duran?

—Sí.

—Es como buscar un amor, verdad. ¿No te han dicho nunca que los amores no se buscan, que llegan solos?

—No, Fabiola. Solamente personas buenas como tú dicen esas cosas.

—Llevas razón con respecto a lo de Alcorcón. Un cambio de aires. En la calle lo más importante es saber cuándo debes cambiar de aires.

Sergio preparó un conjunto de rebeca y falda de lana beige, que le dieron a Fabiola la apariencia de una estudiante virgen. La discoteca en Alcorcón se llamaba Garfio y estaba diseñada como un barco en cuya proa y popa se distribuían las jaulas donde bailaban Fabiola y sus compañeros. La noche en el extrarradio está llena de acción. Fuera sucedían las peleas y navajazos. Dentro, entre las luces y la música, la fantasía era cada vez más ensayada. Fabiola y sus compinches hacían delirar al público con sus cuerpos, sus artificios, sus trajes desafiantes. Ilusión, mentira, las hijas de la atmósfera.

Fabiola se hacía cada vez más solicitada. Llegaba al Garfio en un coche con chófer. Salía a las siete y media de la mañana, con el mismo coche, a veces las puertas manchadas de la sangre por las reyertas. Pero Fabiola, ataviada en plumas, pieles sintéticas, tacones de dieciocho centímetros, se acurrucaba en su interior, encendía el cigarrillo y perdía su mirada en el paisaje industrial de Alcorcón.

—Esta noche actuaremos en Pachá —hemos llegado mucho más lejos de lo que pensábamos.

—¿Qué pasará después de Pachá? —pregunté.

—La televisión, conseguiremos un reportaje fotográfico. Fabiola, la drag pija, me irá bien como nombre. Aunque no soy pija. Soy elegante y discreta —dijo Fabiola.

—Pija es más directo.

Fabiola entró en Pachá, altísima, rubísima, con un traje sastre de tejido príncipe de Gales, muy ceñido, cintura avispa, gran corsé y tetas disparadas. Era una institutriz disfrazada de gran señora a la hora del almuerzo. Las cámaras se volcaron sobre ella. Respondió a todos amablemente, educada, servicial. «Mi nombre es Fabiola, claro, pero podéis llamarme Ola.»

Junto a Ola, la cañería *gay* desemboca en el fragor de la noche. 1997 tiene dos caras, en una la dentellada salvaje que Ana Botella ofrece a cada reportero. En otra, el mundo de Ola, con sus maquillajes, creciendo como maga de la noche, y yo, manteniendo mi cuerpo ante los avatares de la vida, deambulando de fiesta en fiesta, riendo mientras vemos avanzar a los inquisidores. Y es muy tarde cuando, una mañana, me despierto y me doy cuenta de que yo, el hijo de la revolución y la burguesía, no sé qué hacer para detener el avance de los prejuiciosos, los moralistas, que hacen como que nos aceptan a Ola y a mí, aunque en el fondo nos están reduciendo a ser perfectas, sonrientes marionetas.

Ola, depilándose el pecho, las piernas y el pubis, escucha mis distracciones en el lavabo del nuevo piso en Costanilla de los Ángeles.

—No entiendo nada de derechas, Julio, pero digo yo, mientras me dejen aparecer en la televisión y todos los hombres me toquen y las mujeres me pregunten dónde consigo estos zapatos, eso significará que hemos evolucionado. ¿O no?

—No. Por supuesto que no. ¿No te das cuenta de que siguen viéndote como un ser extraño? Mira, ahora mismo, el tiempo que empleas en convertirte en Ola.

—Pero, ¿en qué otra cosa iba a ocupar mi tiempo, Julio?

—En asesinar, por ejemplo. A todos aquellos que te deben algo. A todos aquellos que te han quitado algo.

Ola rió mientras cubría sus pezones hinchados con la crema depiladora.

—¿Asesinar? ¿Por algo que me hayan quitado? Sería tanta gente, Julio. No tendría tiempo para enumerarlos. Prefiero que me admiren, como bicho raro, o como mujer fantástica. Me da igual.

—No, Ola, no puede darte igual. Crees que te estás divirtiendo. Que vamos a esa fiesta de Loewe, en una vieja red eléctrica del metro. Sí, estoy de acuerdo, es un sitio estupendo. Es increíble ver a Beatriz de Orleans. Es increíble rozar a Tessa y reírse junto a ella de sus comentarios sobre el perfume. Es maravilloso que podamos confundirnos con las luces y los olores, ser nosotros mismos parte del espectáculo. Pero no nos damos cuenta de que toda esa diversión es un arma contra nosotros. Nos envuelve, nos ciega y, lo más terrible, nos mantiene apartados de la vida real, para que todas las decisiones, todas las órdenes morales la tomen los hijos de puta, los que mastican los sermones, los que se han criado junto a obispos y generales, o sargentos y porteras de mala leche.

—No entiendo tu punto de vista —dice Ola.

Me doy cuenta que yo mismo carezco de fuerza para insistir. También estoy atrapado.

—Me encantaría huir —digo al fin.

—¿Adónde?

—No lo sé. Siempre quise ir a Cádiz. Imagino que me sentiré al fin yo si veo el trozo de mar donde empezó mi andar.

—Mis padres son de allí. Me eduqué en Jerez, pero nunca conservé el acento, tú sabes. Me lo fui quitando desde muy niña. Me sentaba con el libro de gramática y me daba durísimo con un trozo de madera si seseaba demasiado. Te prometo algo por estas conversaciones que tanto me gustan. Haré un programa de televisión pronto. Muy importante. Con el dinero que gane, te llevaré a Cádiz.

Ola fue al programa de televisión. Un magacín nocturno. El presentador, canoso, *sexy*, con gran aparato entre las piernas resaltado por el pantalón ajustado, la entrevistó sobre sus inicios en la calle Fortuny. Ola de pronto se hacía Sergio, respondiendo con gran seriedad e ingenio. Vestida como mi Barbarella de siempre, en látex blanco y negro. Fabiola, pensé mientras la veía reírse como una reina en la pequeña pantalla, te he vuelto una Amanda de estraperlo. Y ahora estás allí, atrapada por los leones, que te devorarán y terminarán por regresarte a Fortuny donde han decidido que perteneces. Jamás iremos a Cádiz. Y no puedo matarte. Eres famosa. Te extrañarían. Pero también podrían conocerme al fin. Si apareces muerta, estrangulada, aun vestida con tu traje de Barbarella, me harías un gran favor. En primera instancia, sería matar una parte de mí. Mi símbolo de infancia, mi heroína truncada, el disfraz que nunca llegué a vestir, con el cuello destrozado en el suelo de un piso alquilado. Mi mejor crimen, el que de una vez por todas me revelaría, el que pondría todas las cosas en su sitio. Mi violencia, mi talento, mi belleza, mi soledad.

Entras a la casa, borracha y feliz.

—He triunfado, Julio. Soy famosa —dices.

—¿No te gustaría incluirme en esa oración, Fabiola?

—¿Qué quieres decir? —preguntas, ocultando una risita.

—Yo te he hecho famosa.

—Por supuesto, mi amorcito —dices con ese repelente acento de cubana falsa que emplean los españoles cuando desean imitar nuestro hablar—. ¡Los dos somos famosos! ¡Todo el mundo es famoso! Pero yo soy la más divina —exclama. Un vecino golpea la pared ante el ruido.

Fabiola va hacia la cadena. Coloca su canción favorita de Alaska.

—Ahora la conoceré, saldré con ella retratada en las revistas. ¿Lo entiendes? Eso es la fama, eso es el triunfo.

El CD se detiene, terrible, en una frase de la canción. Fabiola le da un puntapié al aparato y no pasa nada. Se inclina. En ese momento golpeo su nuca con mi mano. Cae desplomada. El resto es acercarse, retorcer, escuchar el *crack* y ese aliento que se corta súbitamente. Recojo mis cosas de este piso tan divertido y, una vez más, falso.

Una noticia recorre los telediarios. Fabiola aparece muerta en su casa. La encontró una amiga prostituta que había ido a visitarla y que insistió y montó un jaleo en la puerta del edificio acusándola de negarse a ver a sus amigas de antes, según una nota de prensa. Leí la noticia en la misma calle Fortuny. La convertí en mi hogar y zona de empleo al mismo tiempo que abandoné el piso de Fabiola. Sí, me prostituyo entre los árboles, unos metros más allá de la zona de trasvestís para no encontrar jaleos. Lo hago en Miguel Ángel, una zona extraña, pero que es favorita de Almodóvar para sus películas. En particular la calle Almagro. Sale en casi todas sus obras. Cuando tiran el contestador telefónico en *Mujeres al borde...* O cuando la Abril se columpia en una fachada en *Átame*. Allí practico mi oficio, vestido como Fabiola, amparado en mi belleza. Y subo con los hombres a sus coches y veo sus carnes fláccidas, su fetidez, sus miembros enormes, atrofiados otros. Unos eyaculan velozmente, otros se complacen en torturarme, morderme. Les dejo hacer. Podría asesinarles, como he hecho tantas veces, pero me lo impide el miedo a dejar demasiados rastros, ahora que estoy al final del camino. La policía, según los telediarios, cree que el asesino es alguien del entorno de la víctima, porque no había señales de violencia en el apartamento. Vale, es cierto, soy yo, imbéciles, estoy tomándome el café tan tranquilo, haciendo de Fabiola y no os queréis dar cuenta. Una noche más, otro café más, el telediario dedica menos tiempo al caso. Afirman que la policía ha estrechado el cerco sobre las amistades de Fabiola y han entrevistado a numerosos sospechosos. ¿Estrechado el cerco? ¿Dónde? A esta calle no han venido. No han estado, no han preguntado a nadie. Una tercera noche y una cuarta y en el telediario la noticia es sustituida por otra. Recuerdo algo que decía Ernestino Vogás cuando leía algo desagradable: «Todas las desgracias en realidad duran una semana. Como las noticias muy violentas. Los crímenes, por ejemplo, son carne de portadas tan sólo una semana. Al cabo de siete días la gente se aburre y quiere más. Otro caso, otra muerte.» Lo mismo sucede con Fabiola. Ni siquiera ella puede acercarme a la policía. Pero también es cierto que no puedo hacer ningún otro movimiento fuera de esta calle, de este nuevo disfraz de trasvesti. Otro muerto reavivaría el caso. Y alguien sumaría dos y dos.

Entonces, permanezco en Fortuny, tan cerca de esa casa donde Amanda desapareció entre sus pasillos. Estoy solo, estoy jodido. Sigo siendo bello. Los hombres que subían a Fabiola al coche no se detienen a pensar que esta vez yo soy un hombre. Pectorales, piernas, abdominales. Mi cuerpo entero, mi polla incluso, no les alarma, no les asusta. Van con el dinero. Se las chupo, se las lamo, se las meto. No les importa que sea un hombre disfrazado de trasvesti. Es igual. Es un placer; es una noche. Es Madrid. Es Fortuny, cien metros de edificios hermosos, casi victorianos a pesar de pertenecer a este siglo. En sus ventanas jamás se asoma nadie. En sus elegantes portales entran y salen sombras. Nadie nos mira. Ni a mí ni a los trajes de Fabiola vueltos harapos.

Es junio y pronto será septiembre, volveremos a noviembre y en el frío entenderé que esta búsqueda no es más que el último cambio en una vida destrozada. Si en Caracas fui asesino y ángel de la violencia, aquí en Madrid soy un observador con demasiadas verdades entre ceja y ceja. Testigo silencioso de una nueva ideología, producto del final de la izquierda y el afianzamiento del capitalismo salvaje: el canibalismo hacia los animales extraños, como Ola y Miguel y los paseantes de la espuma. Yo mismo, el criminal impune. El hombre que creyó matar para no enamorarse. El que abandonó sus amores y sus atmósferas. El hijo de Amanda Bustamante. Sólo te tengo a ti, hermano desconocido, para seguir viviendo. Como bien decía Raphael en la canción que me acercó hasta la calle Fortuny: «No saben de dónde vienen, errantes, qué pena me dan.»

XVII

LANA TURNER QUE ESTÁS
EN LOS CIELOS

Es noche de Halloween y a las puertas de una discoteca en San Bernardo se agolpan diablos, monjas, curas, imitadores de Ola y un Elvis Presley con colmillos de Drácula. Un hombre, alto, con jersey de cuello vuelto, unos 29 años, me observa y sonríe.

—Es una gilipollez, pretenden inundarnos con su cultura absurda.

—¿Quiénes? —pregunto.

—Los americanos y su Halloween. Lo malo es que seamos tan gilipollas y necesitemos creernos esta fiesta.

—¿Cómo te llamas? —le pregunto. Tantas noches de prostitución me han disparado el sentido de inmediatez.

—Alberto, es un nombre normal.

—Julio.

Alberto me observa como lo hacen todos los españoles. No he perdido un ápice de mi acento caraqueño, sobresale en la calle, en la oscuridad, a plena luz del día, como lo hacen mis tetas y mi espalda.

—¿De dónde eres? —la gran pregunta española. Imagino que si viviera en Francia sería igual. Pero aquí en Madrid es un tanto absurda. Saben perfectamente que no soy de Soria. Un país tan distinto geográficamente está más que acostumbrado a saber captar sus diferencias. Con nosotros, los del sur, los españoles de allá, se mezcla el famoso morbo con la ansiedad. Somos un afrodisíaco y ellos para nosotros el mejor calmante. Se lo explico a Alberto y veo la risa formarse en sus labios.

—¿Vas a entrar?

—No. No me gusta celebrar las brujas ni los muertos —digo.

—Los muertos son distintos. Es mi fiesta favorita. Cuando mi madre vivía, la acompañaba al cementerio a llevar las flores a mis tíos. Me gustan los huesos de muerto en las panaderías. ¿Conoces esa costumbre? Son de mazapán. ¿Hay mazapán en Venezuela?

—¿Tú qué quieres hacer? —propongo, harto de responder preguntas imbéciles.

No respondió, extendió su mano y me llevó a la Plaza de Santo Domingo. En el camino miré hacia Jacometrezo, una calle que siempre me ha fascinado por su nombre, y creí ver un trozo muy fuerte, muy fidedigno de esa Avenida de Francisco de Miranda que había dejado en el recuerdo. En las aceras no eran personas normales las que bajaban y subían. Vi a mi profesor de natación sujetando el albornoz blanco; a Dolores con sus revistas *Hola*. A Alejandro sosteniendo a un joven como yo. Detrás de ellos, los cadáveres de mi casa de juegos, uno a uno, con las ropas que vestían en el momento de la muerte, como si de esa manera me recordaran el paso del tiempo, el acontecer de las modas. Hombreras, aquel lino arrugadísimo, los calcetines blancos.

Alberto iba a grandes pasos. Un hombre decidido. Buen culo, buenos brazos y esa virilidad de los madrileños, que no es chulería como anuncian locas de otras generaciones. Es algo más sencillo: España no es un país de loquitas, todos son hombres, muy hombres. Nadie quiere ser la reina de las plumas.

—Ven, no te quedes atrás —dice.

Y al poco, descendimos por Veneras, una calle serpentina, que él llama Venéreas, y donde en una parte se agolpan un grupo de mariquitas con sus mejores galas.

—Es el Heaven, antes el Alés. Todo el mundo lo sabe. Es un pueblo de Galicia y el dueño es oriundo. Heaven me gusta más. Es como el nombre ideal para una disco *gay*.

—Tenía un amigo que decía que las discotecas son como pequeños paraísos —comento.

—Me gusta cómo hablas. Y me gusta algo de tu rostro. Como si vinieras de un viaje muy largo.

Seguimos andando hasta el Strong, unos metros más abajo, donde empieza esta historia.

—¿Sabes lo que es?

—Un cuarto oscuro, imagino.

—El más grande de Europa.

Igual que Lorenzo en el City Hall, anunciándolo hace casi veinte años como la discoteca más grande de Suramérica. Entramos, previo pago de la consumición. Una pista de baile con mallas de pescar en las paredes, como un ring y los boxeadores ausentes. La música a tope, una mesa de billar en otra sala, unos baños sin genérico, una barra vacía.

—Están dentro. A mí no me gusta guiar. Si nos perdemos, te esperaré aquí exactamente en una hora.

Entramos. El pasillo con las cabinas y sus portezuelas creando un laberinto poblado de hombres, susurros, miradas. Más adelante otro largo pasillo, también saturado. Al fondo, la habitación levemente iluminada donde flota una silla de montar sobre unas cadenas. Un señor mayor, con la camisa abierta, la cremallera también, espera bajo el débil foco de luz. Silencio y miradas. Sigo avanzando. Alberto se ha perdido. ¿Para qué me trajo? ¿Volveré a encontrarlo? Me detengo un rato más en el laberinto y veo entrar a la virginiana, el del bigote, las «musculocas».

Llego al descansillo, todos se reúnen allí. Las miradas continúan.

Y entre varios, su rostro oculto, aparece él. Los pantalones de terciopelo se alejan al cuarto oscuro.

Las manos codiciosas recorren mi cuerpo y decido desnudarme. Si quieren devorarme que lo hagan aquí. Si uno de ellos es Alberto, imagino que lo comprenderá. Sé que acabo de tropezarme con azul petróleo, el hombre de mi vida, y sé también que ha huido de mí. No tengo más tiempo para pensar. Siento la boca diminuta pero competitiva chupando mis pezones, siento las manos de alguien mayor jugando con mis testículos, siento otro bigote que desea besarme, siento dos tíos abriendo mis nalgas, siento un miembro acariciándose con mis piernas. Son muchos, se vuelven como fieras saltando sobre la carroña. Van a devorarme vivo si no me corro. Ninguno de ellos eres tú, azul petróleo, porque los flases no cesan y busco continuamente un trazo de tu pelo. Ese cuerpo, hijo de puta, ese cuerpo que es mi cuerpo y que es mi única prueba, mi única revelación. Eres yo mismo. Eres mi hermano.

Por fin logro correrme. Algunos se separan, otros me aprietan más fuertemente, pero las leyes del amor oscuro son claras: una vez que te corres, eres libre, puedes seguir, puedes marcharte.

Recompongo mi ropa. Anhelo que azul petróleo esté todavía cerca. Salgo, pido un *gin tonic*, aunque me haya tomado la pastilla. Estoy tan harto de esta búsqueda. Tan harto de observar. Tan harto de errar. A la hora exacta, Alberto viene en mi rescate.

—¿Quieres venir a casa?

—¿Todavía tendremos ganas de follar? —pregunto.

—Ya verás cómo.

Alberto esquiva la calle Noviciado. Prefiere bajar por la Bola, diciendo que en la noche, en la quietud, es su calle favorita de Madrid. No hay ruidos, no hay personas, sólo nosotros dos. Gira en la siguiente, una calle estrecha, las casas a punto de tocarse, una iglesia del siglo XV con sus peldaños relucientes, la puerta cerrada que parece iluminarse al pasar delante de ella.

—Nuestros cuerpos pecadores la excitan y se ilumina —dice Alberto riendo.

Descendemos hasta el final, al fondo veo un trozo de los jardines de Sabatini. Alberto avanza con sus pasos de gigante. Aparecemos delante de la Plaza de España. Cruzamos y veo el monumento a Cervantes. Delante de nosotros, protegida por nubes de hielo, Torre Madrid.

—Es mi casa —anuncia Alberto con orgullo.

—¿Dónde has nacido? —pregunto.

—Aquí, en Madrid. En el Gregorio Marañón.

—¿Estás seguro?

—Lo estoy. ¿A qué viene la pregunta?

No doy respuesta. Aprieta el botón de un telefonillo y abren desde dentro. Gran portería, dos señores muy serios saludan al entrar y me inspeccionan. Soy uno más, habréis visto muchos como yo acompañando a este inquilino. Ved todo lo que queráis, no podréis reconocerme cuando salga de aquí mañana.

Piso 23, mi número de suerte y desánimo. Puerta 6. Abre cuidadosamente. Respira hondo y coloca la llave sobre una bandeja de plata encima de una cómoda de madera con asas de balaquita. Hay un olor denso, de sofisticación avasallante. Enciende las luces y al fondo, tras un ventanal, la silueta del Edificio España posee a esta habitación como un hombre lo haría a su mujer amada. Entre

la imagen y yo se encuentran muebles de un colorido cáli-
do, sofisticado, orientado hacia los cincuenta y los sesenta.
Alfombras de dibujos extraños, repitiendo, suavizados,
los colores de los muebles. Una larga estantería conserva
invitaciones a una presentación de un libro sobre los cien
años de Cartier. Libros de Richard Avedon, Horst,
Newton, se agrupan al lado de novelas de Domininck
Dunne, Capote, Waugh, Maugham y Terenci Moix. Vídeos
donde alcanzo a leer *Spartacus, Cautivos del Mal* y la colección entera de los filmes de Sissy. Mezclas, agrupadas sin
orden ni vergüenza. El dandi de los noventa, capaz de
digerir información como en el siglo XIX tragaban cristales
los faquires.

—¿Te gusta Lana Turner? —pregunto, con una timidez
que nunca había escuchado en mi propia voz.

—Hombre. Fue la mejor. Pertenezco a una organización, no-oficial, que durante años luchamos porque la
Academia le diera al menos un Óscar honorífico.

—Era merecido. No hay actriz como ella, capaz de
hacer de madre devota, amante inestable, mujer misteriosa arrojada a las llamas del destino por causas del amor,
borracha y ninfómana y luego madre arrepentida, todo
junto en una misma película.

—*Madame X* —gritamos los dos al unísono. Extrañé de
inmediato a Reinaldo. Sólo con él disfruté ese lenguaje.

Alberto me sirvió un *gin tonic*, dijo que no me preocupara por la pastilla. Bebí y recibí su primer beso. No sabía
igual que azul petróleo, desde luego, pero tenía algo de mi
misma madurez. El beso del hombre que ha follado
mucho, que ha dejado de creer en el amor. Quizá, cuando
me recorriera con su lengua, sentiría mis fracasos, mis
amores y odios, mis crímenes.

—Me apetece una ducha —dijo él.

La tomamos. Me prestó un albornoz, con una sonrisa,
ese típico gesto del *bon vivant* que cuida los detalles.

Lorenzo, de haber cumplido años, habría terminado por ser un tipo como éste.

Entramos a la habitación, con Madrid vigilándonos, cubierto por una espesa bruma.

—La niebla se ha retrasado este año, para celebrar tu llegada —dijo Alberto, mientras me quitaba el albornoz y comía, muy lentamente, muy suavemente, mi largo cuello.

Antes de decidirme a matarlo, mientras nuestros cuerpos se entregaban a su narración, el lento camino de la tortura y el placer, pregunté a Alberto si ha estado enamorado.

—Sí. Estaba hoy en el Strong. Es algo más joven que yo. Hemos vivido juntos un par de años. Hasta que me di cuenta de que podría volverme loco.

—¿Por qué?

—Busca a sus padres. Le dejaron abandonado en el monumento a Cervantes y lo crió una pareja de panaderos. Cuando se descubrió homosexual, encontrar a sus padres verdaderos se convirtió en una obsesión.

—¿Llevaba pantalones de terciopelo?

Guardó silencio. Habla, hijo de puta, si no quieres que te mate ahora mismo.

—Se los regalé yo.

Quizá era mi turno de preguntar, como Ernestino, como Reinaldo. ¿Crees en el azar? Aquí, a tantos kilómetros de mi verdad, ¿crees en el azar?

La mañana fue abriéndose a lo largo de las vistas desde Torre Madrid. Es como una larga acuarela que nada se permite alterar. Como nuestros cuerpos que tras el acto amoroso recobran lentamente su normalidad. Alberto movía sus párpados, como si el sueño le trajera malos recuerdos. Mis pies se inquietaban en la cama, esperando que el efecto de la pastilla, de esa famosa pastilla, terminara al fin de estallar. A través de los cristales, Madrid era un ojo, el ojo del Señor dibujando sobre el Edificio España los azules del hielo, del frío, y el invierno cubriéndonos de una nueva piel, de un desconocido metal.

Era esa relación la que había estado esperando. El verdadero amor, el silente, el que nadie puede imaginarse, entre dos edificios sin alma y cargados de habitantes. El amor de la ciudad, el que se hace entre las sombras y las ilusiones. Allí estaba todo el secreto de este viaje, de esta larga búsqueda. Si la atmósfera es la herencia del amor, ésta era toda mi herencia, ésta era toda mi vida, entre estas altas torres, una esperando a que la otra recibiera las suaves caricias del alba para iniciar una larga relación de complicidad y cariño. La relación que yo nunca había conocido.

—Yo le di la idea de mudarse al Edificio España. Como le dejaron abandonado allí, él sentía cierta aprensión. Pero, yo le encontré morbo a la idea, ¿entiendes? Cuando menos te lo esperas, la vida te devuelve siempre al lugar que te pertenece. Qué extraño que aún no haya puesto música. Las noches que sale y se disipa, regresa por la mañana y pone clásicos del chochi.

—¿Chochi?

—Música chochi, la música de nosotras, las loquitas. Cumpliremos sesenta años y estaremos haciendo los viajes del Inserso y seguiremos bailando como unas posesas cuando pongan *I will survive* en la radio.

—¿Le gusta Gloria Gaynor?

—Le apasiona. Y, por supuesto, Viola Wills que es como la Tina Turner de los maricones pijos. Por la noche, cuando regresa de su trabajo, enciende dos veces las luces de su casa y yo tres. Así sabemos que estamos juntos. Estoy hablando mucho de mí mismo. ¿Tú no tienes nada que contarme?

—¿A qué se dedica?

—Es policía. Se llama Mateo. Era lo único que tenía escrito en el moisés donde le abandonaron.

No me lo esperaba, de verdad no me lo esperaba.

—Siempre nos ha parecido gracioso el hecho de que fuera un huérfano sin padre ni madre y que al final terminara por ser guardián de la sociedad. ¿Qué hay entre él y tú? ¿Lo viste en el cuarto oscuro?

—No lo sé. Sé que vi esos pantalones de terciopelo.

—Sólo se los pone cuando espera que le suceda algo interesante. Si quieres puedes mirar toda la mañana hacia su balcón. Es ese que sobresale en el edificio, donde está la fuente. Un día tuvo una idea genial: le puso luces azules a la fuente y la puedes ver desde Cercedilla.

—No sé dónde queda Cercedilla.

—Da igual, es sólo un chiste. Ven, acércate al balcón. Sentirás vértigo primero, pero luego no podrás dejar de observar a la gente desde esta altura.

Salimos, vi la fuente iluminada de azul, el extenso espacio de su terraza, los dos edificios condenados a unirse en las alturas. Abajo, la Plaza de España, un largo trozo de Gran Vía, el palacio Real, todo el barrio de Conde Duque con su apariencia de Tordesillas en el centro de la capital, la gente, el ruido animal de la ciudad, el aullido del hormigón. Dios mío, tantas películas regresando a mi cabeza. Mateo, te llamas Mateo, eres policía. ¿Qué tengo que hacer para conocerte, para decirte tu verdad?

—Mira esa tuna caminando por la plaza —dice Alberto—. Detrás vienen los Hare Krishna, todos buscando una cama en la que dormir la larga noche. Cuando pasa un poco el frío, las primeras noches de primavera, la gente se queda a dormir entre los árboles o detrás del monumento.

—¿Habéis follado? Tú y Mateo, quiero decir.

—Eso nunca se responde.

—¿Por qué no? ¿Vamos a jugar a ser caballeros, no? ¿Nos hemos visto todos en un cuarto oscuro?

—La simple evidencia aniquila tu propia pregunta.

Me molestó que me ganara en la discusión. No me gusta quedarme callado. No me gusta mentir en la oscuridad, no me gusta que desconocidos, y sé perfectamente lo que es un desconocido, vengan a alterar mis planes, mis palabras, mis pensamientos.

—¿Quieres hacerlo otra vez? —pregunto él. Ahora con un acento mandón, remarcando la ce y la ceta, con esa grave entonación de la Península, y agregándole ahora un algo de altivez.

Creo que es el momento para reflexionar sobre la belleza de dos cuerpos masculinos enfrentados en desnudez y sabiduría. Alberto y yo seguramente habríamos vencido los mismos miedos y placeres. Él tenía más vello que yo. Sus tetas no poseían la misma anchura, pero eran turgentes, pezones gordos. Viril. Ombligo. Estómago pequeño. Duro. Abdominales perfectos. Cintura algo ancha, la mía aún fina, mejor trabajada. Cuerpo a cuerpo, éramos como dos gladiadores dispuestos a librar el combate más temido: el de la sumisión y el placer.

Me llevó hacia la cama. Me tiró sobre ella y buscó en su mesa de noche una caja negra. La abrió y de ella extrajo una máscara de látex, varios trozos de cuerda, un bote de lubricante, guantes blancos que me recordaron, cuando se los puso, una ubre de color marfil viejo. Vainilla. Me ató en equis sobre la cama.

—¿Te duelen los tobillos? —preguntó.

—¿Cuánto quieres que me duelan? —respondí, con otra pregunta.

—Bastante.

—Entonces está bien así.

Fue a atarme las muñecas. De nuevo la misma pregunta, de nuevo la misma respuesta, de nuevo la misma conclusión. Creí que ahora sería el turno de la máscara, pero se dirigió a la caja. Buscaba algo. Un bote de plástico, muy grande. Lo apretó y chorros de aceite empezaron a resbalar en mis pectorales, el estómago, las piernas, los brazos, el cuello. Sus manos, grandes, fuertes, como de padre leñador, extendían el aceite en todas direcciones. Bruscamente me levantaba por las axilas y me untaba las nalgas, el coxis, la parte baja de la espalda, los omóplatos, mientras mis tobillos se asfixiaban y las muñecas también. Mi miembro reaccionaba. Él atacó mis piernas; por sus manos supe que las admiraba. Piernas de nadador, Alberto. Las tuyas más bien de ciclista. Restregaba el aceite de arriba abajo y de abajo arriba, llevándose en el camino vellos desde la misma raíz. Más dolor, más aceite, más brusquedad, más erección. Tomó la máscara, con las manos pringadas. La sostuvo desde su interior con sus dedos, como si fuera una marioneta, un divertido sombrerito. Así pude ver que en ella sólo había dos orificios para los ojos, ninguna para la nariz y una boca cosida por alfileres. Antes de ponérmela untó mi cuello. Mucho, mucho aceite. Sentía cosquillas, escalofríos, ganas de quitármelo de encima, y sólo podía tensar aún más las muñecas, los tobillos y la polla.

Me cogió del pelo, fuerte, con placer sádico ante el gesto, y deslizó la máscara violentamente. Como si todo un gorro de látex de natación se abalanzara sobre mi piel. No dije nada, aunque lo pensé. Cerré mis puños, como demostrando molestia. En realidad lo que deseaba conseguir era que mis palmas estuvieran libres de aceite. Necesitaba esa libertad para seguir disfrutando con mi ingrediente secreto, el peligro.

Él se colocó delante de mí, calzándose unas botas negras que habían salido de la nada. Menuda estupidez el sadomaso, pensé, desde mi cruz horizontal. Todo accesorio, todo maquillaje. Esta pobre gente que sólo sabe crearse atmósferas con pose. Si supieran nuestras vidas, la mía y la de Amanda, habrían descubierto que el verdadero dolor es el recuerdo, el paso de los fantasmas diurnos sobre nuestras cabezas, la caída de un país, una tarde cualquiera cuando encuentras a tu madre y a tu abuela y te dicen tu verdad y vuelan sobre ti centenares de aviones que creen pertenecer a un bando y a otro cuando en realidad son todos los mismos militares y los mismos aviones. Eso sí es un placer extraño, no este circo, estúpido Alberto, de ponerse y quitarse cremalleras del rostro, botas de cuero, guantes de látex.

—Voy a enterrarte el brazo entero —dice, con una sonrisa creciendo en su labios.

Vale, me habría gustado decir. No me interesa este tipo de dolor. Pasará y punto. Hasta la próxima vez que me encuentre así atado y con el sabor de una pastilla que tomé hace horas, un día incluso, y que ahora, en este momento en que veo el látex cubrir todos los gruesos dedos de tu mano, por fin se decide a estallar en mi cerebro. Lana Turner, bienvenida a esta alcoba de olores y requiebros. Van a penetrarme con un brazo. Sí, nunca lo hubieras imaginado en *Peyton Place*. Dolores del Río, señora, venga hacia aquí a ilustrarnos con sus conocimientos sobre la belleza y su matrimonio con Cedric Gibbons. Tú, idiota, Alberto, ¿sabes quién es Cedric Gibbons? Con tantos libros de Beaton y Horst y no conoces a Cedric. Tonto del culo. Es el creador más atractivo de Hollywood, el director de arte por excelencia, el escenógrafo que bien podía construir una Nueva Zelandia en ciernes para *La calle del delfín verde*, como podía reconstruir un ala del palacio de los Romanoff para cualquier fantasía anticomunista. Cedric se casó con Dolores y crearon una de las casas más bellas de la costa oeste. De nada por la información. Es el tipo de datos que he ido atesorando en silencio en esta larga búsqueda, este insólito exilio. ¿Quién más viene a visitarme? Lorenzo, tú no, me da vergüenza que me encuentres así.

No, no siento daño alguno, es curioso. Sé que ha introducido toda la mano, que juega en mi interior como si estuviera colocando una bombilla y que sube, aún más, como si estuviera siguiendo las indicaciones de algún mapa del tesoro. Lorenzo, ¿es este el castigo por mis crímenes? No hay respuesta. Alberto continúa, ahora creo que desea hacerme daño, cree que estoy gozando, pero estoy recordando, cabrón. Recordando las suficientes cosas para agotarte y ver qué hago contigo.

—¿Tío, no te vas a correr nunca?

—No, quiero más —le digo. Lo oigo lejos, distorsionado. Vaya, estoy colocadísimo. Miro hacia adelante y Madrid es un mundo de cúpulas. Todas las ciudades desean ganarse el cielo. Caracas lo tiene como un gran paño de lágrimas. El de Madrid es cine. Cine puro, fotografía perfecta.

—Quieres agotarme, cabrón.

—Sácalo, me duele, me duele mucho.

—Ahora lo sientes, maricón. Ahora vas a saber lo que es follar.

—¿Lo has hecho con él, lo has hecho con Mateo?

—No me preguntes más, hostia. Cállate.

—¿Sabes quién soy? ¿Sabes por qué no vivo en mi país? —le digo.

—Cállate.

—Suéltame, por favor, suéltame para hacerme una paja. Quiero correrme.

—Te la chuparé.

Y se abalanza sobre mí. Golpeando más fuertemente mis paredes con su brazo. El sexo es absurdo, está lleno de posiciones incómodas, como si el mismo cuerpo deseara explicarse a sí mismo quién es, aun sabiendo de antemano que nunca obtendrá respuesta.

—Suéltame, por favor, suéltame.

Aprieta algo dentro de mí. Debería aullar de dolor pero cierro los ojos muy fuertemente y veo a Amanda

dentro de ellos, pidiéndome que me acerque. ¿Adónde?
Y desaparece.

Extrae el brazo y ahora lo restriega sobre mi pecho. Va
hacia las cuerdas. Me mira. Me desata.

A las 17:23 está muerto en el suelo de esta habitación.
Las flores, el mítico San Sebastián. La desnudez, los años
detenidos en su silencio. El peso de la atmósfera. Miro
hacia la ventana, tanta claridad, tanto invierno, tanto
Mediterráneo sin estar presente. Puede ser Estambul,
puede ser Keops, puede ser un trozo de Chicago, Madrid
no sufre de complejo de identidad. Es como las putas de
antes: «Lo que quieres que sea.»

Deseo que se haga de noche, que azul petróleo regrese
a su casa y encienda dos veces las luces para que yo le res-
ponda con tres. Estoy aquí. Te estoy esperando.

La tarde abandona una prenda suya sobre cada edificio. La sombra de Torre Madrid, en un momento determinado, copula con la mole del Edificio España. Voy leyendo
los libros de Alberto. Veo *Cautivos del Mal* y me emociono
ante la gran secuencia de Lana en el interior de su coche,
tras romper con el terrible personaje que interpreta Kirk
Douglas. Acaba de entenderlo: el amor es el peor enemigo.
La historia de mi vida, sólo que no soy Lana ni conduzco
bajo la lluvia tremebunda con la misma histeria y locura
que lo hace ella. En una biografía suya, *La mujer, la dama,
la leyenda*, leí que esta escena se rodó tres meses después
de concluido el rodaje. No tenían listo el aparato en que
colocar la carcasa del automóvil, para poder moverla a la
velocidad necesaria. Tres meses sin *raccord*, confesaba
Lana en el libro. Fue al estudio y Minnelli la esperaba allí,
tranquilizándola, que todo sería muy rápido, que no se
preocupara por el lapsus de tiempo, que sólo tomara el
volante y descargara toda su ira sobre él. Lana venía direc-
ta del escándalo Stampanato, aquel donde supuestamente

su hija había asesinado a su amante con un cuchillo de las mismas dimensiones que el enorme miembro del occiso. Subió a la carcasa, empezaron a arrojar las toneladas de agua que simulaban la intensa tormenta y lloró. Toma tras toma, llorando, según Lana, la amargura de todo ese juicio, todo ese proceso, toda su vida condenada a llevar la sombra del sexo y sus peligros sobre ella. Gran actriz, en la escena, llora, gime, patea, se entrega a la velocidad y a la muerte. Ya lo ha perdido todo. Ha perdido la fe en el hombre que ama. Nunca un Óscar fue tan injustamente negado.

Tres días, tres noches. He recordado toda mi vida ensayando mi propia escena de juicio a lo Lana Turner. He matado, lector-juez, en América y en Europa. Estoy libre. Busco a mi hermano. Busco una razón. Busco la verdad de Amanda Bustamante, que ha guiado mis pasos. Busco, si se quiere, el punto que une a las democracias con las dictaduras que las generan. Busco y pierdo. Soy errante. Soy un enamorado. Soy la atmósfera y sus recuerdos.

Suena el timbre. La oscuridad, fiel amiga, como la ceguera de Clara, recorre los objetos del salón hasta hacerse un manto tranquilizador. La oscuridad del apartamento de Reinaldo Naranjo. ¿Quién eres tú, quién llama? Eres Amanda. Eres Mateo, mi hermano. Eres la nada.

—¿Mateo, azul petróleo, has llegado?

XVIII

SUMERGIDOS

Vamos a iniciar un juego —le digo protegido por el Edificio España a mis espaldas—. No enciendas la luz.

—¿Qué haces aquí? —pregunta.

—¿Cómo sabes que soy yo? —le digo, quiero continuar el juego.

—Te reconocería en medio de una tormenta de nieve. Sé lo que has hecho. Llevo tres años siguiéndote. Desde la procesión del Cristo de Medinacelli.

—Mientes —digo.

—Yo era uno de los que avanzaba descalzo. Y te vi matar.

—No es cierto.

—Te había visto en la fiesta de la espuma. No eres fácil de olvidar, lo sabes.

—¿No quieres saber dónde está Alberto?

—No. Vamos a iniciar un juego.

—Eso ya lo he dicho antes.

—Aquí tampoco se encenderán los mecheros.

—Lo que vengo a revelarte será la única luz. Sabes de dónde vengo. Recuérdalo. Caracas, Venezuela.

—No significa nada para mí.

—¿Estás seguro?

—¿Por qué quieres hablar de eso? Sí, Caracas me es un nombre familiar. Es una palabra que venía escrita en mi moisés. Colchonerías Caracas pone al fondo, en el interior.

—He venido a este país a buscarte. He matado antes, durante toda mi vida, para amarte. Te he besado en el cuarto oscuro y sentí un sabor que había perdido.

—Un poco de ti. Yo también lo noté. Sabes a mí.

—Mateo... ése es tu nombre, siempre fue tu nombre.

—Sí, tenía una carta en el moisés. Los panaderos, los que me encontraron y me criaron, me la dieron a leer el día que decidí irme. La llevo siempre conmigo. Mírala.

Un elegante papel color vainilla. Mil veces doblado. «Perdóname Mateo. No me guardes rencor. Amanda.»

—He matado a tu amigo a la luz del día, deseando que desde tu balcón lo vieras. Pero has llegado más tarde. Te he llamado cómo el me explicó que lo hacíais. Te tengo enfrente y te temo, no porque seas la ley, sino porque eres, después de muchos años, una ley aún peor.

—Soy el amor, ¿no es así? Lo que te obliga a matar.

—Y ahora estás delante de mí. Y aunque no nos besemos, tus labios siguen brillando en esta oscuridad y su sabor flota por encima de mí como la metralla, como la belleza. Todo este largo paseo, para que ahora sólo pueda explicarte, paso por paso, palabra por palabra, lo que significas para mí.

Hice una pausa para asirme de algo. El borde de la silla, la contemplación del Edificio España, a punto de despegar sobre una noche clarísima, el cielo como si estuviera iluminado desde atrás.

—Mateo, no te vayas —dije, completamente mareado.

—No me he movido. Dime tu nombre, aún no lo conozco.

—Soy hijo de Amanda. Mi nombre es Julio. Soy tu hermano. Soy un criminal. Tu amigo está allí. ¿Por qué no entras y lo ves?

Se quedó allí, respirando sin luz. Luego fue hacia el cuarto, pulsó el interruptor de la habitación y se movió un poco. No emitió ningún otro sonido. Volvió a apagar la luz y regresó al salón, a mí.

—Tenemos que salir de aquí.

—No pienso ir preso. Soy demasiado bueno para pagar de esa manera mis crímenes.

Mateo me deja delante del ascensor. Quiero retroceder porque me doy cuenta que dejo atrás una atmósfera muy conseguida. Un crimen genial. En su bestialidad, en el motivo que lo originó. El último crimen antes de cumplir cuarenta años. El rastro de sangre que ha traído consigo a azul petróleo.

—Sube —ordena Mateo—. No pienses en nada.

Como Garbo en *La reina Cristina*. Pulso un botón, el cero. Miro sus ojos, son los de Amanda. Transparentes y aguerridos. Me pesa la mochila. La toco, la palpo. Sigue allí. Está conmigo. El aparato desciende con nosotros en su interior.

—¿Quién lo descubrirá? ¿Tenía chica de la limpieza? —pregunto.

—No lo sé.

—Me hizo daño. Igual que todos los demás.

—Ya ha terminado —comenta.

—Sabes que soy un criminal y todavía me proteges. ¿Por qué?

—Porque soy tu hermano.

—¿Estás seguro?

—Me lo has dicho tú.

—Tu madre, nuestra madre, te dejó en la Plaza de España. Ella escribió tu nombre en ese trozo de papel. Yo tengo una foto de ella... aquí en mi cartera.

La busco, siento mis manos moverse lentamente. Tiemblan, tengo demasiada droga en mi cuerpo.

—No busques nada. No quiero saber nada de ella.

Salimos. No hay porteros sino dos hombres, fornidos, vestidos de civil pero con cuerpo de policías, que avanzan hacia mí. Mateo les hace una señal.

—Cobarde. ¡Me ibas a entregar! —grito.

Mateo se abalanza sobre mí y me arrebata el cuchillo. Como si fuera a matarme. Pero en un instante se gira hacia uno de los maderos y se lo entierra en el pecho. Todo se detiene. Va hacia el otro madero, aprovechando el desconcierto y le quita la pistola. Me toma de un brazo. Vamos hacia la puerta.

La luz se separa en tres franjas sobre la plaza. Una sobre la Gran Vía. Otra para Noviciado, el resto para Bailén. Quédate detenida así un minuto, Madrid, para despedirme de ti.

Estamos a plena luz del día. Corremos sin saber todavía adónde. En esa velocidad, descubro en los rasgos de Mateo el mismo delirio de Alfredo, su padre, sustrayendo mis colores Prismacolor aquella mañana.

—¿Por qué has decidido salvarme? —pregunté.

—Porque me enamoré de ti en el ascensor. Porque supe quién eras en la oscuridad del Strong. Y porque siempre he guardado esto.

Metió la mano en el bolsillo de su abrigo. Su cabello le cubrió el rostro, igual que el animal que era dentro del cuarto oscuro. En sus manos había un lápiz de color. Vi las letras doradas. Berol Prismacolor. Él lo colocó en mi mano, sus ojos como las linternas del azar.

—Lo he guardado —me dijo— desde hace muchos años. Los que me criaron me dieron una caja de colores que venía de Venezuela. Sólo me quedé con éste. Porque me gustó su nombre... azul petróleo.

Lo comprendí de pronto: Alfredo siempre supo dónde estaba su hijo. Por eso le envió mis colores y se calló lo que sabía. Para vencer a Amanda en su amarga batalla. Si alguien lo hubiera descubierto, él se habría encogido de hombros y habría dicho: «¿Qué más da? Es sólo una trampa de la memoria.»

El sonido de las sirenas nos devuelve a nuestra desesperación. Hermanos. Amantes. Fugitivos.

—Necesitamos el coche de Alberto —dice Mateo—. Entraremos tranquilamente al *parking*. No hables.

El guardián nos recibió con una sonrisa. Conocía a Mateo. Nos indicó dónde estaba el coche. Subimos. Mateo buscó algo en la guantera y encontró el tique. Salimos en dirección a Bailén.

En la esquina aparcan dos coches de policía cortando nuestro paso. Mateo no tiene más remedio que girar hacia Gran Vía en dirección prohibida. Un escarabajo se estrella contra una farola al esquivarnos.

Encendí la radio y salieron las primeras notas de *You don't know what is like to love somebody, the way I love you*, de los Bee Gees.

—Joder, apágala —ordenó Mateo.

Delante de nosotros dos nuevos coches de policía intentan frenar nuestro ascenso por Gran Vía. Mateo irrumpe en la acera y aprieta el acelerador. Yo subo el volumen de la radio. Las coronas de mis edificios en Gran Vía brillan como las cúpulas de las torres aztecas. La gente esquiva el coche como puede. *You don't know what is like to love somebody, the way I love you*, gritan los Bee Gees. Un cochecito, con un bebé dentro, se escapa de las manos de su madre. Mateo lo evita. Y sigue derecho por un breve sendero que han abierto unos atribulados taxistas. Hay semáforos. La arteria principal de la ciudad colapsada. Nuevos policías descienden de sus motos. Al darnos la voz de alto, Mateo aprieta el acelerador y llegamos hasta Callao. No puedo evitar mirar los escaparates de las tiendas, con sus pequeñas escaleras de madera y grandes lámparas de cristal. Todos vendiendo camisas, estolas que nadie utiliza. Uno de los dueños se asoma y clava su mirada en nosotros, como deseándonos suerte.

Estamos en Montera. Seis coches de policía nos siguen, a trancas y barrancas, dejando tras de ellos un compendio de chatarra y malheridos. Estarán hablando de nosotros en la radio, Mateo. No nos conocen y hablarán de nosotros. Un boletín, en efecto, interrumpe a los Bee Gees. «Caos en la Gran Vía por huida de dos criminales.»

—Falso, es sólo uno —dice Mateo.

—No, ahora somos dos.

El coche continúa bajando hacia Cibeles. A esta altura, dos señoras salen de una tienda de joyas y retroceden espantadas al ver a la policía y nuestro coche surcando la acera, balanceándose entre otros a lo largo de la calle. En cualquier momento, espero un helicóptero aplastando su morro contra nuestra ventana. Mateo cruza el semáforo en rojo a la altura de Alcalá y chocamos estrepitosamente contra un taxi. Mi brazo no responde. Tengo ganas de vomitar. Mateo frena bruscamente. Sale y abre mi puerta. Delante, patrullas de policías. —No van a atraparnos. Ven. Sosténte.

Me apoyo en su joven cintura, la misma delicada piel que acaricié en la oscuridad. Mateo, estás protegiéndome. Cuidas de mí. ¿Puedo pedir algo más? Mateo esgrime el revólver contra el guardia en las puertas del Banco de

España. Veo al fondo la gran cochera. Otros policías que avanzan hacia nosotros. Mateo dispara. El policía del Banco cae malherido sobre la acera.

—Apriétame, agárrate del brazo.

—Puedo correr.

Mateo salta uno de los controles; me resbalo, me golpeo contra la barra y él me recoge, me sujeta y entramos al Banco por un pasillo repleto de puertas. Una se abre, Mateo vuelve a disparar. Otra caída. Otra víctima. Hay policías por todas partes. Pero nuestra desesperación les avasalla. Mateo duda entre una puerta y otra.

—Izquierda, derecha, izquierda, derecha —dice y escuchamos: «deteneos». Mateo abre una puerta, entramos, cierra por dentro.

—Soy tu hermano. Me llamo Julio González, mi madre es Amanda Bustamante, mi padre es Ernestino Vogás. Me trajeron al mundo para cumplir una venganza, pero tú eres el hijo del amor. Tú tienes que vivir.

—Bésame. Bésame como lo hiciste en el cuarto oscuro —exclama Mateo por toda respuesta.

Sólo que esta vez soy yo quien me acerco a tus labios, hermano. En el Strong fue un impulso, la electricidad de las «musculocas», que empujaron tu cuerpo hacia el mío. Sigamos este beso como perfectos desconocidos. Como los de Sinatra, «intercambiando miradas hasta que la noche termine».

Dos patadas a la puerta nos separan. Mateo abre una compuerta en el suelo. Hay una escalerilla.

—Baja tú primero. ¿Sabes nadar, verdad?

Recuerdo la piscina del club Miranda en Caracas. Lorenzo, al final de todo, has vuelto. No he matado en vano, he asesinado para encontrarte a ti, Mateo. Entre la verdad y la mentira, tú has surgido.

Mateo cierra la alcantarilla tras él. Sus pies machacan mis dedos, tal es la velocidad por la que desciende en estas intrincadas escaleras. Escucho un rumor tremendo debajo. Un purgatorio.

—Nadarás con todas tus fuerzas. Hay una corriente terrible.

Debajo no había nada, sólo ese ruido palpitante. Agua. Las cañerías de la ciudad.

—Nada —ordena Mateo, antes de que me lance.

El agua me golpea todo el cuerpo. Me arrastra y no puedo escuchar otro sonido que no sea el torrente. Me esfuerzo y estiro mis brazos como si fueran muros contra esta fuerza. Mi brazo, en realidad, el otro puede partirse completamente. Nadaré, pero ¿hacia dónde? Y sin ti, Mateo. No puedo abrir los ojos. Tengo que seguir como si fuera Clara, la fiel Clara, en el jardín de Amanda. Seguramente se habrán puesto de acuerdo para olvidarme, olvidarse de Mateo. Sigo nadando en esta oscuridad. Mateo, Dios, aparece, tócame, regresa.

Y despierto, asfixiado, rodeado de ratas gigantescas. Las paredes brillan como si fueran de bronce. Un color verdoso, de moho y hierro. Un túnel. Un gran silencio. Me incorporo. El brazo me cuelga, debería arrancármelo y dejarlo pudrirse aquí. Quiero ver mejor estas columnas. Es poca la luz, pero ellas mismas generan un brillo. Hay letras.

—Estás debajo de la Plaza Mayor. No hemos ido muy lejos.

Mateo está aquí totalmente desnudo. Las manos cubiertas de algas urbanas. Mi propio Moby Dick, el viajante de la muerte en el río desconocido que esconde la ciudad. Estamos al fin en el sitio más seguro. Descubriéndonos, tocándonos, amándonos.

—Si yo muero aquí —pido a Mateo—, tienes que presentarte ante Amanda. Ése ha sido el trato.

—No quiero moverme de aquí —responde Mateo—. Toda mi vida soñé con entrar en el Banco de España y encontrar esa puerta que conectaba con las cañerías de Madrid. Es una leyenda que me contó el panadero. Es como una ciudad sumergida. Aquí verás templos romanos. Los muertos de la ciudad. Edificios y hombres. Los cadáveres que nunca surgen. Los fantasmas del barro. Éste es nuestro reino, no tenemos por qué volver a ninguna parte. Nunca nos encontrarán. Después de todo, no es más que una leyenda.

—Mátame, Mateo. Si no lo haces tú, tendré que hacerlo yo. Mátame y déjame amar este espacio. El último. Todo amor deja tras de sí una atmósfera. Mátame.

—Antes quiero follarte —sentencia Mateo.

—Hazlo. Fóllame, hermano. Fóllame.

Entre jadeos no sabemos quién es quién. Sólo una luz puede separarnos. Arriba, en la superficie, en la ciudad, ¿qué sucede? ¿Siguen buscándonos? «Os busco yo. Estoy aquí, no me he ido. He vuelto. Recuérdame, Julio. Soy Amanda.» No la veo. Tan sólo la escucho. Como si estuviera detrás de estas paredes, de esta leyenda. «No te he abandonado, porque me habría abandonado a mí misma.»

Estamos solos. No hay Amanda. Mateo me empuja hacia el agua. Siento su piel lisa como un animal marino que avanza hacia la orilla con instinto suicida. Volvemos a la oscuridad, Mateo. Me llevas hacia una columna, donde hay menos profundidad y me apoyo en ella mientras te deslizas dentro de mí. Como si fueras yo mismo. Te amo, digo, y tú cierras mis labios. «No quiero matarte, Julio», dices. Coloco tus manos en mi cuello. Apriétalas hasta romperme la nuez.

—Dime que me amas —pide Mateo.

—Te amo. Te he buscado. Te he esperado.

—Mira alrededor y dime lo que ves.

—Veo mis fantasmas, Mateo. Vienen a decirme algo.

Mateo cierra sus manos sobre mi cuello. Juegan las sombras. Me tocan, se emocionan al reencontrarme. Escucho un ruido de hojas secas, luego percibo mejor. Son mis propios pasos sobre la gravilla en mi casa de juegos. Veo la escalera de alabastro que me salvó del Caracazo y a Reinaldo atrapado en el terciopelo rojo del Teatro Nacional. Amanda, al fondo de todo, esperando con los brazos abiertos. Mateo terminará en ellos, lo sé. Llegará hasta ella y comenzaréis otra historia sin mí. Yo permaneceré aquí, protegido por las atmósferas.

Mateo me deja caer. He escuchado el *crack* de mi cuello roto. El agua recorre mi rostro. A mi alrededor la atmósfera se expande. Transparente, como una mujer de hielo. Escucho una música peculiar. Me dejo ir, en las entrañas de Madrid. Sumergido.